2007 젊은 소설

문학평론가 김종욱·최성실·이수형이 뽑은

2007 젊은 소설

신춘문예·전통문예지 당선 소설가(3년차) 문제소설

문학나무

| 선정위원의 말 |

고심 끝에 선정한 소설들

　지난 연말에 선정위원들은 『2007 젊은 소설』의 수록작을 고르기 위해 머리를 맞댔다. 너무 자주 들려와 아예 한참 철지난 것처럼 들리는 '문학의 위기'라는 진단에도 불구하고, 또 일본의 저명 평론가의 저서 『근대문학의 종언』의 한국어 번역판 출간과 더불어 그러한 진단이 보다 진지하고 체계적인 버전으로 재차 화제에 올랐음에도 불구하고, 2006년에도 변함없이 많은 소설들이 발표되었으며, 이러한 사정은 기계적으로나마 2004~2006년에 등단한 작가들의 작품으로 한정된 후보작들의 경우도 크게 다르지 않았다. 당연히 그러해야 하므로 군말일 수밖에 없지만, 선정위원들은 몇몇 잡지에 편중되지 않고 되도록 다양한 잡지에 발표된 소설들을 읽었고, 그 소설들이 현재 보여주고 있는 작품의 완성도와 함께 '젊은 소설'이라는 제명의 취지를 십분 살려 앞으로의 발전 가능성까지 염두에 두면서 고심 끝에 작품을 선정했음을 밝힌다.

이런 과정을 거쳐 김미월, 김애현, 김이설, 김태용, 박상, 염승숙, 윤이형, 조영아, 황정은, 허혜란 제씨의 작품을 수록작으로 선정하게 되었다. 수록 작가들의 면면을 살펴보니, 지난번에 작품을 수록하고자 했으나 부득이한 사정으로 다음으로 미룬 경우도 있고, 지난번에 이어 거푸 작품이 수록된 경우도 있다. 모쪼록 앞으로도 많은 젊은 작가들의 작품을 모실 수 있기를, 또 2008년에도 우리 소설계가 양적으로나 질적으로 더욱 풍성해지기를 기대한다.

2007년 4월
선정위원 | 김종욱 · 최성실 · 이수형

| 선정위원 프로필 |

김종욱 | 1967년 전남 신안 출생. 서울대학교 국어국문학과 및 동 대학원을 졸업했다. 1998년 『1930년대 한국 장편소설의 시간-공간 구조 연구』로 문학박사 학위를 받았다. 1992년 『중앙일보』 신춘문예 평론 부문에 「이야기의 에피소드화 에피소드의 소설화-서정인의 '달궁'론」이 당선되어 문단에 등단하였다. 현재 세종대학교 국어국문학과 교수로 재직 중이며, 『문학나무』 책임 편집위원으로 활동하고 있다. 저서로 『한국 소설의 시간과 공간』(태학사, 2000), 『소설 그 기억의 풍경』(태학사, 2001), 『한국신소설선집』(공편, 서울대 출판부, 2003), 『한국 현대소설의 서사형식과 미학』(역락, 2005) 등이 있다.

최성실 | 1967년 서울 출생. 경원대 국어국문학과 연구교수 및 『문학과 사회』 편집 동인으로 활동하고 있는 문학평론가다. 서강대에서 「1950년대 한국소설비평연구」로 박사 학위를 받았다. 평론집으로 『육체 비평의 주사위』, 저서로 『근대, 다중의 나선』 및 다수의 논문이 있다.

이수형 | 1974년 경북 의성 출생. 서울대학교 국어국문학과 및 동 대학원 박사 과정 수료. 2002년 『문학과 사회』 제1회 신인문학상 공모에 「낯선 코드와 유혹-김영하론」으로 등단. 문학평론가. 현재 서울예대, 한국예술종합학교 강사. 주요 평론으로 「결정론적 세계의 증상(들)-편집증, 자기기만, 우울」「미디어의 환상을 넘어서-김중혁, 한유주, 김애란의 소설」 등이 있다.

2007 젊은 소설

문학평론가 김종욱 · 최성실 · 이수형이 뽑은 신춘문예 · 전통문예지 당선 소설가(3년차) 문제소설

| 차례 |

선정위원의 말 | 고심 끝에 선정한 소설들 | 4

김미월 | **유통기한** | 『세계일보』 신춘문예, 2004년 등단 | 9
김애현 | **백야** | 『한국일보』·『강원일보』·『전북일보』 신춘문예, 2006년 등단 | 37
김이설 | **환상통** | 『대전일보』·『서울신문』 신춘문예, 2006년 등단 | 65
김태용 | **중력은 고마워** | 『세계의 문학』, 2005년 등단 | 91
박 상 | **치통, 락소년, 꽃나무** | 『동아일보』 신춘문예, 2006년 등단 | 117
염승숙 | **춤추는 핀업걸** | 『현대문학』, 2005년 등단 | 147
윤이형 | **셋을 위한 왈츠** | 중앙신인문학상, 2005년 등단 | 179
조영아 | **우리는 진화하거나 소멸한다** | 『대구매일신문』 신춘문예, 2005년 등단 | 217
허혜란 | **아냐** | 『동아일보』·『경향신문』 신춘문예, 2004년 등단 | 245
황정은 | **문** | 『경향신문』 신춘문예, 2005년 등단 | 275

2007 젊은 소설

1쇄 발행일 | 2007년 4월 15일

선정위원 | 김종욱 · 최성실 · 이수형

지은이 | 김미월 외
펴낸이 | 황충상
펴낸곳 | 문학나무

출판등록 | 제300-1991-1호(구:2-1111) 1991. 1. 5.
주소 | 편집 · 영업 마케팅부 | 110-809 서울 · 종로구 동숭동 129-136
TEL 02-3676-4588 FAX 02-3673-4577
이메일 | mhnmoo@hanmail.net
ⓒ 김미월 외, 2007

값 10,000원
잘못된 책은 바꾸어 드립니다.
지은이와의 협의로 인지는 생략합니다.
무단 전재 및 복제를 금합니다.
ISBN 978-89-92308-03-8 03810

2007 젊은 소설

유통기한

이 소설은 유통기한이 있을 수 없는 상처 입은
인간에게 받치는 헌사이다

김미월

창작 노트 | 나는 기억력이 무척 좋은 편이다. 누군가는 부럽다고도 하지만 그게 꼭 부러워할 일인 것만은 아니다. 잊고 싶은데 잊히지 않는 기억 탓에 종종 마음이 어지럽기 때문이다. 그러므로 기억에도 유통기한 같은 게 있으면 좋겠다고, 어느 날 나는 유통기한이 한참 남은 통조림 꽁치를 반찬 삼아 밥을 먹으면서 생각했다. 아니, 꽁치가 아니라 고등어였던가. 아무튼 통조림을 보면서 나는 이 소설을 구상했고 그분을 떠올리면서 이 글을 썼다.

매사에 낙천적이시던, 춤과 노래를 좋아하시던, 그러나 당신의 이름은 잊어도 당신의 과거는 잊지 못할 거라 한탄하시던, 결국은 쫓기듯 타국으로 떠나버리신 H할머니. 부디 평안하시기를 빈다.

약력 | 1977년 강릉 출생. 2000년 고려대학교 언어학과 졸업. 2004년 『세계일보』 신춘문예에 단편소설 「정원에 길을 묻다」 당선. e-mail : welcomesnow@hanmail.net

2 0 0 7 젊은소설

유통기한

　두 시였다. 첫째 셋째 주의 목요일 오후 두 시는 늘 빨리 돌아왔다. 경수는 습관대로 야구모자를 눌러 썼다. 현관문의 손잡이를 돌리다 말고 멈칫했다. 할머니들은 그에게 모자를 쓰지 않는 편이 더 인물 있어 보인다고 했다. 그는 잠시 모자의 챙을 만지작거렸으나 곧 모자를 쓴 채로 문을 열었다. 발에 무엇인가 차였다. 익숙한 동작으로 그것을 문 뒤의 라면박스로 던졌다. 백보드 슛! 오늘자 신문은 벽에 부딪힌 후 박스 안으로 골인하면서 어제 날짜 신문 위로 포개졌다. 신문사절. 현관문에 부착된 종이의 문구는 여전히 눈에 잘 띄었다. 그런데도 신문은 귀소본능이 발달한 취객처럼 아침마다 끈질기게 문 앞에 누워 있곤 했다. 언젠가 배달원이 구독료를 청구하러 올 순간을 경수는 기대했다. 아무 일도 일어나지 않는 날들에 그것은 대단한 사건이 될 터였다.
　삼월의 셋째 주 목요일 오후 두 시 십 분. 서울에는 비가 내리고 있었다. 경수는 우산을 폈다. 신발장처럼 집구석에만 붙어 있던 자신이 비까지 오는 날에 외출을 하고 있다는 사실이 낯설었다. 석 달 전까지만 해도 이 나들이는 그의 선배 몫이었다. 그녀는 할머니들을 한 달에 두세 차례씩 이 년째 방문하고 있었다. 그 행위가 진정한 봉사정신의 발로일까, 아니면 어쭙잖은 시혜의식의 소산일까 경수는 늘 궁금했다.

"육 개월만 니가 대신 가라."

그녀의 말투는 화분에 니가 대신 물 줘라, 하듯 심드렁했다. 경수는 기겁을 했다. 어쨌든 그건 봉사였다. 봉사라고는 동냥젖으로 딸 청이를 키운 심 봉사밖에 모르는 그가 아니던가.

"별 거 아냐. 그냥 두어 시간쯤 앉아 있다가 오면 돼."

경수는 딴청을 피웠다.

"선배, 거긴 왜 가? 어떤 마음으로 가?"

"나도 몰라. 한번 가기 시작하니까 중간에 못 그만두겠더라. 근데 신기한 게, 가기 직전까진 진짜 귀찮은데 막상 도착해서 할머니들 얼굴을 보면 잘 왔다 싶어지는 거 있지?"

"어, 그럼 교회 가는 거랑 비슷한 거구나."

날라리 기독교인이었던 경수는 얼떨결에 그녀의 청을 수락했다. 선배는 뉴욕으로 떠났다. 잊고 싶은 과거와 결별하기 위해서라는 게 이유였다. 그녀는 자신의 잊고 싶은 과거였던 남자가 뉴욕에 있다는 말은 하지 않았다.

경수는 그 소년의 이야기를 아직 기억하고 있었다.

넌 대체 못하는 게 뭐냐? 급우들은 감탄했다. 소년은 고교 시절 내내 전교에서 상위 2퍼센트 이내의 성적을 유지했다. 100미터를 12초대에 주파했다. 각종 백일장 및 사생대회, 영어토론대회, 정보화능력경진대회 등 무슨무슨 대회에 나가는 족족 입상했다. 이 다재다능함은 집에서도 보란 듯이 발휘되었다. 소년은 잔 고장을 일으키는 가전제품들을 드라이버 하나로 제압했다. 다 죽어가는 화초들을 살려냈다. 김치를 담그는가 하면 심지어 좌포우혜, 홍동백서, 조율이시를 줄줄이 꿰며 제사상을 법도에 맞게 차릴 줄도 알았다.

 그래도 여자는 웃지 않았다. 소년은 더욱 노력했다. 상위 1퍼센트 안에 들기 위해, 100미터를 11초대에 주파하기 위해, 더 맛있는 김치를 담그기 위해. 쉽지 않은 일이었으나 소년은 여자의 웃는 얼굴을 보고 싶었다, 기보다는 여자를 웃게 해야 한다는 의무감 때문에 포기할 수가 없었다. 그 무렵 소년은 동화 속에서 공주를 웃기는 데 실패하여 참수당하는 광대들의 꿈을 자주 꾸었다. 그는 아침에 눈 뜨면 기지개를 켜는 대신 목이 제자리에 붙어 있나 만져보는 버릇을 갖게 되었다.

 엄마가 죽어버리면 얼마나 편할까. 수능시험을 치른 직후에 소년은 혼잣말을 했다. 그것은 진담이 아니었으나 그렇다고 농담도 아니었다. 여자가 죽어버리자 소년은 정말로 편해졌다. 언제 찍어둔 것인지 모를 영정 사진 속의 여자가 마침내, 웃고 있었기 때문이다. 여섯 번째 발가락처럼 잘 보면 어딘가 부자연스러운 웃음이었으나 소년은 그런 대로 만족했다. 상복을 벗자마자 사흘을 내리 잤다. 요의도 없고 꿈도 없던 잠에서 깼을 때 그는 아침마다 제 목을 만져보던 버릇이 없어졌음을 알아차렸다. 없어진 것은 그것만이 아니었다. '넌 못하는 게 뭐냐'고 급우들을 놀라게 했던 많은 지식과 재능과 장기 들을 그는 도박에 진 사내처럼 모조리 잃었다. 불행히도 마지막 기말고사가 남아 있었다. 소년의 컴퓨터용 수성사인펜은 모범 운전사였다. 정답만 요리조리 피해간 그의 답안지를 그러나 선생들은 문제 삼지 않았다. 유일한 가족이었던 엄마를 사고로 잃은 충격이 오죽했겠냐며 혀를 찰 뿐이었다.

할머니들은 신축 빌라에 살고 있었다. 경수는 근처의 슈퍼마켓에서 우유를 샀다. 초인종을 누르기 전에 모자를 벗어 배낭에 넣었다.
"김 가 왔다?"
이름이 경수라고 아무리 일러주어도 할머니들은 외우기 어렵다며 그를 '김 가'라 불렀다. 그녀들은 우리말에 서툴렀다. 어릴 때 고국을 떠나 중국에서 오십여 년을 살았으니 우리말보다 중국말에 능한 것도 당연했다. 실내는 어둠침침했다. 전기세를 아낀다고 그녀들은 흐린 날에도 낮에는 불을 켜지 않았다. 난방비를 아낀다고 추운 날에도 밤에만 보일러를 가동했다. 경수는 그녀들을 안쓰럽게 여기지 않았다. 할머니들의 집은 경수의 집보다 훨씬 넓고 아늑했다. 현관문의 잠금 장치는 최신형 디지털 도어록. TV는 32인치 완전평면이었고 양변기에는 비데가 장착되어 있었다. 다만 그 모든 것을 누릴 수 있게 해준 것이 동네 교회의 후의라는 사실 때문에 그녀들은 정말 누리고 싶은 것을 마음 놓고 누리지 못했다. 엄지손가락처럼 땅딸막한 왕 할머니가 침대 밑에 숨겨두었던 불경을 꺼내왔다. 구부러진 못처럼 앙상한 체구에 허리가 휜 조 할머니는 염주를 챙겨왔다. 경수는 목청을 가다듬었다.
"마하반야바라밀다심경 관자재보살 행심반야바라밀다시 조견오

온개공……."

 예수가 십자가에 못 박힌 나무상이 벽에 걸린 거실에서 두 노파는 염주를 굴리며 그의 독경에 귀 기울였다. 아제아제 바라아제 바라승아제 모지 사바하.

 선배의 말대로 그가 할머니들의 집에서 하는 일은 별 거 아니었다. 오후 두 시에서 세 시 사이에 방문한다. 반야심경을 읽어준다. TV를 본다. 저녁을 함께 먹는다. 그게 다였다. 왕 할머니가 돼지비계가 듬뿍 들어간 정체불명의 국을 끓이고 자반고등어를 기름에 지지는 동안, 경수는 조 할머니와 TV를 시청했다. 우리말을 못 알아듣는 팔십 노파와 함께 보는 프로그램은 웃겨도 웃기지 않고 슬퍼도 슬프지 않았다. 반찬들은 씹지 않아도 목구멍으로 미끄러져 들어갈 만큼 기름투성이였으나 경수는 밥을 두 공기 비웠다. 두 할머니는 논에 봇물 들어가는 것을 보는 농부마냥 기뻐했다. 그러나 디저트로 나온 것은 역시 그녀들의 말다툼이었다. 둘은 평소에는 우리말 반 중국말 반으로 대화하다가 싸울 때는 백 퍼센트 중국어를 썼다. 무슨 일로 싸우는지 알 수 없었으므로 경수는 빈 밥그릇만 만지작거렸다. 왕 할머니가 경수의 소맷자락을 움켜쥐었다.

 "내 빗 훔쳐갔다!"

 옷핀, 덧버선에 이어 이번엔 머리빗이었다. 말수 적은 조 할머니는 입을 다물고 머리를 세차게 흔들었다. 경수는 밖으로 나갔다. 슈퍼마켓에서 규격과 가격은 같으나 색깔이 다른 빗을 두 개 사왔다. 두 할머니는 금세 평온을 되찾았다. 경수는 그녀들이 잃어버린 것이 금반지나 가죽장갑이 아니어서, 옷핀이나 머리빗이어서 다행이라고 생각했다. 빌라를 빠져나오면서 그는 모자를 도로 썼다. 난 야구모자가 잘 어울리는 남자가 좋더라. 선배는 그렇게 말했었다.

경수는 자주 그 소년의 이야기를 떠올렸다.
마지막 기말고사는 망쳤어도 소년의 수능시험 성적은 최상위권이었다. 그는 명문대에 입학했다. 스무 살. 이제 청년이 된 그는 전공에 아무런 흥미를 느끼지 못했다. 누구와도 친해지려 하지 않았고 그 어떤 동아리에도 관심이 없었다. 청년의 학점은 그의 시력보다 낮았다. 그의 인간관계는 공중전화 부스만큼 좁았다. 대학교에는 별의별 인간들이 다 있었으므로 청년은 눈에 띄지도 않았다. 그럼에도 한 학기가 지나자 과 동기들 사이에 소문이 돌았다. 청년이 대학 본관 앞의 초대형 잔디밭을 새로 깔아주는 대가로 입학했다는 것이 그 요지였다. 새 학기가 시작되던 날, 그는 수강신청서를 제출하기 위해 과 사무실에 들렀다. 누군가 그에게 다가왔다.
"본관 앞 잔디 말야, 니네 아버지가 까셨다며?"
그것은 딱히 질문이라고 할 만한 것이 아니었으나 그렇다고 대답을 요구하지 않는 것도 아니었다. 모두 숨을 죽였다. 과 사무실 전체가 커다란 귀가 되어 있었다.
"나, 아버지 없어."
청년의 대꾸에 커다란 귀가 미세하게 움찔했다. 곧 그의 뒤에서 정적을 건너온 한마디.
"우문현답이네."
청년이 돌아서자 문가에 서 있는 여학생이 보였다. 그녀는 짧게 친 커트 머리에 얼굴이 희었다. 왼쪽 뺨에만 보조개가 파여 있었다. 야아, 이게 누구야? 어머, 보조개 너 언제 왔어? 정말 오랜만이에요! 별안간 떠들썩해지는 과 사무실을 청년은 소리 없이 빠져나왔다. 나는 왜 대학에 다니지? 스스로에게 물었다. 휴학이나 자퇴를 하는 것도 괜찮겠다고 생각했다. 하지만 그보다는 조금 전의 그 여학생이 누군지 알아보는 게 먼저였다. 그것은 청년이 대학에 입학한 후 처음으로 가져보는 '의욕'이었다.

 햄의 유통기한은 지난달 말일까지였다. 소시지의 포장지에는 열흘 전의 날짜가 찍혀 있었다. 경수의 발 앞에 햄 두 상자와 소시지 한 상자가 쌓였다. 그 옆에는 50배로 희석한 옥살산 용액이 든 병이 놓여 있었다. 그는 고무장갑을 꼈다. 증명사진 크기로 잘라놓은 거즈를 왼손 엄지와 검지로 쥐고 오른손으로 옥살산 병의 뚜껑을 열었다. 두 시간 후면 상자 속의 햄과 소시지들은 새로운 유통기한을 부여받고 다시 태어날 것이다.
 괜찮아. 어차피 한번 훈제된 거라 날짜 좀 지나도 돼. 그게 진짜 상하는 시기는 유통기한 한두 달 후라고. 니가 봐서 포장지 안에 습기가 없음 그냥 날짜 찍어. 마트 주인 사내는 겁이 많아서 말도 많았다. 우유팩에 찍힌 날짜를 아세톤으로 지우다가 발각될 뻔한 사건을 겪은 후로는 식육가공품에만 전념했다. 경수로 말하자면, 햄이 가득한 상자를 나르는 것보다는 상자에 가득한 햄의 포장지에 찍힌 숫자를 바꾸는 쪽이 쉬웠다. 게다가 지나간 날짜를 다가올 날짜로 둔갑시키는 일은 시시한 한편 흥미로웠다. 경수는 제가 시간을 마음대로 조정하는 전지전능한 신이 된 듯한 망상에 젖기도 했다. 물론 미래의 시간을 과거로 돌리는 것은 허용되지 않았다. 유통기한에는 과거가 없으므로. 그것이 경수는 마음에 들었다. 과거는 힘이 없다. 현재가 인간이라면 과거는 귀신이다. 경수는 그렇게 생각했다. 거즈로 닦아낸 포장지 하단의 공란에 부지런히 스탬프를 찍었다. 선배가 과거를 잊을 수 있기를 그는 진심으로 바랐다.

아르바이트가 끝났다. 창고를 빠져나오자 곧바로 통조림 진열대가 나타났다. 경수는 무심코 손에 닿는 참치캔을 뒤집어보았다. 2013. 03. 02까지. 앞으로 칠 년 후에 이것을 먹어도 된다는 얘기였다. 겨우 칠 년 후인데도 2013년이 까마득히 먼 미래로 느껴졌다. 그때 자신은 어떤 모습이 되어 있을까. 캔을 제자리에 놓았다. 자신은 칠 년 동안 이런저런 변화를 겪으며 나이 들어갈 것이다. 아니, 사고로 죽을 수도 있다. 하지만 이 참치캔은 지금의 모습 그대로일 것이다. 변하는 것과 변하지 않는 것, 어느 쪽이 더 나을까. 경수는 어깨를 으쓱했다. 진열대 아래쪽에서 햇반 네 개를 집었다. 다섯 개로 묶음 포장된 신라면과 풀무원 김치, 3분 미역국도 계산대에 올렸다. 넌 어떻게 된 게 메뉴가 만날 똑같냐? 주인 사내가 타박을 하면서 비닐봉지 안에 햄과 소시지를 넣어주었다. 경수는 고개를 꾸벅 숙였다. 경수야, 넌 대학 갈 생각 없냐? 마트의 출입문은 자동문이었다. 열린 문 앞에 어정쩡하게 서서 경수는 웃어 보였다. 사내는 눈을 내리깔고 장부에 볼펜으로 무엇인가를 적으면서 말을 이었다. 나중에 이렇게 유통기한이나 바꾸는 짓거리 안 하려면, 젊을 때 공부해야 된다. 아버지에게서도 들어본 적 없는 자상한 말이었다. 경수는 사내 앞으로 한 발짝 다가섰다. 자동문이 닫혔다. 그는 비밀이라도 털어놓듯이 목소리를 낮췄다.

"저, 사실은 대학 다녀요."

사내가 장부에서 얼굴을 들었다. 인중에 볼펜 똥이 묻어 있었다.

"니가 무슨 대학을 다녀?"

"……."

"너, 인제대학교가 어디에 있는지 알아?"

"글쎄요. 인제에 있겠죠."

사내는 그럼 그렇지 하는 얼굴로 코웃음을 쳤다. 누굴 속이려고. 인제대학교는 김해에 있어. 것도 모르면서 무슨. 허풍 떨지 말고 앞날에 대해 진지하게 생각 좀 해봐. 아니, 그 학교가 어디에 있든, 그게 제가 대학 다니는 거랑 뭔 상관입니까? 전 진짜 대학생이라고요. 경수는 항변하려 했으나 그보다 빨리, 자동문이 열렸다.

집 앞에 이르렀다. 신문사절. 현관문 위의 네 글자가 그의 눈을 사로잡았다. 신문이 배달되기 시작한 지 얼추 한 달쯤 되었을 거라는 생각이 들었다. 경수는 라면박스 앞에 쪼그리고 앉았다. 신문 더미를 뒤져 맨 밑에 깔린 신문의 날짜를 확인했다. 한 달하고도 일주일이 지나 있었다. 왜 신문 대금을 받으러 오지 않을까. 공연히 조바심이 났다.

국제전화를 세 차례나 걸었던 탓이다. 휴대폰 이용 요금이 팔 만 원 가까이 나왔다. 돈 많이 드니까 전화하지 마. 내가 할게, 금요일 저녁 다섯 시에. 여기서 한국으로 거는 건 싸거든. 마지막으로 통화했을 때 선배는 말했다. 그녀는 아주 바쁘게 지낸다고 했다. 발음을 교정하는 게 가장 힘들다던가. 맨하탄, 맨하탄 그러면 여기선 아무도 못 알아들어. 맨햇은, 이래야 한다니까. 경수는 그녀의 발음을 흉내내보았다. 맨햇은, 맨햇. 자신의 뒤통수가 찍힌 사진처럼 멍청하게 느껴지는 단어였다. 경수는 휴대폰 액정의 시계를 거푸 확인했다. 금요일 저녁 다섯 시였다. 선배는 약속을 어긴 적이 없었다. 삼 분, 사 분, 오 분. 드디어 휴대폰 벨이 울렸다.

"김 가 학상!"

조 할머니였다. 왕 할머니가 계단에서 넘어졌단다. 경수는 점퍼를 걸치고 야구모자를 눌러 쓰면서도 휴대폰 액정에서 눈을 떼지 않았다. 다섯 시 십 분. 전화는 오지 않았다. 선배가 말한 금요일 저녁 다섯 시는 뉴욕의 시간을 일컫는 것이었을까.

경수는 괜찮다고 손사래 치는 왕 할머니를 업었다. 다행히 발목에는 이상이 없었다. 한의사는 진맥을 하더니 이만하면 건강하신 편이라고 했다. 왕 할머니가 뻑뻑한 수도꼭지를 있는 힘껏 비트는 듯한 목소리로 대꾸했다.

"의사 선상님, 나 자궁 없습니다."

한의사가 경수를 쳐다보았다. 경수는 왕 할머니와 조 할머니를 번갈아 본 후 의사를 향해 웃었다. 한의사가 간호사에게 차트를 넘겨주었다. 가셔도 됩니다. 젊은 한의사는 조금만 틈을 주면 자신의 한 많은 인생사를 늘어놓는 게 나이 먹은 여자들의 특기라는 것을 잘 아는 양반이었다. 진짜 자궁이 없나요? 진찰실을 나오면서 경수는 슬쩍 물었다. 진맥만으로는 단정할 수 없다고, 특정 장기의 맥이 잘 안 잡힐 때 자궁이 없나 추측할 수 있을 뿐이라고, 그러나 할머니의 맥은 또렷하게 잡히므로 그럴 가능성이 없다고 한의사는 설명했다.

"저 의사 가짜다. 중국 의사가 잘 본다. 중국 최고다."

경수와 한의사의 대화를 들었을 리 없는데 왕 할머니가 중중거렸다. 가는귀가 먹어 왕 할머니의 말을 들었을 리 없는데 조 할머니는 머리를 끄덕거렸다. 세 사람은 나란히 걸어 할머니들의 집까지 왔다. 왕 할머니가 양고기를 기름에 볶고 전을 부치는 동안 경수는 조 할머니와 함께 텔레비전을 보았다. 이효리가 배꼽을 내놓고 엉덩이를 흔들었다. 조 할머니가 눈살을 찌푸렸다. 그녀는 중국말로 무어라 중얼거리더니 채널을 돌렸다. 꿩이 알을 낳는 장면을 보면서 세 사람은 기름통에 빠졌다 나온 듯한 식탁에 둘러앉았다.

경수가 보기에 두 할머니는 그냥 평범한 노파들과 다를 바가 없었다. 그녀들은 팔다리에 일본군에게 난자당한 흉터를 가지고 있지 않았다. 악명 높은 606호 주사 자국이 있는 것도 아니었다. 일본군의 정액이 연상되어서 우유나 요구르트를 못 먹는 경우도 있다는 한국정신대문제대책협의회 간부의 말이 무색하게, 그녀들은 유제품을 즐겼다. 십오 년째 매주 수요일마다 진행돼왔다는 일본대사관 앞 시위에도 관심이 없을 뿐더러, 하다못해 독도 영유권 문제로 매스컴이 떠들썩할 때에도 홈쇼핑 채널 따위에 멍한 눈을 주고 있기 일쑤였다. 우리말을 잘 못한다는 것만 빼면, 그녀들이 과거에 일본군 위안부로서 끔찍한 고통을 겪었으며 해방 후에도 오십 년간 국적 없이 중국 땅을 떠돌아야 했다는 것을 짐작할 만한 그 어떤 특징도 찾아볼 수 없었다. 그녀들은 그저 의심 많고, 인색하고, 일찍 자고 일찍 일어나며, 노인성 백내장을 앓는, 이 땅의 흔하디흔한 할머니들이었다.

무슨 일이 생기면 일단 정대협에 연락해. 혹시 밖에 나가게 되면 다른 사람들 앞에서 할머니들이 위안부라는 거 절대 티내지 말고. 니가 먼저 위안부에 관한 얘기들을 여쭤보지도 마. 고통스러우실 테니까. 일본 얘기에 민감하시니까 말할 때 조심하고. 방문하는 날짜와 시간은 꼭 지켜. 참, 정신대라는 표현은 잘못된 거 알지? 일본군 위안부가 정확한 표현이야. 그리고 또……. 선배가 강조했던 백만 가지 주의사항들은 도대체 지킬 일이 없었다. 아니나 다를까. 경수가 숨을 멈추고 누린내 나는 마지막 양고기 조각을 삼키자마자 디저트가 나왔다. 오늘의 메뉴는 사라진 바나나였다. 두 노파는 없어진 바나나 한 송이를 상대가 먹었다며 서로 목소리를 높였다. 경수는 바나나를 사러 가기 위해 점퍼를 걸쳤다. 현재 생존해 있다는 위안부 할머니들 중 이 두 사람을 제외한 나머지 123명은 어떤 할머니들일까. 별로 알고 싶지 않았다.

그날 경수는 할머니들의 집에서 잤다. 다치지도 않은 발목을 들이대며 상태가 밤 사이 악화되면 어떡하느냐고 왕 할머니가 그를 잡았던 것이다. 저녁 일곱 시면 잠드는 그녀들은 여덟 시가 되자 늦었다고 호들갑을 떨더니 곧장 곯아떨어졌다.

밤은 길었다. 머릿속은 맑았다. 겨우 열 시였다. 경수는 소파에 누워 뒤척이다가 결국 일어났다. 심심했다. 몇 시간 전에 제가 사온 바나나를 먹으며 집 안 곳곳을 살펴보았다. 주방 뒤쪽의 다용도실에서 발견한 것은 고량주 병들. 이쑤시개 통의 이쑤시개들처럼 그것들은 발 딛을 틈 없이 빽빽하게 다용도실 바닥을 메우고 있었다. 경수는 그 어마어마한 개수에도 놀랐지만 그것들이 전부 빈 병이라는 데 더 경악했다. 냉장고에서 찾은 것은 기름기로 번들거리는 검은 비닐봉지들. 그 안에는 한눈에도 살코기보다 비계가 더 많은 고깃덩어리들이 들어 있었다. 보는 것만으로도 콜라 생각이 간절해졌다. 냉장고 뒤며 식탁 아래며 문틈이며 어디랄 것 없이 사방에서 숨은 그림 찾듯 끄집어낸 것은 갖은 종류의 쓰레기들. 어쩌다 흘린 것이 아니라 일부러 숨겼다고밖에 생각되지 않는 그것들을 경수는 쓰레기통에 버렸다. 싱크대 선반에서 꺼낸 것은 여러 종류의 액체가 든 플라스틱 병들. 상표 딱지에는 한자들이 잔뜩 씌어 있었다. 그는 손가락으로 한자를 한 자씩 더듬어가며 '流通期限'을 찾았다. 날짜가 지난 병이 세 개나 되었다. 경수는 병 속의 액체를 개수대에 쏟아 부었다. 거실 베란다로 나갔다. 뜻밖에도 거기엔 '아버지가방에 들어가실' 정도로 큰 가방이 있었다. 속에 옷가지들이 가득했다. 새 옷과, 새 옷 같은 헌 옷들은 모두 여성용이었다. 동네 교회의 교인들이 가져다주었으리라. 이렇게 많은 옷들을 두고 할머니들의 옷차림은 늘 단출했다. 필시 누군가에게 보내려는 거겠지. 중국에 있다던 조 할머니의 양녀? 왕 할머니의 양자와 결혼했다던 조선족 며느리?

경수는 소파로 돌아와 앉았다. 이유 없이 귀가 먹먹했다. 소파의 등받이와 팔걸이 사이에 무엇인가 끼어 있었다. 조 할머니의 사진이 박힌 주민등록증이었다. 말도 없고 웃음도 없는 그녀. 우리말보다 중국말을 더 잘하고, 우리 음식보다 중국 음식을 더 좋아하고, 우리 의사는 못 믿어서 백내장 수술도 중국 의사에게 받겠달 정도로 중국을 신뢰하는, 그녀의 주민등록증에는 '대한민국' 네 글자와 태극무늬 홀로그램이 새겨져 있었다. 그녀는 1925년생. 주민등록증이 발급된 해는 2004년. 땀이 밴 경수의 손바닥 위에서, 한국인 조 할머니의 표정 없는 얼굴은 모두 아는 노래를 저 혼자 모르는 아이같이 애저로워 보였다.

그는 밤새 잠을 설쳤다. 그럼에도 아침에 그의 가랑이에는 불룩하게 텐트가 쳐져 있었다. 젠장. 입술을 깨물었다. 다른 사람도 아니고 위안부 할머니들이 옆방에서 자고 있는데 텐트라니. 생리현상일 뿐이라고 스스로를 변호하면서도 그는 죄의식을 느꼈다. 마음속으로 국민교육헌장을 외웠다. '어머니 은혜' 노래도 불렀다. 왕 할머니가 방에서 나왔다.

"김 가, 언제 또 온다?"

텐트의 바람이 빠졌다. 경수는 소파에서 일어났다.

"다음주 목요일에 오겠습니다, 할머니."

"저기…… 나, 오고 싶은 데 있다."

"가고 싶은 데요? 어디 가고 싶으신데요?"

"장충단 공원."

'오다'와 '가다'도 헷갈리는 왕 할머니가 '장충단 공원'이라는 지명을 똑똑히 밝힌 데에 경수는 적이 놀랐다. 다음 목요일을 기약한 후, 아침상을 차리려는 그녀를 만류하고 그는 서둘러 귀가했다.

현관문 앞. 오늘자 신문 옆에 웬 커다란 상자가 놓여 있었다. 구독해주셔서 감사합니다. 락앤락 밀폐용기 세트가 든 상자의 겉면에 그런 문구가 인쇄되어 있었다. 갈수록 태산이라더니. 경수는 정말로 배달원을 만나보고 싶어졌다. 그러나 지금 중요한 것은 그게 아니었다. 선배의 전화를 제 집에서 마음 편히 받기 위해 서둘러 오지 않았던가. 화장실에 가고 싶은데 갈 수 없을 때의 심정으로 그는 휴대폰을 들여다보았다. 토요일 아침 일곱 시였다. 뉴욕의 금요일 저녁 다섯 시. 선배가 말했던 시각. 휴대폰 액정은 달력의 풍경사진 속 호수같이 잔잔하기만 했다. 오 분, 십 분, 십오 분. 전화는 오지 않았다.

그 소년, 아니 그 청년에 대한 경수의 기억은 늘 싱싱했다.

청년은 왼쪽 뺨에만 보조개가 있던 '우문현답이네' 여학생을 사랑하게 되었다. 보조개라는 애칭으로 더 유명했던 그녀는 청년에게 호의적이었다. 둘은 친해졌다. 그러나 한계가 있었다. 보조개는 이미 학내에서 소문난 캠퍼스 커플이었다. 외교관의 아들과 독지가로 명망 높은 대학교수의 딸. 두 사람의 뒤를 광배인 양 받쳐주는 가문과 재력이 아니더라도 둘은 모두의 선망의 대상이었다. 외모마저 빼어난 그들은 결혼정보회사의 광고지에서 막 빠져나온 듯 잘 어울렸다. 그런 그녀가 저에게 잘해주었으므로 청년은 기뻤고 또 슬펐다.

한 학기가 지나갔다. 후배 여학생 하나가 청년에게 사랑을 고백했다. 청년은 소스라쳤다. 그 다음엔 풀이 죽었다. 그녀는 길거리에서 십 분에 한 명꼴로 마주칠 만한, 모든 면에서 지나치게 평범한, 어디에서도 존재감이 느껴지지 않는 그런 여학생이었다. 잘 생기고 예쁘고 잘 나가는 남녀가 서로 커플이 되듯이, 범상하고 보잘 것 없는 남녀는 또 그런 이들끼리 커플이 되는 것일까. 자신이 그저 그런 여자가 좋아해줄 만큼의 그저 그런 남자라는 사실을 청년은 인정해야 했다.

또 한 학기가 지나갔다. 보조개가 그 잘난 남자친구와 헤어질지도 모른다는 소문이 돌았다. 청년은 진위를 확인하고 싶었다. 이메일을 엿보기로 마음먹었다. 학교 전산실의 구석자리에서 보조개의 아이디로 로그인을 시도했다. 비밀번호를 알아내려면 그녀가 입력한 질문에 그녀가 지정한 답을 달아야 했다. 질문 : Why do people sometimes weep at heart? 한때 영어토론대회에서 입상한 적도 있는 청년은 질문은 해석했지만 답을 영작할 수가 없었다. 인간이니까. 대놓고 우는 건 쪽팔리니까. 살다보면 속으로 울 일도 있는 법이니까. 그건…… 나도 모르니까. 청년은 자리에서 일어났다. 교문까지 터덜터덜 걸었다. 한때 100미터를 12초에 주파했던 그의 두 다리는 맥없이, 그의 아버지가 깔았다는 소문이 돈 바 있는 본관 앞 잔디밭을 가로질렀다.

내 인생이 왜 이렇게 되었을까. 왜 그저 그런 남자밖에 되지 못했을까. 햇살 아래 교회의 첨탑처럼 빛나던 재능은 다 어디로 사라졌을까. 청년은 그 모든 것이 어머니가 세상을 떠난 후 일어난 일이라는 것만은 알 수 있었다. 웃지 않던 어머니. 그녀는 입만 열면 한탄을 했다. 니가 딸이라면 내가 해줄 얘기가 너무 많은데. 어떤 딸도 자신만큼 딸 노릇을 잘하지는 못할 거라는 게 당시 청년의 생각이었다. 그리고 그는 어머니가 하고 싶어하는 얘기가 무엇인지도 알고 있었다. 그때 어머니는 어디로 가고 있었을까. 그녀는 운전을 하고 있었다. 이른 아침이었다. 그녀보다 다른 여자를 더 사랑했던, 자신의 남편에게 가던 길이었을까. 신호등이 깜박거렸다. 골목에서 자전거를 탄 사내아이가 갑자기 튀어나왔다. 어머니는 핸들을 꺾었다. 목격자의 진술은 거기까지였다.

청년은 휴학을 했다. 집에서 종일 텔레비전을 보았다. 그가 즐겨 보는 것은 부부 문제를 조명하는 일종의 고발 프로그램이었다. 고부간의 갈등 편이 특히 재미있었다.

"저희 시어머니는 신혼여행지에도 따라왔어요."

저 여자의 시어머니도 젊어서 과부가 되었을까. 저 여자의 남편도 삼대독자였을까.

"저희 시어머니는요, 밤마다 그이와 제가 자는 방에 불쑥불쑥 들어왔어요."

저 여자의 시어머니도 저 여자의 남편과 동침했을까.

"문제는 그이가 그걸 아무렇지도 않게 여긴다는 거예요."

저 여자의 남편도 아내보다 어머니를 더 사랑했을까. 청년은 문득 알고 싶었다. 정상적이지 못한 관계의 시어머니와 남편과 아내. 셋 중에 가장 불행한 사람은 누구일까. 의외로 어려운 질문이었다. 청년이 답을 찾느라 고심하던 어느 날, 어머니의 남편이 그를 찾아왔다. 불과 이 년 새에 머리가 허옇게 센 채로 아버지는 모든 게 오해라고 말했다. 오해 때문에 어머니가 그렇게 된 것이라면 더더욱 용서할 수 없었다. 그러나 용서하지 않으려면 어떻게 해야 하는지 청년은 알 도리가 없었다. 그는 자꾸 침만 삼키는 아버지의 손을 잡았다. 시디롬 드라이브에서 금방 꺼낸 시디같이 뜨거운 손이었다. 용서는 쉬웠다. 누군가의 말마따나, 어려운 것은 잊어주는 것이었다.

장충단 공원은 노인들 천지였다. 매주 월요일 무의탁 노인들에게 점심 제공. 현수막의 글귀가 봄 안개에 젖고 있었다. 경수는 이름과 연락처가 적힌 명찰이 할머니들의 목에 잘 걸려 있는지 재차 확인했다. 왜 하필 이곳에 오자고 했을까. 공원 안에는 물오른 봄 나무들의 빛깔이 보기 좋을 뿐 일부러 먼 걸음을 할 만큼 뛰어난 풍광은 없었다. 조 할머니는 입에 압정을 한가득 물고 있는 듯한 표정으로 땅만 보고 섰었다. 중국에 한번 다녀가고 싶다는 그녀에게 양녀가 오지 말라 한 모양이었다. 나쁘다. 고생해 키웠다. 딸 나쁘다. 왕 할머니가 조 할머니 들으라고 큰소리로 중얼댔다. 경수는 두 할머니를 앞세우고 천천히 걸었다. 이곳에 오자고 한 왕 할머니는 주위를 두리번거리기만 했다. 발바닥 지압용 자갈이 깔린 건강 산책로에도, 화강암 돌기둥이 운치 있는 수표교에도, 물줄기 사이로 무지개가 어리는 분수대에도 관심이 없었다. 그녀가 반색을 한 것은 벤치에 앉아 담배를 피우던 나이 지긋한 할아버지 세 명을 발견했을 때였다. 그들의 나이가 팔십 줄이라는 것을 확인한 후, 그녀는 1939년에 여기 절이 있지 않았느냐고 물었다. 93년도 아니고 39년이라니. 통역을 해주려고 할머니의 뒤에 서 있던 경수는 아연실색했다. 어휘가 부정확한 데다 종결어미가 죄다 평서형인데도 할아버지들은 그녀의 말을 용케 알아들었다. 사당 말이오? 육이오 때 불탔지. 그 터가 지금 저 신라호텔 자리잖소. 할머니는 사당이 아니라 절이라고 우겼다. 다른 할아버지가 아는 체를 했다. 아, 있었어요. 왜 박문사라고, 왜놈들이 세운 절이 하나 있었어. 할머니가 손뼉을 쳤다. 그녀는 할아버지들에게 동서남북 어딘가를 끊임없이 가리키며 육십칠 년 전의 지형도를 기억 속에서 복원코자 했다. 일제, 광복, 육이오 같은 사전 속의 낱말들이 수시로 대화에 등장했다. 경수는 그들 뒤에 멀찍이 서서 자신의 눈앞에 펼쳐진 역사 교과서의 한 페이지를 읽었다.

"나 여기서 끌려갔다. 왜놈들헌티."

할아버지들과 헤어져 말없이 걷던 왕 할머니가 나지막하게 뇌까렸다.

"나 열시 살이다. 그때 여기 오지 안 했으면 안 끌려갔다."

처음 듣는 얘기였다. 그래서 이곳에 와보고 싶어했구나. 경수는 뜨거운 커피를 단숨에 마신 기분이었다. 육십칠 년 전 그날, 소녀가 옆집 아저씨에게 속아 이곳으로 오지 않았다면. 또래 소녀들과 함께 옷 보퉁이 하나씩 끌어안고 두 줄로 서지 않았다면. 그래서 낯모르는 사내들을 따라가지 않았다면. 그랬다면 그녀의 인생은 어떻게 달라졌을까. 뜨거운 커피가 식도를 타고 흘러내렸다. 왕 할머니가 걸음을 멈췄다. 경수와 조 할머니도 따라 섰다. 백내장 때문에 혼탁해진 눈동자로 왕 할머니는 공원 입구 쪽을 주시했다. 여느 때와 달리, 지금 그녀의 눈에 보이는 세상은 선명했다. 사물들이 겹쳐 보이거나 나뉘어 보이지도 않았다. 이윽고 한 소녀가 검은 통치마에 하얀 면 적삼을 입고 공원으로 달려왔다. 선이 고운 이마에 입술이 붉은, 아주 예쁘게 생긴 열세 살 소녀였다. 오지 마. 오지 마라. 여긴 오면 안 돼. 왕 할머니가 두 팔을 휘저었다. 소녀의 전 생애를 가로막을 듯 단호한 눈길로, 그녀는 입구 쪽을 보며 한참을 그렇게 서 있었다.

세 사람은 매점 앞에 놓인 플라스틱 탁자 하나를 차지하고 앉았다. 경수가 종이팩에 든 우유를 세 개 사왔다. 하이고, 숨차. 왕 할머니가 제 가슴을 두드렸다. 나 허파 없다. 숨차다. 경수는 팩에 빨대를 꽂아서 할머니들에게 건넸다. 왕 할머니는 왜놈들이 자신의 허파를 떼어내고, 콩팥도 도려냈다고 식식거렸다. 경수는 소리내어 웃었다.

"전엔 자궁이 없다고 그러시더니. 한의사가 할머니 자궁 있대요."

그는 조금 들떠 있었다. 왕 할머니의 과거사 자체보다도 그녀가 마침내 과거사를 털어놓았다는 사실이 놀랍고 감격스러웠던 것이다.

"……자궁 없다."

"할머니가 잘못 알고 계신 거예요. 할머니 콩팥도 있으실 거예요."

"……"

"허파는 물론 있고말고요. 허파가 없으면 사람은 죽어요."

"……죽어?"

왕 할머니의 목소리가 떨렸다. 그때였다. 우유만 홀짝이던 조 할머니가 돌연 고개를 쳐들었다.

"나는, 죽는 것보다, 더하다."

띄엄띄엄, 그러나 분명한 발음으로 그녀는 말했다. 마지막 어절이 어째 이지러진다 했더니 그녀는 느닷없이 흐느껴 울기 시작했다. 울면서 주먹으로 경수의 어깨를 때리기 시작했다. 옆 탁자에서 맥주를 마시던 사내들이 이쪽으로 고개를 돌렸다. 아뿔싸. 이젠 왕 할머니까지 덩달아 울음을 쏟았다. 그녀도 울면서 경수의 다른 쪽 어깨를 때렸다.

"김 가, 너 안다? 나 허파 없다. 자궁 없다."

두 할머니가 때리는 대로 맞다가 경수는 우유를 탁자에 엎질렀다.

"나 중국 간다. 내 딸 있다."

조 할머니가 던지고.

"나두 간다! 내 아들 있다! 메누리두 있다!"

왕 할머니가 받고. 두 할머니는 언제 준비해 왔는지 손수건까지 꺼내 눈가를 찍었다. 중국에서 자신들은 보통 사람이었다고, 중국인들은 자신들의 과거를 알지 못했다고, 부모 형제도 자식도 친척도 없고 말도 통하지 않는 우리나라에서는 못 살겠다고. 매점 옆 지구대 초소 안에서 경찰 제복을 입은 남자가 이쪽을 바라보았다. 할머니를 울리는 것은 여자친구를 울리는 것보다 훨씬 더 악질적인 일이었다. 그래도 다행이었다. 두 명의 할머니가 우는 건 한 명의 할머니가 우는 것보단 덜 살풍경하니까. 어쨌든, 이럴 땐 어떻게 해야 하는 걸까. 선배가 알려준 주의사항들은 이런 순간에도 전혀 도움이 되지 않았다. 경수는 우유팩의 상단을 노려보았다. 04. 11. 12 : 29까지. 모든 물건에는 유통기한이 있다. 그러나 사람이 살아가는 데에는 유통기한이 없는 것도 있을 것이다.

  탁자의 모서리를 타고 흘러내린 우유 한 방울이 경수의 운동화 코에 똑 떨어졌다.

  전화를 하지 말라고 했다, 선배는. 자신이 걸겠다고 했다. 서울의 금요일 저녁 다섯 시, 혹은 뉴욕의 금요일 저녁 다섯 시. 지난주에도 금주에도 전화는 오지 않았다. 경수는 메일을 쓰기로 했다. 그녀의 이메일 주소를 클릭했다. 선배, 잘 지내지? 선배, 전화 왜 안 했어? 기다렸는데. 선배, 과거와는 결별했어? 설마 그 자식 만나고 있는 건 아니겠지? 선배, 보고 싶다……. 건네지 못할 안부들이 그의 가슴속에서 자판 두드리는 소리처럼 한꺼번에 튀어 올랐다. 창 너머로 아침이 밝아오고 있었다. 하고 싶은 얘기를 쓸 수 없었으므로 경수는 그녀가 듣고 싶어할 얘기를 쓰기로 했다. 선배, 나 할머니들 잘 찾아뵙고 있어. 한 달에 두 번씩 목요일마다 꼬박꼬박 가고 있어. 여기까지 쓰고 나자 말문이 막혔다. 사방이 고요했다. 어느 순간 문 밖에서 희미한 소리가 났다. 무언가가 시멘트 바닥에 부딪는 소리였다. 맞다, 신문! 경수는 뛰쳐나갔다. 건물을 막 빠져나가려던 배달원의 앞을 날쌔게 가로막았다. 도주로를 차단당한 채 어깨를 움츠리는 이는, 뜻밖에도 아직 애티가 가시지 않은 소년이었다.
"너! 뭐, 뭐야?"
소년은 어깨를 가느다랗게 떨었다.
"죄송해요……."
소년이 말끝을 흐렸다.
"제가 드릴 수 있는 게…… 이것밖에 없어서 그랬어요."
경수는 소년의 얼굴을 보기 위해 상체를 굽혔다. 고개를 숙이고 있는 이 왜소한 몸집의 소년이 바로, 이 년 전 자신의 어머니 차 앞으로 뛰어든 자전거 위의 사내아이라는 것을 그는 한참 후에야 알아보았다.

세상에 이런 일이 다 있다니. 경수는 수저 두 벌을 식탁에 놓았다. 정말 감동적이잖아. 그는 쉴 새 없이 주절거렸다. 진짜야. 동화책 같은 데나 나올 얘기라니까. 그의 말을 듣는지 마는지 소년은 제 허벅지에 손바닥만 문질러댔다. 실은 경수 자신도 제가 무슨 말을 하고 있는지 몰랐다. 어떻게 날 찾아올 생각을 했지? 어떻게 이 년 동안 그 사고를 잊지 않고 있었지? 라고 묻지 않기 위해 그는 분주히 움직였다. 햇반을 데우고 3분 미역국을 끓였다. 냉장고 문을 열었다. 안에는 그가 먹다 만, 유통기한이 지난 햄과 소시지밖에 없었다. 문을 닫았다. 그러므로 반찬은 김치 하나. 마땅한 그릇이 없어서 국을 냄비째 내놓았다. 조그만 햇반 용기와 커다란 국 냄비가 우스꽝스레 조화를 이루었다. 경수가 머리를 긁적였다.
"국그릇이 너무 크지?"

소년이 기다렸다는 듯 대답했다.
"아뇨, 밥그릇이 너무 작아요."
소년은 햇반을 두 개나 먹었다.
"……우문현답이네."
언젠가 선배가 저에게 했던 말을 경수는 소년에게 들려주었다. 아 참, 메일을 쓰다 말았군. 그런데 말이야 선배, 인간은 왜 때로는 속으로 눈물을 흘리는 거야? 자신이 그렇게 물어보지 못하리라는 것을 경수는 잘 알고 있었다. 소년의 좁다란 어깨 뒤로 달력이 건너다보였다. 사월의 셋째 주 목요일까지 꼭 다섯 밤이 남아 있었다. ✲

| 작품 평설 |

애도의 대상이 되지 못하는 트라우마의 증식

　트라우마를 극복하는 여러 가지 방법이 있을 것이다. 애도를 통해서 마음속의 죄의식을 씻어내고 다시 출발선에 서는 방식과 또 하나는 과거로의 깊은 퇴행을 통해 트라우마를 더 깊게 응시하면서 곪아터지게 하는 방식. 거기에다 김미월 식 트라우마 극복 방법이 있다. 일단 타자의 트라우마를 모른 채 시치미를 떼고 자신에게 전이되는 것을 최대한 차단한 후 점차 소통을 통해서 길항하는 방식. 타인의 트라우마를 발견하기 위해서는 일차적으로 자신을 부정해야 한다는 진리가 바로 그것이다. 아물지 않은, 지워지지 않는 트라우마의 흔적이 다시 인간과 인간 사이의 관계의 문제를, 휴머니즘과 폭력의 문제를 곱씹게 할 수 있는 힘으로도 작용할 수 있다는 것, 김미월의 「유통기한」은 트라우마를 해석하는 작가적 독법이 돋보이는 소설이다.
　선배의 부탁으로 정신대 할머니들이 계시는 곳에서 봉사활동을 하게 된 경수는 사실 할머니들의 역사적, 개인사적 상처에는 관심이 없다. 그가 보기에 자신이 돌보는 두 할머니는 다른 할머니들과 달라 보이지 않았던 것이다. 그녀들의 팔다리에는 일본군이 난자한 흉터를 갖고 있지 않았으며, 일본군의 정액이 연상되어 우유나 요구르트를 먹지 못하지도 않았다. 게다가 경수는 십오년째 매주 수요일마다 진행되어 왔다는 일본대사관 앞에서의 정신대 할머니의 시위에도 관심이 없다. 우리말을 잘 하지 못한다는 것을 제외하고는 도대체 그들이 왜 정신대 할머니인가에 대한 심중이 가지 않는다는 것이다. 다만 중국말을 중얼거리며 자신에 대한 기억이 없어 오히려 편하다는 중국으로 보내달라는 말을 할 때, 자신들은 자궁이 없다고 외칠 때 잠시 각성의 시간이 오고간 것 이상의 의미를 갖지 못한다.

그렇기 때문에 이 소설을 통해서 정신대 할머니의 고통을 사회가 부담해야 한다는 등, 일본은 사죄하고 적절한 보상을 해야 한다는 등과 같은 의무와 책임, 반성의 목소리를 기대하고자 하는 것은 일종의 착각일 수 있다. 김미월의 「유통기한」은 반성과 책임을 묻고 과거 일본의 만행을 단죄하자는 구호 소설이 아니다. 작가의 고민은 자칫 단순해지기 쉬운 현실적인 논리를 어떻게 윤리적인 감각으로 치환할 수 있는가에 쏠려 있다. 구호, 이념적인 승화가 아닌 방식으로 일상적인 차원에서 이 문제에 대해서 어떻게 접근해나갈 것인가가 이 소설에서 결정적인 핵심적 요소라는 말이다.

바로 여기에 역사가 아닌 '과거'란 무엇인가에 대한 질문이 더해진다. 햄이나 소시지 유통기한을 화학용액으로 지우는 일을 하는 그에게 과거란 허용되지 않았던 것이다. 미래의 시간을 과거로 돌리는 것도 불가능하지만 유통기한이 없는 과거에게 '과거'를 묻는 것 또한 있을 수 없는 일이었던 것이다. 지우고 다시 쓰면 새로운 유통기한을 달고 팔려 나가는 것이 경수가 다루는 상품의 운명이었던 까닭이다. 경수는 그것이 마음에 들었다. 그러니 과거는 힘이 없으며, 현재가 인간이라면 과거는 귀신일 수밖에 없는 것 아니겠는가.

정신대 할머니를 바라보는 경수의 시각에는 다분히 이러한 의식이 내재되어 있었다는 것을 부인할 수는 없을 것이다. 그러나 간간히 정신대 할머니를 도와주는 경수의 태도나 유통기한을 지우려는 행위에는 일련의 공통점이 보인다. 바로 의식적으로 과거를 모른 채 하려했던 '의도적인 망각'이다. 기억을 통해 과거를 재창조하여 억압의 상징으로 만들어가는 것도 비판되어 마땅한 일이지만, 이것 못지않게 '윤리'의 문제가 부각되는 것은 의도적으로 트라우마를 망각하고자 하는 내면의 합리주의 때문인 것이다. 하지만 결과적으로 경수의 이런 의도적인 망각은 사고로 알게 된 소년에 의해서 다시 '자각'되면서 새로운 인식의 국면을 맞게 된다. 바로 대결이 아닌 대화와 소통의 가능성을 열어 놓는 것, 트라우마를 적당히 봉합하지 않으면서 충분히 애도하기 위해서는 서로가 집단과 개인에게 갖는 '윤리의식'만큼은 끝까지 견지해야 한다는 것, 김미월의 「유통기한」은 유통기한이 있을 수 없는 상처 입은 인간에게 바치는 나름대로의 헌사인 것이다.

— 선정위원 | 최성실

2007 젊은 소설

백야

그녀의 빈약한 시력 안에서만
'나'는 상품이 아닌 '나'로서 존재할 수 있다

김애현

창작 노트 | 들뜸과 가라앉음의 사이. 그 두 감정의 딱 절반에 나를 놓아둘 때, 나는 안녕한가.

약력 | 1965년 서울 출생. 세종대학교 교육학과 대학원 졸업. 2006년 『한국일보』・『강원일보』・『전북일보』 신춘문예로 등단. e-mail : khaos6004@hanmail.net

2007 젊은 소설

백야

플래시를 쓰지 않은 사진은 약간 어둡다. 사진 속의 사람들은 제각각의 시선과 모습으로 앉아 있다. 카메라를 전혀 눈치채지 못했다는 증거다. 등을 돌린 누군가의 어깨 너머로 내 얼굴이 보인다. 카메라의 초점은 나의 오른쪽 볼을 향한 것 같다. 어둑했던 카페를 떠올린다. 해가 질 무렵이었다. 도로가 훤히 내다보이는 창가를 향해 햇빛이 뒷걸음치고 있었다. 읊조림 같은 노랫소리가 낮은 포복으로 바닥을 기었다. 사람들의 목소리는 통로를 오가는 종업원들의 재빠른 걸음만큼이나 가벼웠다. 카페 안은 노래와 목소리와 걸음이 무관심하게 서로를 비껴 지났다. 나는 창가와는 다소 먼 자리에 앉아 사위어가는 빛을 바라보고 있었다. 누군가와 만날 약속 따위는 없었다. 내가 앉아 있는 사인용 테이블의 빈자리는 끝내 채워지지 않을 것이었다. 몸을 움직일 때마다 소매 밖으로 흰 팔목이 드러났다. 웃옷의 소매 끝을 잡아당겨 팔목을 덮었다. 그러자 목 주위가 허전했다. 나는 모자챙을 끌어내렸다. 두 팔을 테이블 밑으로 내리고 힘껏 깍지를 꼈다. 두껍고 투명한 유리 테이블 아래에서 내 두 손이 빛나기 시작했다. 그즈음 카메라의 셔터가 눌러졌을 것이다. 사진 속의 나는 빛나고 있다. 모자챙 아래의 얼굴과 목 주위가 환하다. 그 빛은 몇 럭스일까, 생각해본다. 반딧불이 한 마리쯤? 형광맨이라는 사진의 제목은 그 빛 때문이었고 그것은 나의 일곱 번째 별명이기도 하다.

사진은 인터넷 검색어 1순위를 차지하며 삽시간에 퍼졌다. 그 후로 모든 일들이 빛의 속도보다 빠르게 내게 다가왔다. 방송국에서 걸려온 전화도 그 중 하나였다. 전화를 건 사람은 나의 이름과 나이와 집 주소까지 이미 알고 있었다. 나는 어떻게 그 모든 사실을 그토록 빨리 알 수 있었느냐고 물으려다 입을 다물었다. 몇 차례 제작진들의 회의가 있었다고 했다. 수화기 너머의 사람은 잠시 머뭇거리다가 어떻게 몸에서 빛이 날 수 있는가에 대해 에둘러 물었다. 몰라요.

이틀 후 제작진의 두 사람이 집으로 찾아 왔다. 거실 바닥에 앉은 카메라맨은 방송국 로고가 찍힌 이동식카메라의 검은 손잡이를 잡은 채 집 안을 둘러보았다. 나와 마주앉은 담당 PD의 시선이 내 팔목에 와 닿았다. 나는 웃옷의 소매 끝을 잡아당겼다. 그리고 헐렁한 웃옷 안으로 몸을 웅크렸다. 담당 PD가 손목시계를 내려다보았다.

― 해가 질 때까지 기다릴 필요가 없겠는데요.

카메라맨의 말에 담당 PD는 내 어깨 너머로 베란다 창을 바라보았다. 맞은 편 건물 때문에 해가 한창일 때도 집 안에는 늘 빛이 부족했다. 여러 번 이사를 다녔지만 햇빛을 가리는 버티컬이나 커튼

따위는 필요 없었다.
— 그렇군. 여기서 한 번 시작해 볼까?
— 거실보다는 방에서 문 닫고 보는 게 더 확실하지 않을까요?

카메라맨이 담당 PD에게 말했다. 나는 어머니를 바라보았다. 바지의 보풀을 뜯고 있던 어머니는 나와 눈이 마주치자 곧바로 담당 PD를 향해 고개를 돌렸다. 우리 아들이 싫다는데요. 어머니의 무표정한 얼굴이 그렇게 말하고 있었다.

다음날부터 촬영이 시작되었다. 카메라맨은 어깨에 카메라를 얹고 나를 쫓았다. 카메라 렌즈는 오로지 나를 향해 있었다. 시간이 흐를수록 카메라맨의 얼굴이 자주 일그러졌다. 담당 PD는 어머니에게 이것저것 물어보는 눈치였지만 예의 무표정한 그 얼굴 앞에서는 난감해 했다. 카메라는 잠시 바닥에 내려져 있는 동안에도 쉬지 않고 돌아갔다. 며칠 뒤 담당 PD는 내게 전화를 걸어 방영이 불가하다는 제작진의 결정을 알려주었다. 결정을 내리기까지 회의는 길고 지루한 마라톤 같았다고 했다. 열흘이 넘는 촬영에도 불구하고 내 몸에서 빛을 볼 수 없었던 것이 결정적이었다고 말했다. 담당 PD는 나의 얘기가 '이렇게 놀라운 일이'라는 텔레비전 프로그램으로 넘어가는 일에 대해 지극한 우려감을 표시했다. 아울러 그와 유사한 그 어떤 오락프로그램의 유혹에도 흔들리지 말아달라고 당부했다. 그 말끝에 담당 PD는 언제가 될지는 알 수 없으나 다시 한 번 도전할 기회를 달라고 말했다. 나는 그와의 통화가 길고 지루하게 느껴졌다.

— 댁으로 사과 상자를 배달시켰습니다. 그간 촬영에 협조해주신 것에 대한 저의 작은 성의라고 생각해주십시오.

내가 아무 말 없자 담당 PD는 조금 가벼워진 목소리로 나의 팬 카페가 생겼다고 전했다. 친절한 금자 씨가 주인인 카페 이름은 '형광맨'이라고 했다. 그곳에 자신도 밑줄 쫙, 이라는 애칭으로 가입했노라고 말했다. 담당 PD는 잠시 뜸을 들인 후 내게 빛에 대해 물었다. 그것이 어디서 왔는지 어떻게 내 몸에 스며들어 수 백 만개의 땀구멍을 통해 또다시 뿜어져 나오는지 알고 싶다고 말했다. 몰라요.

어머니가 방문을 열고 나를 부른다.

"사과 먹자."

방에서 나온 나는 어머니와 비좁은 거실 바닥에 마주앉는다. 사과 두 개와 접시 그리고 칼이 쟁반 위에 놓여 있다. 어머니가 사과를 깎는다. 두툼한 손 안에서 사과가 돈다. 하루에 두 개씩. 배달된 사과 상자를 열고 그 안을 들여다 본 어머니는 그렇게 내게 말했다. 어머니의 규칙대로라면 다용도실에 내다 놓은 사과 상자들은 그 자리에서 너끈히 한 달을 버티고도 남을 것이다.

"좀 더 꺼내오지 그랬어요."

어머니는 사과를 아무렇게나 잘라내 접시 위에 쌓아 놓은 뒤 두 번째 사과를 깎는다. 나는 어머니의 무표정한 얼굴이 무얼 뜻하는지 잘 알고 있다. 어쨌든 사과는 하루에 두 개씩. 어머니에게 사과는 빛이 불러들인 열매다. 아끼고 아껴 먹을 것이 뻔하다.

"다 먹기도 전에 썩어버릴 거예요."

어머니가 칼을 내려놓고 사과심을 집는다. 나는 사과심 주위를 베어 먹고 있는 어머니에게로 사과 접시를 민다. 어머니는 고개를 저으며 사과심을 통째로 입에 넣는다. 나는 어머니의 얼굴을 물끄러미 바라본다. 내게 광채란 이름을 지어준 사람은 어머니다. 빛을 한 아름 끌어안은 태몽 때문이기도 하겠지만 갓난아기 옆에는 어머니밖에 없었다고 한다. 그러니 내가 지을 수밖에. 그렇게 말하는 어머니의 얼굴에서 아버지의 부재는 아주 사소해 보였다. 어쩌면 아버지는 어머니의 다른 이름인지도 모른다고 생각했다. 그러나 동네 아이들은 아버지의 부재가 아주 중요한 결핍이라는 것을 조롱을 통해 내게 일러주었다. 어머니는 아버지가 될 수 없다는 것을 깨달았다.

 티비 드라마에서 보았던 커다란 통유리창의 버티컬이나 커튼. 그것들을 통해 걸러진 연한 빛이 내 몸에 와 닿는 것을 느끼며 창밖에 있는 아버지가 유난히 흰, 내 살갗을 놀려대는 동네 아이들을 흠씬 두들겨 주는 소리를 상상했다. 어린 나는 그런 아버지가 꼭 있어야만 한다기보다는 있으면 좋겠다고 생각했다. 그러나 어머니에게 있어서 나쁠 게 없는 것들이란 낭비나 다름없었다. 그런 것들은 없는 것이나 마찬가지라 생각하며 살라고 말할 것이 틀림없었다. 나는 방 벽에 기대어 앉아 두 무릎을 껴안고 어머니를 바라보았다. 새삼 아버지가 왜 필요한지 어머니에게 잘 설명할 수 없을 것 같았다. 어머니는 발뒤꿈치에 잡힌 커다란 물집을 손가락 끝으로 쓰다듬었다. 물집이 터지기 전에 용기를 내야한다고 내게 일렀다. 어머니가 쥐고 있던 대바늘 끝에 콧김을 쐬었다. 나는 주눅 든 목소리로 아비 없는 자식들은 살갗이 하얀 것이냐고 어머니에게 물었다. 웃기고 자빠졌네. 대바늘 끝이 물집을 터뜨리자 말간 진물이 나왔다. 어머니의 눈물은 늘 물집에서만 흘러나왔다. 내 목구멍을 간질이던 아버지가 필요해, 란 말이 앙금처럼 가라앉았다. 그 후로 나는 또래의 조롱과 따돌림에 대해 웃기고 자빠졌다는 말 한 마디로 일갈하던 어머니가 어딘지 모르게 든든한 구석이 있다고 여겼다. 자라면서 아주 가끔 어머니는 특별한 사람이 아닐까, 생각했다. 내게 광채란 이름을 지어준 것부터가 그랬다. 태몽으로 기인한 자연스러운 작명이었겠으나 어쩌면 어머니는 아주 오랜 뒤 내 몸에서 빛이 날 것이란 사실을 이미 알고 있었는지도 모를 일이었다. 하지만, 어머니는 돌연변이라 불리는 사춘기의 내게 아무런 도움도 주지 않았다. 자주 이사를 다녔다. 이삿짐을 싸는 어머니의 널찍한 등을 바라보며 한번쯤 어머니가 나를 따돌리는 동네에 미련 따위는 없다고 말해주길 바랐다. 어머니는 이삿짐을 둘러친 누런 테이프를 악착스레 이빨로 끊어낼 뿐 아무 말이 없었다. 이사를 하고 나면 얼마 지나지 않아 어김없이 새로운 별명을 얻었다. 나는 그때마다 어머니에게 아버지의 부재를 아프게 꼬집었지만 부질없는 일이었다. 나는 아버지를 잊기로 했고 그즈음 쑥쑥 키가 자라고 있었다.

어머니가 집게손가락을 입 안으로 넣고 이 사이에 낀 무언가를 열심히 파낸다. 나는 미간을 찌푸린다. 어둑한 집 안도 신경에 거슬린다.

"불 좀 켜자고요."

어머니는 물끄러미 나를 바라본다.

"아끼는 것도 정도껏 해요."

어머니가 웃는다. 나는 조금 더 짜증을 내기로 마음먹는다.

"거 봐요, 어두우니까 웃는 건지 우는 건지 잘 모르겠잖아요."

"이렇게 환한데 무슨. 네 옆에서라면 신문도 읽겠다."

사실 나는 빛이 언제 어디서 어떻게 내게로 왔는지 알지 못한다. 생각건대 그것은 내 의지와는 무관한 일이다. 어찌 보면 내 의지와 무관하다고 생각하는 순간부터 대답은 정해져 있었는지 모른다. 빛은 내게 '있는 것'이다. 빛은 내게 '있고' 남들에게는 '없는(적어도 지금까지 몸에서 빛이 난다는 사람은 듣지도 보지도 못했으므로)' 것이다. 누군가에게는 없는 것이 내게만 있다는 사실을 깨달았을 때 나는 더 이상 빛과 무관하지 않았다. 몸이 빛나는 것은 대체 무슨 연유에서일까. 그 말의 꼬리처럼 나는 누군가로부터 혹은 무엇으로부터 외따로 떨어져 나온 기분에 빠져 들었다. 배척이나 배타 같은 단어들이 무시로 떠올랐다. 내 존재는 빛 가운데 있었으나 의식은 육체의 결핍과 과잉의 사이에서 부대꼈다. 그러나 나는, 나의 발광(發光)을 그 어느 것으로도 함축하지 못했다. 그 와중에 나는 내 빛에 관한 한 최초의 목격자인 어머니의 증언이 아주 유효할 것이라는 생각이 들었다.

― 언제부터 내 몸에서 빛이 나기 시작한 거죠?

― 몰라. 그냥, 해가 져도 어둡지 않았어. 그래서 불을 켜지 않은 거다. 그게 다야.

어머니는 내 몸의 빛으로 어둑한 집안을 밝힐 수 있다는 것이 고마울 따름이라고 덧붙여 말했다.

어머니가 길게 하품을 한다. 두 눈에 졸음이 가득하다. 방으로 들어간 어머니는 불을 켜지 않는다. 어둠 속에서 이불을 내려 바닥에 깐 뒤 그 속으로 몸을 디민다. 어머니는 방문을 열어 둔 채 잠이 들 것이다. 어둠이 짙고 깊으면 가위에 눌리고 마는 어머니에게 태몽은 빛을 욕망하는 것의 다른 이름이었는지도 모를 일이다. 빛을 부른 건 어머니였을까.

마우스를 움직이자 화면 보호기가 사라지고 컴퓨터 화면에 형광맨의 사진이 나타난다. 지금쯤, 촬영을 중단한 방송국과 끝내 발광의 원인을 밝혀내지 못한 병원 측은 형광맨의 사진이 조작일 수도 있다는 사람들의 뒷말이 더 근거 있다고 생각할지도 모르겠다. 나는 그때 내 속에서 꿈쩍하지 않던 빛을 또렷하게 기억한다. 카메라 렌즈가 내게 가까울수록 빛은 단단하게 뭉쳐졌다. 빛의 덩어리는 서서히 나의 아랫배를 향해 움직였다. 내 몸은 바짝 움츠러들었다. 카메라맨의 눈이 충혈되었다. 담당 PD는 어디론가 전화를 걸었다. 휴대폰을 귀에 대고 있던 그의 미간이 잔뜩 찌푸려졌었다.

　어머니의 코 고는 소리가 거칠다. 나는 컴퓨터 화면을 메일 함으로 옮긴다. 밑줄 쫙, 이 보낸 두 통의 메일은 그대로 삭제버튼을 눌러 휴지통으로 날려 보낸다. 친절한 금자 씨의 메일 한 통을 제외한 나머지 것들은 모두 처음 보는 이름이다. 나는 싸이키조명이라는 사람의 메일을 연다. 형광맨이라는 커다란 형광 글씨가 물결치듯 움직이는 혀 위에서 빛난다. 마우스를 쥔 채 집게손가락을 까닥인다. 손가락 끝으로 짜증이 몰린다. 나는 어릴 적 눈사람이란 별명을 떠올린다. 눈사람은 나의 첫 번째 별명이다. 유난히 흰 피부색 때문이었다. 또렷한 눈망울만이 기억나는 나의 여자 짝은 검은 모자를 비뚤게 쓴 눈사람의 그림을 내게 주었었다. 이건 너야. 짝이 가리킨 눈사람의 양 옆으로 서넛의 아이들이 있었다. 눈사람과 손을 잡고 있는 아이들은 즐거운 듯 웃고 있었다. 나는, 눈사람이 아이들보다 키가 두 배는 크게 그려졌다는 사실이 마음에 들었다. 때문에 한동안 눈사람이라고 불리는 것이 그다지 싫지 않았던 것 같다. 잦은 이사 때문에 눈사람과 형광맨 사이에 오래 남지 못한 별명들도 꽤 된다. 대부분 눈사람보다 더 구체적이고 노골적이다. 그런 별명일수록 내가 무리로부터 얼마나 멀리 튕겨졌는지 절실히 깨닫게 해주었다. 내 이름을 불러주는 사람은 어머니뿐인 것 같았다.

 나는 싸이키조명의 메일을 휴지통으로 보낸 뒤 친절한 금자 씨의 메일을 연다. 형광맨 팬 카페의 첫 번째 정례모임을 알리는 내용이다.

 어머니의 코 고는 소리가 가팔라진다. 나는 속으로 숫자를 센다. ……, 다섯. 어머니가 참았던 숨을 내뱉는다. 나는 속으로 웃는다. 어머니는 친절한 금자 씨와 이름이 같다. 혹 친절한 금자 씨는 어머니가 아닐까 생각한 적이 있다. 그러나 어머니는 컴퓨터와는 거리가 멀어도 한참이나 멀다. 더더군다나 팬 카페의 회장이라니. 나는 웃고 만다. 두 손을 자판 위에 올려놓는다. 두 손이 빛나고 있다. 그 빛이 자판 주위를 밝혀준다. 나는 친절한 금자 씨에게 답장을 쓴다. 간단한 인사말과 카페 관리에 대한 지극한 고마움을 전한다. 기꺼이 초대에 응하겠노라고 정중히 쓴다. 나의 열 손가락이 자판 위에서 부산스럽다.

*

 카페 안으로 들어선 나는 카운터 앞에서 걸음을 멈춘다. 홀 안을 둘러본다. 입구 쪽으로 등을 돌린 채 창가 자리에 앉아 있는 손님 한 명이 전부다. 허탈한 기분이 든다. 적어도 스무 명 안팎의 회원들이 모일 것이라는 말에 나는 조금 설레었던 모양이다. 어서 오세요, 라고 인사말을 건넨 종업원이 나를 빤히 바라본다. 나는 두 손을 주머니에 찔러 넣으며 고개를 숙인다. 창가 자리로 걸어간다.

김애현 | 백야 47

단 한 명의 손님은 여자다. 굵고 웨이브가 진 머리칼을 귀 뒤로 한 움큼 모아 묶은 머리 다발이 굵다. 나는 느린 걸음으로 여자 곁을 지나친다. 그녀는 여전히 창밖을 바라보고 있다. 나는 걸으면서 홀 안의 벽시계를 바라본다. 십여 분이나 지나버린 약속시간과 단 한 명의 손님인 여자. 그녀가 친절한 금자 씨일 수밖에 없는 이유는 그것만으로도 충분할 것이다. 뒤를 돌아본다. 여자와 눈이 마주친다. 돌아서서 여자에게로 다가간다.

"저어, 친절한……."

"김광채 씨?"

여자가 나를 올려다보며 묻는다. 나는 고개를 끄덕이며 친절한 금자 씨와 마주앉는다. 그녀가 쓰고 있는 검은색 선글라스는 짙고 어둡다. 그 너머 두 눈이 보이지 않는다. 어느 새 종업원이 다가와 메뉴판을 탁자 위에 내려놓는다. 친절한 금자 씨는 메뉴판을 펼치고 얼굴을 가까이 댄다. 한참 후 그녀는 오렌지주스, 라고 말한다. 종업원이 나를 바라본다. 빨리 정해, 라고 말하고 싶은 표정이다. 같은 걸로. 종업원이 메뉴판을 집어 들고 잠시 나와 친절한 금자 씨를 번갈아 바라보고는 돌아선다.

친절한 금자 씨가 핸드백을 연다. 반으로 접힌 종이를 꺼내들고 펼친다.

"밑줄 쫙, 님은 방송국 사정상 불참하십니다. 형광펜과 형광오빠짱, 님은 오늘 중요한 회사 미팅으로 불참하시고 백열전구와 십오야 밝은 달, 님은 상(喪)중인 친지와 친구 방문으로 각 각……지독한 몸살과 오한……시험 중이고……그래서 불참하십니다."

나는 탁자 밑으로 두 손을 내리고 맞잡는다. 그러니까, 친절한 금자 씨의 말은 모두 안 온다는 얘기다. 종업원이 다가와 쟁반 위에서 허리가 잘록한 유리컵 두 잔을 탁자 위에 내려놓고 돌아선다. 나는 유리컵의 잘록한 부분을 한 손으로 잡고 내 앞으로 끌어당긴다. 나는 오렌지주스를 단숨에 마셔버린다. 밑줄 쫙과 형광펜과 형광 오빠짱과 십오야 밝은 달……, 오지 않은 열아홉 명의 정회원이 목 안으로 쓸려 넘어간다. 위산과 뒤섞여버려라. 나는 속으로 중얼거리며 빈 유리컵을 탁자 위에 내려놓는다. 크어억―. 나의 트림 소리는 위산에 버무려진 열아홉 명의 비명소리 같다.

"한 잔 더 시킬까요?"

친절한 금자 씨가 묻는다. 나는 고개를 젓는다.

"실망했어요?"

친절한 금자 씨가 집게손가락으로 선글라스를 추어올리며 말한다. 나는 대답 대신 웃는다.

"나를 일당백이라고 생각하세요."

어머니를 떠올린다. 친절한 금자 씨의 조금 전 말을 어머니의 투로 바꿔보면 그냥 똥 밟았다고 생각해, 였을 것이다.

"지금 이 시간 이후로 무얼 하실 거죠?"

친절한 금자 씨가 내게 묻는다. 당황스럽다. 만나서 무얼 해야 하는 것은 일당백을 자처하는 친절한 금자 씨와 불참한 회원들의 몫이 아니었을까. 내가 머뭇거리는 사이 친절한 금자 씨가 벌떡, 자리에서 일어선다.

"일단 여길 나가고 보죠."

친절한 금자 씨는 핸드백을 들고 입구 쪽으로 걸어간다. 나는 앉은 채로 카페 문을 열고 나가는 친절한 금자 씨의 뒷모습을 멍하니 바라본다.

친절한 금자 씨는 카페로 오르는 계단 바로 앞에 서 있다. 그녀의 발밑으로 입구 위쪽에 달린 차양이 만든 그늘이 있다. 나는 계단 두 개를 남기고 멈춰 선다. 친절한 금자 씨가 뒤돌아본다. 그녀의 선글라스는 무엇엔가 놀란 검은 눈망울 같다. 커다란 그것이 내게 무어라 말하는 듯도 하다. 나는 계단을 내려서서 그녀와 나란히 선다. 오후 두시. 햇빛이 쨍쨍하다. 그 속으로는 한 발자국도 들여놓지 않겠다는 듯 그녀의 두 발이 그늘 속에서 가지런하다. 친절한 금자 씨가 흘끗, 나를 바라보더니 이내 왼쪽으로 몸을 틀고 앞서 걷는다.

친절한 금자 씨를 따라 걷는다. 그녀의 걸음은 발자국모양의 표식을 내딛는 것처럼, 꼭 그 만큼만의 보폭으로 걷겠다는 듯 느리지도 빠르지도 않다. 주위를 두리번거리지도 않는다. 하지만, 갈 곳이 있는 것처럼 보이지는 않는다. 때문에 그녀를 따라 걷는 나는 지금 어디로 가고 있는지 알지 못한다. 친절한 금자 씨가 걸음을 멈추고 돌아선다.

"영화 볼래요?"

집에 가고 싶어요, 라고 말하고 싶었으나 나는 입을 다문다.

일분 간격으로 웃겨드립니다. 영화 광고 문구는 틀린 말이 아니었다. 어둑한 극장 안에서 사람들의 웃음소리가 연발탄처럼 터진다. 나는 자주 친절한 금자 씨의 옆얼굴을 훔쳐본다. 처음 좌석에 앉을 때와 똑같은, 흐트러짐 없는 자세였지만 잔뜩 미간을 찌푸린 채다. 영화를 보는 내내 친절한 금자 씨는 웃지 않는다. 가끔씩 손가락으로 미간을 문지를 뿐이다. 그러나 나는 친절한 금자 씨가 쓰고 있는 선글라스가 더 신경이 쓰인다. 저러고 영화를 볼 수 있을까, 의심스럽기까지 했다. 스크린 가득 햇살이 눈부실 때마다 친절한 금자 씨는 고개를 숙이며 한 손으로 선글라스 앞을 가린다.

영화가 끝나자 각각의 출입구 쪽으로 사람들이 몰려간다. 친절한 금자 씨는 좌석에 그대로 앉아 있다. 통로를 지나던 사람들이 친절한 금자 씨를 흘끔거린다. 더러는 웃기도 한다. 친절한 금자 씨는 그에 아랑곳없이 입을 벌리고 하품을 한다. 그녀를 바라보던 나도 입이 저절로 벌어진다. 입술에 힘을 주고 하품을 삼켜버린다.

"밥 먹으러 가요."

영화관 매표소 앞을 지나며 친절한 금자 씨가 내게 말한다. 나는 대답 대신 따라 걷는다. 앞서 걷던 친절한 금자 씨가 걸음을 멈추고 돌아선다.

"왜 아무 말 안 해요?"

"……"

나는 그녀를 바라본다. 그녀의 검은 선글라스는 분명 나의 시선과 어긋나 있다. 내가 아무 말 없이 바라만 보자 그녀는 재빨리 얼굴을 돌린다. 그제야 선글라스는 내 시선과 마주한다. 0.5초 정도였을까. 다급하게 내 시선을 찾던 선글라스 너머의 그녀는 당황스러운 듯 보인다. 나는 아무 말이라도 해야겠다는 생각이 든다. 그때 친절한 금자 씨가 핸드백을 연다. 휴대폰을 꺼내 선글라스 가까이에 대고 액정화면을 들여다본다. 친절한 금자 씨의 미간은 여전히 찌푸려져 있다. 그녀는 손가락으로 미간을 문지르며 휴대폰을 귀에 갖다 댄다. 화장기가 옅어진 미간에 가는 주름이 드러난다.

"아뇨. 안 나왔어요. 글쎄요, 집에 없다면 어디 다른 곳에 가 있겠죠. 제가 그 남자 엄마예요, 그 딴 걸 알게? 아, 글쎄 안 나왔다니까. 그럴 거면 방송이고 나발이고 모임에 나와서 두 눈으로 확인해야 하는 거잖아! 그놈에 입에다가 밑줄을 쫙, 그어 버릴까부다!"

친절한 금자 씨가 휴대폰의 플립을 거칠게 닫아 버린다.

주위가 어둑해진다. 친절한 금자 씨는 음식점이 양옆으로 즐비한 길로 들어선다. 간판들이 휘황찬란하다. 목숨을 건 싸움에서처럼 서로를 향해 욕설을 퍼붓듯 빛을 뿜어내고 있다. 대박보쌈을 지나고 진짜원조32년 전통의 해장국집을 지나친다. 골목이 끝나려나 싶은 곳에서 친절한 금자 씨가 걸음을 멈춘다. 나는 건물 외벽에 달린 간판을 쳐다본다. 돈가스의 집.

친절한 금자 씨는 고개를 깊게 숙이고 탁자 위에 놓인 메뉴판을 들여다보고 있다. 테이블 옆에 서서 주문을 기다리던 주인은 맞잡은 손을 풀며 낮은 기침소리를 낸다.

"오리지널 돈가스."

마침내 친절한 금자 씨가 메뉴판을 덮으며 말한다. 나는 주인에게 같은 것을 주문한다. 주인이 카운터로 가고 식당 안에서 달그락거리는 소리가 들리기 시작한다. 친절한 금자 씨는 또 창밖을 내다본다. 나도 아무 말 하지 않고 친절한 금자 씨처럼 밖을 내다본다. 내가 앉아 있는 자리에서 골목 끝이 내다보인다. 아파트 단지를 둘러싼 방음벽에 막혀 골목은 왼쪽으로 방향을 틀고 있다. 친절한 금자 씨의 얼굴이 오른쪽 눈에 자꾸만 들어온다. 나는 고개를 좀 더 왼쪽으로 돌린다. 휘황한 간판 불빛이 왼쪽 눈 끝에 악착스레 매달린다. 조금 지나자 목이 아파 온다. 하는 수 없이 친절한 금자 씨를 바라본다.

"늦었지만 이름이……."
친절한 금자 씨가 고개를 돌리고 나를 바라본다.
"정금자."
나는 유금자인 어머니의 이름이 당신과 같다고 말하려다 그만둔다. 어쩌면 주인도 금자 씨인지 모른다. 멋있는 금자 씨 혹은 예의 바른 금자 씨.
"아까, 영화 어땠어요?"
친절한 금자 씨가 묻는다.
"웃겼죠, 뭐."
친절한 금자 씨는 고개를 끄덕인다. 영화를 보는 내내 무표정했던 그녀의 얼굴이 떠오른다. 눈꼽만큼도 안 웃겼다고 말했어야 했나, 싶다.
"금자 씨는 재미없었어요?"
"눈만 아팠어요. 영화인데도 햇빛이 그렇게 눈부실 줄 몰랐어요. 보지 말았어야 하는데. 식구들은 내가 낮에 나온 줄 몰라요. 알면 기절들 할 거예요."
짙은 검은색 선글라스와 쨍쨍한 햇빛을 코앞에 두고 머뭇거리던 두 발 그리고 나와 어긋났던 그녀의 시선을 떠올린다. 오래된 것 같은 미간의 주름처럼 그것들은 빛에 대한 그녀만의 표정인지도 모른다.
"그런데 이 집 분위기는 어때요?"
친절한 금자 씨의 말에 나는 허둥댄다. 별로라고 해야 할지 탁월한 선택이라고 해야 할지 난감하다.
"느낌이……밖에서 볼 땐 안이 이렇게 밝을 줄은 몰랐는데 어쨌든 느낌이 나쁘지는 않아요."

친절한 금자 씨의 고개가 한쪽으로 비스듬히 기운다.

"그러니까 뭐랄까, 생각보다 화려하다고나 할까요."

친절한 금자 씨의 고개를 바로 세운다. 그리고 집게손가락으로 선글라스 가운데 부분을 추어올린다.

"메뉴가 네 개밖에 되지 않는 걸 보면 돈가스에 대한 자부심이 대단한 것 같아요."

나는 일부러 친절한 금자 씨의 어깨너머를 바라보며 말한다. 그럼에도, 나의 시선은 간혹 친절한 금자 씨의 검은 선글라스와 마주친다.

"지금 어딜 보고 있는 거죠?"

"네?"

친절한 금자 씨가 한숨을 쉰다.

"낮이나 밤이나 세상은 너무 환해요. 찡그리지 않고서는 도무지 볼 수가 없어요. 하긴 찡그리고 봐도 제대로 보이는 건 별로 없지만. 그래도 밤이 되길 기다렸는데……당신이 잘 안 보여요."

친절한 금자 씨는 고개를 숙여 탁자 위를 잠시 바라보고는 이내 창밖으로 시선을 돌린다.

주인은 나이프와 크기가 다른 두 개의 포크 그리고 수저를 친절한 금자 씨와 내 앞에 가지런히 놓아준다. 이어 수프와 샐러드를 날라 온다. 친절한 금자 씨를 따라 나는 앞 수건을 펼쳐 무릎 위에 올려놓는다. 그러나 친절한 금자 씨는 수프와 샐러드를 물끄러미 내려다볼 뿐이다. 주인이 커다랗고 하얀 접시 두 개를 가져와 탁자 위에 내려놓는다. 연한 갈색의 소스에서 김이 올라온다. 친절한 금자 씨가 자신의 접시를 내 앞으로 민다.
"잘라주세요, 아주 작게."
 나는 나이프와 포크를 나눠 쥔 채 친절한 금자 씨를 바라본다. 친절한 금자 씨는 두 손을 탁자 밑으로 내리고 다소곳하다. 나는 크고 두툼한 돈가스를 조각낸 뒤 접시를 다시 친절한 금자 씨 앞으로 민다. 그녀의 한 손이 느리게 포크에 다가간다.
 친절한 금자 씨가 접시 한가운데에 포크를 꽂는다. 두 개의 돈가스 조각이 포크의 날렵한 끝에 찍힌다.
"이렇게 작은 조각이라면 누구라도 이럴 수 있는 거겠죠?"
 포크 끝에 아슬아슬하게 매달린 듯, 한 조각이 찍히기도 하고 나란히 두 조각이 찍히기도 한다. 세 조각이 동시에 찍혔지만 그녀의 입으로 들어가기 전 한 조각이 허벅지 위에 펼쳐 둔 흰 수건에 떨어지고 만다. 어쩌다 한 번씩, 그녀의 포크에 돈가스 조각 하나가 정확히 찍힌다. 돈가스 조각을 비껴 간 그녀의 포크가 접시의 매끄러운 곳에 부딪쳐 날카로운 소리를 내기도 한다.
'누구라도 이럴 수 있는 거겠죠?'
 나는 그녀의 말을 떠올리며 내 앞에 놓인 접시를 내려다본다. 나는 이미 조각 낸 돈가스를 더 잘게 자른다. 그리고 조용히 포크를 내리꽂는다. 한 조각이 포크 끝에 정확히 찍힌다. 나는 그 조각을 입에 넣고 우물거리며 그녀를 바라본다. 매달린 듯 아슬아슬하게, 그리고 나란하거나 엉성하게 돈가스 조각들을 찍어 올리는 일이란 아무나 할 수 없는 일이라고 속으로 중얼거린다. 그녀는 이제 막 두 조각이 찍힌 포크를 입으로 가져가려던 참이다. 통로 천장에 달린 할로겐 불빛이 닿아 그녀의 포크가 반짝, 빛난다.

친절한 금자 씨가 접시 위에 남은 마지막 한 조각을 내려다보고 있다. 조각은 아주 작은 부채꼴이다. 둥근 돈가스를 자르다보니 어쩔 수 없이 생긴 것이다. 단번에 찍기가 어려울 것 같다. 친절한 금자 씨는 마지막 조각을 포기라도 한다는 듯 포크를 접시 옆에 내려놓는다. 나는 물끄러미 친절한 금자 씨를 바라본다. 마지막 조각을 포크로 찍어 그녀의 입에 넣어 주고 싶다.

"영화도 봤고 밥도 먹었고 이제 뭐하죠?"

나는 후식으로 나온 뜨거운 커피를 내려다본다. 지금까지 무얼 하는 것에 대한 결정은 오로지 친절한 금자 씨만의 것이었다. 한번쯤은 나도 무얼 하자고 먼저 말해야 할 순간인 것 같다. 하지만, 도무지 생각나는 것이 없다. 무얼 한다지.

"연애 안 해봤죠?"

나는 화끈 달아오르는 귓불이 친절한 금자 씨의 눈에 띌까봐 조바심이 난다. 대답 대신 웃는다. 사실 나는 연애 경험이 없다. 연애가 쌍방에 관한 것이라면 분명 없다. 문득, 나는 연애가 하고 싶어진다. 만나서 차를 마시고 얘기를 나누며 영화도 보고 밥도 먹는, 연애를 하고 싶다. 내 얼굴이 홧홧하게 달아오른다. 친절한 금자 씨가 벌떡 자리에서 일어선다.

친절한 금자 씨는 건물 입구의 오른쪽, 셔터가 내려진 상가 앞에 서 있다. 나는 그녀 옆에 나란히 선다. 그녀가 주위를 둘러본다. 그녀의 선글라스에 간판의 불빛들이 어룽댄다.

"내가 가자면 어디든 갈래요?"

그녀의 말에 나는 피식, 웃는다. 지금까지 친절한 금자 씨의 뒤를 쫓은 나였다. 연애라는 달콤한 소통이 자석처럼 나를 끌어당긴다.

"어디……갈 건데요?"

친절한 금자 씨는 아무 말 없이 걷는다.

방음벽을 따라 아파트 단지를 벗어난다. 친절한 금자 씨는 또 다른 골목으로 들어선다. 나는 길 양옆으로 즐비한 숙박업소의 간판들을 번갈아 쳐다보며 걷는다. 이대로라면 친절한 금자 씨와의 연애는 속도위반이다.

안단테. 낮은 소리로 간판을 읽는다. 모텔은 삼 층짜리 건물이다. 나는 친절한 금자 씨가 들어가 버린 입구 앞에서 멈춰 선 채 숨을 고른다. 친절한 금자 씨가 유리문을 열고 몸을 반쯤 내민다.

"안 들어오고 뭐 해요?"

나는 머뭇거린다. 친절한 금자 씨가 유리문 안으로 들어가 버린다. 나는 주위를 둘러본다. 누군가 걸어온다. 나는 재빨리 모텔 입구의 유리문을 밀친다.

방이 좁다. 침대와 벽에 걸린 소형 텔레비전 그리고 화장대와 그 밑에 키 낮은 냉장고 하나. 천장에 달린 둥근 형광등 빛이 비좁은 방을 밝히고 있다. 친절한 금자 씨는 침대 끝에 앉아 한 발을 무릎 위에 올려놓고 발바닥을 주무르고 있다. 나는 주춤거리며 방으로 들어간다. 한쪽 벽에 붙여 놓은 침대와 그 맞은 편 벽 사이가 좁다. 베개 두 개가 침대 머리맡에 나란하다. 하얀 천으로 덧씌운 침대 위에 석 장의 수건이 잘 접힌 채로 놓여 있다. 침대와 베개와 잘 접힌 수건이 이제 무얼 할 거냐고 내게 물을 것만 같다. 나는 재빨리 친절한 금자 씨 옆에 앉는다. 무작정 앞만 바라본다. 흰색 벽지 위에 마름모꼴 사방 무늬가 돋을새김으로 퍼져 있다. 나는 무늬를 따라 고개를 돌리다가 친절한 금자 씨의 옆얼굴을 본다. 친절한 금자 씨도 벽을 바라보고 있다. 나는 조금 더 고개를 돌린다. 벽에 붙어 있는 소형 텔레비전이 친절한 금자 씨의 머리 너머로 보인다. 한눈에 보아도 구형임을 알 수 있다. 골목 끝 안단테. 새 모텔들이 생기기 전, 안단테는 골목에서 가장 멋진 건물이었는지도 모른다. 빠르게, 아주 빠르게 모텔들이 속속 생기고 안단테 모텔은 벽지 위에 새 벽지를 덧바르면서 골목 끝까지 닿지 않는 손님들의 발길을 애타게 기다렸을 것이다. 사소하고 밋밋한, 그래서 누군가 토를 달아주지 않으면 결코 떠오르지 않는 지난날의 기억. 나는 안단테 모텔이 그와 같을 것이라고 생각한다.

친절한 금자 씨는 두 다리를 곧게 뻗은 뒤 발을 포개 얹는다. 나는 친절한 금자 씨의 발을 내려다본다. 곧추 세워진 발가락이 검은 스타킹 안에서 꼬물거린다. 나도 그녀처럼 두 발을 포개 얹는다. 발가락을 움직여본다.

"불을 꺼요."

친절한 금자 씨가 말한다. 나는 일어서서 벽의 스위치를 누르고 다시 침대 위에 앉는다. 어둠이 짙고 깊다.

"내 안은 늘 이 방 같아요. 언젠간 내 두 눈도 이렇게 어두워질 거예요. 장님이 되고 말겠죠?"

"……"

"사진을 봤을 때 당신이 빛나고 있다는 것을 알았어요. 당신의 시선이 사진의 왼쪽을 향해 있더군요. 모자를 푹 눌러 쓰지만 않았더라도 나는 당신이 두 눈을 찡그리지 않고 무언가를 보고 있단 사실을 쉽게 알았을 거예요. 무얼 본다는 일은 내게 꽤나 어려운 일에 속해요. 하지만 나는 오랫동안 사진을 들여다보았어요. 당신이, 그러니까 그때 그 아이가 빛날 줄은 몰랐어요."

친절한 금자 씨가 선글라스를 벗고 나를 바라본다. 빛이 그녀의 얼굴에 닿는다. 크고 동그란 눈망울이 어둠 속에서 서서히 다가온다. 눈사람, 눈사람……. 검은 모자를 비뚜름하게 쓰고 크기가 다른 두 개의 눈 뭉치가 몸이 되었던, 그리고 세 가닥의 앙상한 가지 끝 같은 양손이 둥근 원의 경계에서 곧게 뻗어나 있던. 나는 속으로 눈사람을 부른다. 어릴 적, 눈망울이 또렷했던 내 짝이 한 손을 휘휘 내저으며 더딘 걸음으로 내게 걸어온다. 어린 내 짝은 키가 쑥쑥 자란다. 어깨에 닿은 검은 머리칼이 여린 넝쿨의 끝처럼 보드랍게 말린다. 그녀의 커다랗고 검은 눈망울이 자꾸만 자란다. 자라서 검은 선글라스가 된다.

"당신의 빛이 은은해요. 두 눈을 찡그리지 않아도 되겠어요. 당신이 있으면 잔뜩 찌푸려진 내 미간도 언젠간 부드러워지겠죠. 아아, 그러지 마요. 아주 오래전이었잖아요. 기억 못 하는 것은 당연해요. 내가 준 그림, 아직 갖고 있어요?"

나는 고개를 젓는다. 그 낱장의 그림이 언제 어디서 사라졌는지 나는 알지 못한다. 병신과 변태라는 별명 사이에서 눈사람을 잊었는지도 모른다. 혹은 흰둥이와 흰 쥐 사이에서 버려졌을까. 나는 사는 동안 버리고 싶었던 것이 아주 많았다. 목숨을 버리는 일에 온 힘을 쏟았던 적도 있다. 아니, 셀 수도 없이 많이 이삿짐을 쌌노라고 변명하고도 싶다.

"괜찮아요. 또 그려주면 되죠, 뭐."

친절한 금자 씨가 웃는다. 이가 고르다. 나도 따라 웃는다. 이를 드러내고 웃는다.

"자, 이제 내 속으로 들어와 줄래요?"

친절한 금자 씨가 내 머리를 가슴에 안는다. 나는 어리고 순한 아이처럼 그녀의 품속을 파고든다. 그녀의 손이 내 등을 부드럽게 쓸어내린다. 서서히 내 몸은 단단하게 뭉쳐진다. 작아지고 또 작아진 어느 순간, 나는 친절한 금자 씨의 목구멍을 빠르게 지난다. 순조로운 피돌기처럼 나는 그녀의 몸속을 돈다. 그녀의 몸이 차츰 느슨해진다. 이제 나는 그녀의 아랫배로 향한다. 그녀의 방이 환해진다. 나는 그곳에서 몸을 웅크린 채로 길게 하품을 한다. 친절한 금자 씨가 아랫배를 쓰다듬는 것이 느껴진다. 부드럽고 따뜻한 물살이 내 몸에 와 닿는다. 잠이 쏟아진다.

"나는 당신을 낳을 거예요."

나는 고개를 끄덕이며 두 눈을 감는다. ✷

| 작품 평설 |

'나'의 빛남을 알아봐 줄 사람

  2006년 『한국일보』 신춘문예 당선작인 김애현의 「카리스마스탭」은 노골적이다. 노골적이라 함은, 거창하게 자본주의니 인간 소외니 하는 말을 떠올릴 필요조차 없이, 상품을 팔지 못하면 스스로의 존재 가치가 사라지는 사람들을 주인공으로 내세웠다는 사실에서 기인한다. 이는 곧 상품을 판다는 것이 자기 자신을 판다는 것과 같은 뜻임을 암시한다.
  자신이 직접 옷을 입고 매장에서 그것을 팔아야 하는 '카리스마스탭'들은 화려한 외양과 달리 팔리지 않는 재고 때문에 혹은 44 사이즈에 맞지 않게 살이 찌는 몸 때문에 초조하고 불안하다. 매장에서 최고의 실적을 올리며 '바비'로 불리지만 다이어트바 외에는 아무것도 먹지 못하는 여자는 "사람들이 내게서 떠날수록 잊고 있던 허기가 돌아. 왕성한 식욕이 매일 매일 눈앞에서 꿈틀대. 하지만 나는 내게서 떠나가는 사람들의 시선을 그대로 둘 수 없었어. 옷을 팔지 못하면 '카리스마스탭'으로서의 내 존재는 아무것도 아니니까"라고 고백한다. 그녀는 고객들의 시선을 잡아두기 위해 자신의 허기를 다이어트바 따위로, 가능한 한 오래 속일 테지만, 아마도 조만

간 최고의 자리에서 밀려날 것은 불 보듯 뻔하다. 동료인 '나'는 "내가 떠나면 이곳으로 누군가는 오게 될 거야. 그 누군가 떠난다 해도 또 다른 누군가 그 자리를 대신하지"라는 '바비'의 말을 이해할 뿐 아니라 그 처지를 동정하지만, 그러한 '나'마저도 '바비'를 집어삼킨 피팅룸 문 앞의 전신 거울에 비친 자신의 모습이 또 다른 '바비'가 되기를 원하는 것으로 끝을 맺는 「카리스마스탭」의 결말은 사고 파는 메커니즘, 그 안에 끈질기게 자리잡고 있는 우리들의 욕망의 한 단면을 여실히 보여주고 있다.

『현대문학』 2006년 4월호에 발표된 「백야」에서 작가의 시선은 「카리스마스탭」과 비교할 때 좀 더 자기 자신—'나'에게로 옮겨와 있다. 이때의 '나' 역시 사고 팔리는 구조로부터 자유롭지는 않다. 유난히 피부가 하얘서 '눈사람', '흰둥이', '흰쥐' 등의 별명으로 놀림거리가 되었던 '나'는 우연히 찍힌 사진 속에서 환하게 빛나는 모습으로 현상되고, 인터넷에 올려진 그 사진이 검색어 순위에서 1위를 차지하는 바람에 팬카페가 만들어지거나 TV 카메라 앞에 서기도 한다. 물론 놀림감에서 인터넷 유명인으로 변신하는 과정은 '나' 자신의 의사와는 전혀 무관하게 진행된다. '형광펜', '형광오빠짱', '백열전구', '십오야밝은달' 등의 선정적인 별명을 단 호사가들의 변덕스러운 관심 속에 인기 상품으로 유통되는 듯하던 '나'는, 정작 아무도 안 나온 팬카페 모임에서 버림받았음을 깨닫는다.

사실 나는 빛이 언제 어디서 어떻게 내게로 왔는지 알지 못한다. 생각건대 그것은 내 의지와는 무관한 일이다. 어찌 보면 내 의지와 무관하다고 생각하는 순간부터 대답은 정해져 있었는지 모른다. 빛은 내게 '있는 것'이다. 빛은 내게 '있고' 남들에게는 '없는(적어도 지금까지 몸에서 빛이 난다는 사람은 듣지도 보지도 못했으므로)' 것이다. 누군가에게는 없는 것이 내게만 있다는 사실을 깨달았을 때 나는 더 이상 빛과 무관하지 않았다. 몸이 빛나는 것은 대체 무슨 연유에서일까. 그 말의 꼬리처럼 나는 누군가로부터 혹은 무엇으로부터 외따로 떨어져나온 기분에 빠져들었다. 내 존재는 빛 가운데 있었으나 의식은 육체의 결핍과 과잉 사이에서 부대꼈다. 그러나 나는, 나의 발광(發光)을 그 어느 것으로도 함축하지 못했다.

　사실 '나'의 몸에서 빛이 난다거나 혹은 나지 않는다는 것 자체가 이미 '나'의 의사와는 상관없는 것이다. 또 '나'의 빛남이 어떤 의미가 있는지 처음부터 정해져 있는 것도 아니다. 누군가 그것을 봐 주고 알아 줄 사람이 필요하다. 팬카페 모임에 혼자 나온 여자가 바로 그 누군가일까? 몸에서 빛이 나는 '나'와 달리 그녀는 점점 빛을 잃어가고 있지만, 눈이 어두워져 머지않아 장님이 될 그녀가 역설적으로 '나'의 빛남을 가장 잘 알아본다. 그녀가 '나'의 초등학교 동창인지 아닌지는 그다지 중요하지 않다. 다만 중요한 것은 그녀만이 그 빛 속에서 '나'를 알아봐 주었다는 사실이다. 그녀가 알아본 것이, 모든 것이 상품으로 사고 팔리는 관계 속에서 발생하는 교환가치가 아니라 '나'만의 유일한 가치임은 두말할 나위 없다. 그녀의 빈약한 시력 안에서만 '나'는 상품이 아닌 '나'로서 존재할 수 있다. 그러한 관계가 위태롭고 언제까지 지속될지 알 수 없다는 것은 당연한 염려이지만, 그렇다고 해서 그 관계가 빛을 잃는 것은 아니다.

　── 선정위원 | 이수형

2007 젊은 소설

환상통

존재와 부재가 만나는 자리는
완전한 환상이다

김이설

창작 노트 | 기로, 너머, 기억, 간극, 도피 같은 단어들은 매력적이다. 모녀, 봄, 희망 같은 단어들은 좋아하지 않으나 늘 가슴에 박혀 있다.
소설을 쓰는 궁극의 목적은 언제나 같다.

약력 | 1975년생. 명지전문대 문예창작과 졸업. 2006년 『대전일보』 신춘문예 「엄마들」, 『서울신문』 신춘문예 「열세 살」 당선. e-mail : im2seol@hanmail.net

2 0 0 7 젊 은 소 설

환상통

 양 손이 발갛게 얼었다. 과도로 후벼 파고 숟가락으로 긁어대도 끄떡없다. 그악스럽게 붙어 있는 성에는 마치 몸속에 들러붙어 떼고 떼도 사라지지 않는 암세포 같았다. 아득한 절망감마저 들었다. 두 손이 얼얼해 아무런 감각이 느껴지지 않았다. 도대체 얼마나 청소를 안 했으면 이 지경까지 된 걸까. 나는 두 시간이 넘도록 냉장고 성에를 없애고 있었다. 문과 바닥을 제외한 네 면에는 한 뼘이 넘도록 성에가 자라 있었다. 숟가락으로 될 일이 아니었다.
 "애, 두 시가 넘었다."
 엄마는 잠이 오지 않는 모양이었다. 아침이 되면 항암제가 투여될 것이었다. 첫 번째 항암치료였다. 잠이 올 리가 없다.
 "어서 자. 내일 힘들 거야."
 고장이 나든 말든 뜨거운 물을 부을 수밖에 없었다. 악취가 쏟아졌다. 끝이 안 날 것 같던 일에 속도가 붙었다. 내가 입원할 때마다

김이설 | 환상통 67

엄마가 제일 먼저 했던 일이 냉장고 청소였다. 약 기운으로 널브러져 있다가도 특유의 냉장고 냄새만 맡으면 나는 몸도 못 일으킨 채 게워냈기 때문이었다. 그걸 떠올린 것이 자정이 넘어서였다. 시간이 문제가 아니었다. 엄마도 나와 같을지 모를 일이었다. 간이침대에 누웠을 때는 벌써 창 밖으로 희뿌연 미명이 다가오고 있었다. 나는 몸을 웅크렸다. 피곤한데 잠이 오지 않았다. 얼었던 손이 녹아 가려웠다. 항암제를 처음 맞던 날의 공포가 떠올랐다.

눈가가 검게 패이고, 한 올의 머리카락도 없이, 뼈만 앙상하게 남아 있던 사람들. TV에서나 보았던 암 환자들의 단편적인 이미지는 극심했다. 나는 자궁경부암, 3기 초였다. 약물치료와 수술을 병행하면 된다고 했다. 감기 환자에게 말하듯이 거침이 없었다. 나는 된다는 말을 믿을 수가 없었다. 열어봤더니 손 쓸 수가 없어 그냥 덮었다, 멀쩡히 퇴원했는데 다음 정기 검진에서 온 몸으로 퍼진 것으로 발견되었다는 이야기들. 나에게도 해당될 수 있는 일이었다. 죽음에 대한 본능적인 두려움이었다. 불길한 상상은 좀처럼 사라지지 않았다.

구토가 시작됐다. 탈진과 고열로 인한 추위, 그리고 까무룩 넘어가는 정신. 속은 점점 더 매슥거려 급작스러운 구토가 반복되었다. 엄마는 아랫입술을 덜덜 떨었다. 이제 막 시트를 갈았으니 온기 없는 이불 속의 한기는 더욱 깊게 느껴질 것이다. 침상 옆의 창밖은 잿빛이었다. 황사 때문이었다. 창문을 닫고 있어도 흙먼지가 옷 솔기마다 쌓이고 온 몸에 물 먹은 모래가 들러붙는 기분이었다. 전화벨이 울렸다. 엄마가 간신히 눈을 감았다. 나는 발소리를 죽여 복도로 나갔다. 남편이었다. 어머니는? 이제 시작했어. 나와 남편의 목소리에는 어떤 감정조차 담겨 있지 않았다. 점심은? 먹었어. 남편 역시 말이 짧았다. 옆 침상의 간병인이 나를 불렀다. 뭐해, 지금 엄마 토하셔.

엄마는 몸을 다 일으키지도 못하고 무릎께에 노란 위액을 쏟아내고 있었다. 우선 침상 커튼을 쳤다. 커튼 밖으로 어수선한 발소리가 들렸다. 앞 침상의 젊은 여자도 엄마를 보고 따라 토하기 시작한 모양이었다. 6인실의 다섯 명이 항암치료 중이었다. 남은 한 명은 혹 때문에 자궁을 들어낸다고 했다. 엄마는 눈을 뜨지도 못한 채 이를 악물며 내 손을 잡았다. 힘겹게 신음 소리를 내뱉었다.

"괜찮아, 엄마. 참지 마, 참지 말고 다 쏟아내."

몇 번 더 게워낸 엄마는 그대로 너부러지고 말았다. 양 팔에 세 개나 꽂혀 있는 주삿바늘 때문에 옷을 갈아 입히는 일이 힘들었다. 엄마는 내 눈을 마주보지 못했다. 어쩔 수 없는 과정인데도 토하는 건 창피했다. 뒷수습을 하는 엄마와 남편에게 미안했다. 나는 내가 암에 걸렸다는 사실이 치욕스러웠다. 젊은 여자의 구토는 좀처럼 멎지 않았다. 내 손바닥에는 엄마의 손톱자국이 선명하게 남아 있었다. 나는 커튼을 잘 여미고 옷가지와 시트를 들고 나왔다. 병실이 시큼한 냄새로 가득 찼다.

"병원에 한 번 가봤으면 좋겠다."

시어머니는 조심스럽게 말했다. 나는 죄인처럼 고개를 숙였다. 남편이 슬그머니 일어섰다.

"누구 때문인지 모르니까, 둘이 같이 가보란 말이다."

그날 밤, 남편이 나를 안았다. 의무가 담긴 섹스였다. 사정을 한 남편이 돌아누우며 말했다.

"병원, 알아보자."

동갑인 남편과 7년 연애 끝에 결혼을 했다. 결혼한 지 반년도 안 되어 양쪽 집에서 아이 이야기를 꺼내기 시작했다. 내 나이가 서른, 이른 나이는 아니었다. 하지만 이태가 지나도록 아이는 들어서지 않았다. 엄마는 자주 내 나이를 들먹였고 시어머니는 일을 그만두면 안 되겠냐고 에둘러 말했다. 나는 그때마다 아직은 괜찮다고 생각했다. 아이가 없어도 남편과 나의 일상은 꽤 견고한 편이었다. 무엇보다도 우리는 건강했다. 조급할 이유가 없었다. 때가 되면 저절로 들어서지 않겠는가, 라고 자신했다. 과신이었던가. 병원이라는 말만으로도 충분히 심각하고 우울해졌다. 서른둘은 적은 나이가 아니었다. 일단 산전 검사부터 할 일이었다.

"지금 곧바로 큰 병원으로 가세요. 소견서를 써 드리겠습니다."

밑도 끝도 없는 말이었다. 의사가 차트에 기록하는 흘림체가, 그 해독할 수 없는 언어가 마치 나를 속이는 암호처럼 보였다. 산전 검사 결과를 듣기 위해 앉아 있던 나에게 무작정 큰 병원으로 가라니, 거짓말 같은 일이었다. 의사가 우려의 표정이라도 지었다면 나는 오진일지도 모른다는 착각에 빠졌을 것이다. 그러나 의사는 사무적인 표정이었다. 아픈 데가 없어요. 생리를 거른 적도 없다고요. 의사는 대꾸하지 않았다. 병원을 나선 나는 그만 길 한 복판에 우두커니 서버렸다. 시야가 흐릿했다. 손에 쥔 소견서가 담긴 흰 봉투만이 유일한 실사처럼 보였.

병원을 세 곳이나 옮겨 검사했지만 결과는 똑같았다. 척출 수술과 약물치료. 의사들은 하나같이 같은 말이었다. 나는 그때마다 남편의 얼굴을 바라봤다. 아니라고 좀 말해 줘. 이건 아니잖아. 잘못

되었다고, 틀렸다고 말해 줘. 그러나 남편의 얼굴은 나보다 더 어두웠다.

"너도 이렇게 힘들었냐?"

잠이 들었던 모양이다. 간이침대에 쪼그려 앉아 있던 나는 엄마의 기척에 벌떡 일어났다. 병실은 조용했다. 자정이 넘어 있었다. 엄마의 이마에 손을 짚었다. 열은 조금 내려 있었다.

"엄마, 그거 그래. 그런데 다 지나면 기억도 안 난다."

"그러냐?"

"응."

사실 그렇지 않았다. 입원할 때마다 나는 두려움과 공포로 남편을 부둥켜안고 울지 않았던가. 시간이 지나도 사라지지 않는 기억이 있다. 몸으로 기억된 고통은 완전히 잊을 수가 없다. 그러니 나는 괴롭다고, 정말 힘들다고 말했어야 옳지 않았을까. 이제 시작이니 힘내라는 말보다 시작으로 끝날 수도 있다는 것을 미리 알려줘야 하지 않았을까. 힘들지? 엄마가 다시 물었다.

"내가 힘들 게 뭐가 있어. 그럼 엄만 나 때문에 힘들었어?"

"그럼, 힘들었지. 새파랗게 젊은 애가, 하루아침에, 병신 되는 꼴을 보는 게, 어디 쉽니?"

엄마는 호흡을 가다듬으며 천천히 말했다.

"나야 늙은 엄마보다야 수월하지."

엄마가 핏기 없이 웃었다. 잠이 깨고 대화가 가능해졌다는 건 약물 투여가 어느 정도 끝나고 있다는 뜻이었다. 치료의 후유증은 사람마다 다르다. 그러나 엄마와 나는 증세가 비슷했다. 대체로 약물 투여가 끝나면서 나타난다는데 엄마와 나는 약물이 투입되면서부터 힘들었다. 몸은 까라지고 구토와 고열이 수반된다. 무엇보다도 음식을 제대로 넘길 수 없으니 체력은 떨어져 독한 약을 이길 여력이 없었다. 항암제를 맞는 시간은 24시간도 걸리지 않았지만 그 시간만큼은 나락같았다. 암종의 진행 속도나 전이를 제한하기 위해 수술 전에도 항암치료를 선행한다. 엄마는 첫번째니 결과에 따라 수술 시기와 약물치료 횟수나 강도, 혹은 다른 치료법들이 제시될 것이었다. 방사능치료까지 받아야 할지도 모른다. 예순에 가까운 나이도 나이지만, 무엇보다도 다른 부위로 전이가 우려된다고 했다. 갈 길이 멀다. 엄마의 남은 생애에 비해 너무 혹독한 길이었다. 시선을 허공에 둔 엄마의 두 눈가가 검었다. 은희야, 엄마가 길게 발음했다.

"억울하지 않니?"

뜬금없이 무슨 말인가. 다 끝난 이야기였다. 나는 마지막 항암치료를 마치고 완쾌 진단을 받았다. 정기적인 검사와 평생 먹어야 하는 약들이 남았다. 배꼽부터 아래로 길게 난 수술 자국도 남았다. 나에게 남지 않은 건 자궁과 아이. 그리고 남편이었다.

척출 수술 후 이어진 항암치료를 받게 되면서 나는 남편과 각방을 썼다. 광대뼈가 불룩 튀어나온 검은 얼굴과 상처 난 몸, 텅 빈 정수리, 무엇보다도 내게 부재된 자궁을 남편 때문에 인식하게 되는 것이 싫었다. 그것이 억울하지는 않았다. 암에 걸린 것도 억울할 일은 아니었다. 누구라도 걸릴 수 있는 병이니까. 나는 그저 무수한 암 환자 중에 한 명일 뿐이었다. 내 평생에 아이가 없는 것도 불운일 뿐, 억울한 일은 아니라고 여겼다. 아니, 그렇게 자위해야 했다. 어느새 엄마는 고른 숨소리를 내며 자고 있었다. 그럼 엄마는 억울하다는 말인가. 그래, 그것이 당연한지도 모를 일이었다. 시어머니가 찾아온 건 퇴원 전날이었다. 마침 엄마도 남편도 자리에 없었다. 나는 부스스한 머리를 매만지며 일어나 앉았다. 잦은 입원이었으므로 나는 일부러 오지 마시라 부탁했던 터였다. 어머니뿐만이 아니었다. 나는 누구에게도 알리지 않았다. 병문안을 오는 이들에게 허황된 희망과 애처로운 눈길을 받는 것이 싫었다. 그들의 위로는 나의 불구를 확인시키는 것에 불과했다. 어머니를 보는 것이 근 2년 만이었다. 그래, 이번이 마지막이었다고. 담당의는 이제 끝, 이라고 말했다. 끝이라는 단어가 믿기지 않았지만 여하튼 종결이었다. 어머니는 내 손을 오래 잡고 있었다. 어쩐지 할 이야기가 따로 있는 것 같았다. 병실을 나서는 어머니의 뒷모습에서 노년의 쇠약함이 보였다. 자식이라고는 남편뿐이었다. 손자 하나 안을 수 없으니 보잘것없는 노년이었다. 문득, 남편과 헤어져야 겠다는 생각이 들었다. 아랫배가 아릿했다. 자궁이 있던 자리에 모래 바람이 일었다.

    퇴원 수속을 마치고 올라오니, 엄마 옆에 남편이 서 있었다. 이발할 때가 지나 뒷머리가 덥수룩했고 양복 뒷자락이 구겨져 있었다. 남편의 손을 잡고 있던 엄마가 슬그머니 손을 놓았다. 남편 얼굴이 까칠했다.
    "와 줘서 고마워."
    고마워. 그 말이 머릿속에서 내내 맴돌았다. 아직까지 내 옆에 있어서 고마워. 아직까지 엄마 앞에서 웃어 주어서 고마워. 아직까지는 내 남편이어서 고마워. 고마워, 는 우리가 이제 타인이라는 것을 확연하게 느끼게 해 주는 말이었다. 남편이 짐을 들고 앞서 갔다.

엄마는 나의 부축을 받으며 천천히 걸었다. 남편의 구두굽이 많이 닳아 있었다. 그의 서른둘 생일 선물로 고른 구두였다. 첫 항암치료를 앞둔 며칠 전이었다.

"구두 선물은 신고 도망가라고 하는 거래. 그래서 골랐어."

남편이 구두를 쥔 채 고개를 숙였다. 나는 남편의 머리를 안았다. 은희야, 너 죽으러 가는 거 아니잖아. 남편의 목소리가 떨렸다. 그제야 실감이 났다. 병원을 옮겨 다니며 똑같은 말을 몇 번씩 되풀이 들으면서도 눈물 한 방울 흘리지 않았던 나였다. 매번 오진일거라는 희망을 품었기 때문이었다. 하지만 사실은 무서웠다. 남편이 나를 깊게 안았다.

"살려고 아픈 거야. 살기 위해 아파야 해. 그러니 이겨. 알았니?"

남편의 말이 맞다. 이를 악물어야 했다. 입원하는 전날까지 나는 이불, 커튼, 소파 천을 빨았다. 김치를 담그고 냉장고가 꽉 차게 밑반찬을 준비했다. 분리수거를 하고, 남편의 와이셔츠와 손수건을 모두 다려놓고, 목욕을 했다. 그리고 첫번째 항암치료를 받았다. 어쩌면 막연한 불안에 떨었던 그때가 차라리 좋았는지도 모른다.

엄마는 멀미가 난다며 눈을 감았다. 나와 남편은 아무 말도 하지 않았다. 매캐한 먼지가 온 몸을 짓눌렀다. 극성스러운 황사였다. 그런데도 가로수는 며칠 사이에 새순이 앙칼지게 돋아 있었다. 연둣빛이 대견했다.

엄마를 방에 눕히고 거실로 나왔다. 남편은 그새 베란다에서 담배를 피우고 있었다.

"다시 펴?"

"그렇게 됐어."

남편이 담배를 서둘러 껐다. 잠시 두리번거리더니 꽁초를 자기 주머니에 넣는다. 얼굴이 왜 그래. 나는 남편의 주머니에 손을 넣어 꽁초를 꺼냈다. 끄트머리에 열기가 남아 있었다.
　"요즘 좀 바빴어. 시장 안 가?"
　퇴원을 하고 집에 오면 또 다른 전쟁이 시작된다. 잔열과 싸워야 하고, 없는 식욕에 보양식을 먹는 것도 곤혹이다. 하지만 억지로라도 먹지 않으면 다음 치료가 더디게 된다. 나는 엄마를, 엄마는 나를 따르는 순서를 똑같이 밟고 있었다. 같이 가 줄게. 남편이 따라 나섰다. 엄마 옆에 세숫대야와 물수건, 옷가지 등을 챙겨놓고 나왔다. 남편은 운전석에 앉아 무표정하게 앞을 응시하고 있었다. 나는 차에 오르지 못하고 남편의 옆모습을 한참 쳐다보았다. 차창에 얼비치는 남편의 콧날이 어둑했다. 밝고 건강한 남자였는데. 서른다섯의 남편은 너무 늙어보였다. 남편이 시동을 걸었다. 나는 차에 올랐다.
　남편을 알아보는 상점에서 홍삼을 샀다. 엄마는 홍삼으로 나를 보했다. 달이고 남은 뿌리까지도 씹어 먹게 했다. 남편은 질 좋은 홍삼을 고르는 방법을 알고 있었다. 남편은 나에게 가르쳐 줄 것이 많았다. 앞으로는 모두 나 혼자 해야 할 일이기 때문이었다. 나 때문에 무수히 들락거렸을 시장을 남편은 수월히 앞서 걸었지만 나는 자꾸 남편을 놓쳤다. 사람이 많은데다가 좌판까지 촘촘히 펼쳐진 좁은 골목은 마치 미로 같았다. 나는 남편의 팔을 쥐었다.
　"너도 얼굴이 그게 뭐니."
　남편은 내내 앞만 보고 걷고 있었다.
　"알겠지만, 네가 건강해야 엄마도 모셔."

남편이 내 팔을 이끌어 팔짱을 끼웠다. 남편의 훈기가 느껴졌다. 안 돼, 나는 그 팔을 슬쩍 뺐다. 남편은 다시 팔을 이끌지 않았다. 홍삼과 몇 가지 봄나물을 사고 차에 올랐을 때는 이미 퇴근 정체가 시작되고 있었다. 남편이 담배를 물었다. 은희야, 남편이 내 이름을 낮게 불렀다. 차 안에 담배 연기가 고였다.

"정말 다시 생각해 볼 의향이 없는 거니?"

나는 아무 말도 하지 않았다. 남편은 불씨가 길게 남은 담배를 차창 밖으로 던졌다. 은희야. 남편은 자꾸 내 이름을 불렀다.

"똑같은 얘기 또 해야 되는 거야?"

"받아들여지지가 않아서 그래."

"지금만 견디면 될 거야."

"나는 아직도 우리가 왜 헤어져야 하는지 납득할 수가 없다."

남편은 다시 담배에 불을 붙였다. 너 때문이 아니잖아. 살다보면 피할 수 없는 상황이라는 게 있어. 다 알면서 왜 억지를 부리니. 남편은 길게 연기를 내뱉었다.

내 몸을 추스르고서 가장 먼저 한 일이 엄마의 부인병 검사였다. 서른 초입의 나도 그런 일을 겪는데 엄마라고 안심할 수가 없었다. 안도를 위한 예방 차원일 뿐이었다. 그러나 엄마는 너무 늦어 있었다. 누구의 잘못이냐고 추궁할 수 있다면 좋겠다. 책임지라고, 다시 돌려놓으라고 목이 터지게 소리치고 싶었다. 대상없는 살의까지 솟구쳤다. 내 항암치료 때문에 엄마는 암세포를 계속 키웠다. 엄마는 자궁암 말기였다. 엄마를 먼저 치료했다면 적어도 죄의식은 가지지 않았을 것이다.

설사 엄마와 동시에 발병했다 해도 그것이 어떻게 네 탓이냐, 고 남편은 반문했다. 알고 있다. 내가 그것을 모르겠는가. 어떤 이는 혈당이 안 떨어져 항암제를 맞기도 전에 식이요법으로 미리 진을 빼는가 하면 토악질 하나 없이 가뿐하게 끝내고 나가는 환자도 있었다. 머리카락이 한 올도 남지 않는 사람이 있고 시앗과 싸움을 한 것처럼 듬성듬성 빠지는 사람도 있다. 투여 시간 내내 울거나, 퇴원할 때까지 추위에 벌벌 떠는 사람, 중환자실을 들락거리는 사람들도 부지기수였다. 3년 동안 열여덟 번의 항암제를 맞았다. 암이라면 지긋지긋했다. 병원에 상주하는 간병인들, 갖가지 검사실에서 마주치던 선생과 입원병동 간호사들과 다시 만날 일이 없을 것처럼 마지막 인사를 하고 나선 지 얼마 되지 않아 엄마의 간호인으로 그들을 또 만나게 되었을 때의 기분은 처참하다 못해 절망적이었다. 잘 알고 있다. 엄마가 나 때문에 암에 걸린 것도 아니고, 나 때문에 죽게 되는 것도 아니다. 하지만 나보다 엄마의 암을 먼저 알게 되었더라면, 나는 결코 그 가정에서 자유로울 수 없었다. 남편이 나를 쳐다봤다. 너, 너무 이기적이야.

"그것도 알고 있어."

"그런데, 이런 개새끼!"

갑자기 앞으로 끼어든 차 때문에 급정차를 했다. 순간 몸이 앞으로 쏠아졌다. 하마터면 추돌할 뻔했다. 뒤 차선에서 요란한 경적 소리가 났다. 남편도 경적을 눌러대며 전조등을 번쩍였다. 그래도 분이 풀리지 않는지 창문을 열고 주먹질을 해댔다. 차들이 서서히 움직이기 시작했다. 그러나 나도 남편도 더 이상 말을 이을 수가 없었다.

결론은 같아. 그러니 시간 낭비하지 마. 나는 변하지 않을 거야.

최대한 무미한 목소리를 내기 위해 애썼다. 집 앞까지 데려다 준 남편의 얼굴은 굳어 있었다. 연락할게. 나는 대꾸하지 않았다. 나 역시 마음이 좋을 리가 없었다. 길게 끌지 않는 것이 좋다. 엄마를 핑계로 나는 더 강경해야 한다. 남편이 어서 단념하기를 바랐다. 그것이 남편을 위하는 방법이라고 확신했다. 남편의 차가 사라지는 것을 지켜보았다. 더 아픈 건 언제나 남은 사람의 몫이다. 그날 밤, 엄마는 중환자실로 들어갔다. 갑작스러운 하혈 때문이었다. 남편은 전화를 받지 않았다.

　입원실이 주어지지 않기 때문에 나는 보호자 대기실에서 기다렸다. 면회는 새벽이 되어서야 가능했다. 엄마는 잠들어 있었다. 나는 엄마의 코에 손을 댔다. 아직은 뜨거운 숨을 쉬고 있었다. 이렇게 고단하게 늙어야 하는 엄마의 인생이 부질없게 느껴졌다. 나는 다시 보호자 대기실에서 경과를 기다렸다. 부고를 알리는 것으로 이 기다림이 끝나게 되는 것은 아닐까 두려웠다. 얼핏 잠이 들 때마다 여지없이 악몽을 꿨다. 경련을 일으키며 잠이 깨면 다른 보호자들이 나를 바라보고 있었다. 같은 공간에 있다는 것만으로 그네들의 시선이 위안이 되었다. 엄마는 이틀 만에 입원실로 옮겨졌다.
　"은희 씨도 알죠? 힘들 겁니다. 그래도 해 봅시다."
　아무래도 직장에 문제가 있는 것 같다고 했다. 두 달에 한 번씩 다리를 벌려 보이는 내 담당의 앞에 나는 엄마의 보호자로 서 있었다. 새삼스럽게 멋쩍었다. 현실감이 느껴지지 않았다. 엄마는 창밖을 바라보며 누워 있었다. 기척을 느꼈을 텐데도 고개를 돌리지 않았다. 나는 어깨까지 이불을 덮어주고 병실을 나와 남편에게 전화를 걸었다. 급하게 오느라고 아무것도 챙기지 못했던 것이다. 그러나 남편은 계속 전화를 받지 않았다. 집에 다녀와야 했다. 담당의는 다소 무리가 있더라도 적출 수술을 빨리 진행하겠다고 했다. 입원이 길어질 것이었다. 나는 풀지 못한 짐을 고스란히 들고 나왔다. 얇은 이불과 옷가지, 속옷, 세면도구와 화장지, 대야, 바가지까지 꾸린 짐이었다. 병원 앞의 행상에서 빛깔이 좋은 딸기까지 사니 양손에 짐이 가득이었다. 엄마는 여전히 창가를 향해 누워 있었다. 나 왔어. 대꾸가 없다. 주무시는가, 슬쩍 건너보니 눈을 감은 채 울고 있었다. 딸기를 들고 병실을 나왔다. 제 철이 되려면 아직 멀었는데 제법 탱탱하게 살이 오르고 빛이 고왔다. 나를 가지고 입덧이 심해 먹은 것을 다 게워냈다고, 그나마 딸기를 먹으면 울렁이던 속이 가라앉곤 했다던 엄마. 아이를 가지면 너도 나처럼 딸기 꽤나 찾을 거다. 엄마는 내 이마를 쓰다듬으며 말했다. 너는 나를 닮았잖아. 찬물에 금세 발개진 손끝이 시렸다. 딸기 꼭지를 따는데 눈물이 뚝, 떨어졌다. 뒤돌아 누워 있던 엄마의 좁은 등을 본 순간, 처음으로 엄마의 죽음을 떠올렸다. 겁이 났다. 나는 딸기를 마저 씻을 생각도 못하고 주저앉았다.

　일주일 뒤로 수술 날짜가 잡히던 날, 나는 병원 욕실에서 엄마를 씻겼다. 수술을 하기 전에는 많은 검사를 해야 하고, 주사도 연신 맞아야 하므로 미리 씻어야 했다. 붐비는 시간을 피해 자정이 가까운 시간에 욕실로 들어섰다. 양팔은 주사 자국으로 퍼렇게 얼룩져 있고, 머리카락이 빠지기 시작한 정수리는 휑하게 비어 있었다. 탄력을 잃어 축 늘어진 살가죽, 움푹 들어간 두 눈, 마치 살아 있는 주검 같았다. 나는 어린 아이를 씻기듯 구석구석을 천천히 씻었다. 척출 수술이 끝나면 경과에 따라 다른 수술과 항암치료를 할 것이다. 그 시작이 끝이 아니기를 바라는 것 또한 헛된 희망인가 싶어 불안했다.

남편이 찾아 온 건 그날 밤이었다. 술 냄새가 역하게 올라와 정신이 들었다. 어둑한 병실에 검은 실루엣이 우뚝 서 있었다. 나는 자지러지게 놀라며 일어났다. 입을 틀어막고 정신이 들었을 때야 비로소 그가 남편이라는 것을 알았다. 남편은 울고 있었다.

나는 남편을 이끌고 병원 근처의 여관에 들어섰다. 우리는 그때까지 아무 말도 하지 않았다. 방에 들어가자마자 남편이 거칠게 나를 침대 위로 쓰러뜨렸다. 남편의 입술이 내 얼굴과 목을 더듬고, 양 손이 내 옷섶을 파헤쳤다. 나는 남편의 완력을 제지할 수 없었다. 은희야, 은희야. 남편은 울부짖으며 내 몸을 탐했다. 나는 남편을 말리지 않았다. 남편이 하는 대로 가만히 있고 싶었다. 그러나 남편의 손이 내 아랫도리로 들어오는 순간, 나도 알 수 없는 힘이 남편을 밀쳐냈다. 중심을 잃은 남편이 침대에서 떨어졌다. 나는 똑바로 누워 천장을 보았다. 우리가 왜 여기까지 와야 했을까, 우리는 왜 이러고 있는 걸까. 불규칙한 벽지 무늬가 어지럽게 흔들렸다. 남편은 무릎 사이에 고개를 묻고 있었다. 나는 옷을 여미고 남편 옆에 앉았다. 그리고 남편의 머리를 가만히 감쌌다.

"나보다 네가 더 힘든 거 알아, 아는데……."

나는 남편의 얼굴을 들어 두 눈을 응시했다. 충혈된 눈을 손으로 쓸어주었다. 그리고 남편을 오래 안고 있었다. 내 심장 박동소리를 따라 남편의 거친 숨이 서서히 가라앉았다. 나는 남편의 옷을 벗기고 침대에 눕혔다. 그리고 남편의 작고 말랑한 성기를 입 속에 넣었다. 남편은 내 어깨를 세게 부여잡았다. 나는 남편의 정액을 입안 가득 받아냈고, 그것을 삼켰다.

  남편이 잠든 것을 보고 나는 욕실로 들어섰다. 뜨거운 물로 몸을 씻었다. 뿌연 욕실 거울에 수술 자국이 도드라지게 보였다. 배꼽 위에서부터 아래로 길게 이어진 자국을 손으로 매만졌다. 잘게 부풀어 오른 흉터의 끝인 음부에 손이 닿았다. 가만히 질 안으로 손가락을 집어넣었다. 따뜻했다. 나는 몸서리를 쳤다. 괴괴한 밤이었다.

  욕실을 나오는데, 쓰레기통에 한 움큼 똬리를 틀고 있는 머리카락 뭉치가 보였다. 객실을 먼저 다녀간 이의 흔적이었다. 어쩐지 섬뜩했다. 남편은 내가 가는 것도 모른 채 깊은 잠에 빠져 있었다.

  수술실 앞의 보호자 대기실에서 기다리는 시간은 더디게 흘렀다. 남편과 엄마도 그러했겠지. 엄마도 나처럼 여섯 시간이 넘는 대수술이 될 것이었다. 내내 초조했다. 엄마 이름이 불려졌다. 수술실 입구 옆의 작은 출입문이 열리고 용기를 든 담당의가 나왔다. 수술복 앞자락이 붉은 피로 얼룩덜룩했다. 주먹보다 작은 빨간 살덩이가 덩그러니 용기 안에 담겨 있었다. 손으로 만져보면 금방이라도 펄떡 튀어 올라올 것 같았다. 제거된 자궁이었다. 담당의가 척출 상황을 간략하게 말해주고 봉합을 하러 다시 들어갔다. 내 눈으로 본 것이 믿어지지 않았다. 저기에서 내가 만들어지고 자랐다니. 그런데 지금은 암세포가 버글댄다니. 나의 자궁도 저렇게 생겼을 것 아닌가. 힘이 빠졌다. 전광게시판의 엄마 이름에 불이 켜지자 곧바로 수술실 문이 열렸다. 중환자실로 옮겨가는 동안 엄마가 눈을 떴다. 마취가 덜 깨었을 텐데도 엄마는 분명히 나를 향해 웃고 있었다.

중환자실에서 입원실로 옮겨진 후 나는 담당의의 호출을 받았다. 담당의는 척출 수술은 무사히 끝났다고 했다. 나는 고개 숙여 인사를 했다.

"혹시 종교 있어요?"

담당의가 차트를 넘기다 말고 내 얼굴을 똑바로 응시했다.

"직장, 폐와 간, 유방 쪽에서도 발견됐어요."

나는 되물었다. 뭐라고요? 담당의는 엄마의 몸 구석구석에 박혀 있는 암종에 대해서 이야기했다. 아니, 내 말은 그게 무슨 뜻이냐고요. 담당의는 컴퓨터를 향해 몸을 돌려 엄마의 스케줄을 잡기 시작했다. 어디서부터 손을 대야 하는 것일까. 우선순위라는 것이 있을까. 나는 묻고 싶었다. 인간의 몸에 이토록 혹독하게 암세포가 들어찰 수 있는 겁니까? 이제까지 멀쩡했던 몸이 왜 한순간에 암덩어리로 전락됩니까? 결국 죽음을 준비하라는 말인가. 너무 무기력해서 어떤 감정도 느낄 수가 없었다.

수술을 마친 후 정상적인 거동을 하기까지 한 달이 걸렸다. 그 사이 각 기관의 조직 검사를 하느라 진을 뺐고, 항암치료도 한 번 더 강행했다. 조직 검사 결과는 처참했다.

두 계절 동안 세 번의 절개 수술이 진행되었고, 항암제 치료와 방사선 치료까지 시도됐다. 엄마는 피폐해졌다. 머리카락은 한 올도 남지 않았고 피부는 까맣게 타들어갔다. 엄마의 몸은 전쟁터였다. 엄마의 동공은 자주 초점을 잃었고 정신도 금세 허물어졌다. 통증이 시작되면 참을 수 없어 이를 드러내며 으르렁거렸다. 그러나 그것도 잠깐, 기력은 곧 쇠진되었다. 통증이 몰려오면 사지를 부들부들 떨며 고꾸라지곤 했다. 가을이 시작될 무렵 엄마는 중환자실을 들락거렸다. 이 모든 것이 암 선고를 받은 지 불과 일 년 안에 벌어진 일이었다. 무엇보다도 죽음이 엄마의 몸뚱이를 투과하는 것을 지켜보는 일이 가장 끔찍한 현실이었다.

남은 시간 동안 내 힘으로 숨 쉬고 싶다. 그것이 엄마의 마지막 바람이었다. 결국 모든 치료를 중단했다. 엄마의 눈동자가 고요해졌다. 나는 그제야 엄마의 죽음을 받아들이게 되었다. 고요해진 건 어쩌면 내 마음인지도 모를 일이었다.

남편은 엄마 앞에서 웃었다. 나도 따라 웃었다. 차라리 웃어야 했다. 나와 남편을 물끄러미 바라보던 엄마가 남편에게 손을 내밀었다. 남편이 얼른 엄마의 손을 잡았다. 엄마의 숨소리는 규칙적이었지만 다소 거칠었다. 엄마도 희미하게 웃었다.

"가끔씩, 은희를 만나 맛있는 것 좀 사 먹여."

엄마가 다시 호흡을 가다듬었다.

"자네가, 자네가 가장 고생했어. 고마워. 내가 죽어서도 잊지 않을 거야."

죽어서도 잊지 않겠다는 말이 가슴에 박혔다. 엄마는 나를 만류했다. 굳이 그렇게까지 할 이유가 뭐냐, 서로 어깨 기대고 살면 되는 걸 왜 유난을 떠는 거냐. 엄마, 나는 그이를 똑바로 쳐다볼 수가 없네. 내 몸을 보이는 게 창피하고, 흉측한 시간을 공유했던 것도 부끄럽고, 나 때문이라는 자책을 하는 것도 싫어. 간절히 원하기도 전에 아이를 가질 수 없게 되었다. 그런데 뜻밖에도 내 생애에 아이가 없다는 것이 받아들여지자 결혼 생활을 지속해야 할 이유를 잃었다. 어쩌면 자격지심이나 나의 불능에 대한 왜곡된 방어였을 것이다. 나로 인해 남편의 삶이 흔들리는 것을 원치 않았다. 3년 동안 병든 나와 지낸 것만으로도 충분하지 않은가. 나는 마지막 항암치료를 받고 엄마 집으로 퇴원했다. 그것이 별거의 시작이었다. 엄마가 이렇게 될 줄 알았더라면 그렇게 서두르지는 않았을 것이다.

엄마는 남편의 손을 놓을 줄 몰랐다. 엄마의 표정은 지극히 온화했다. 죽음을 두려워하기에는 죽음에 너무 가까이 가 있기 때문이었다. 눈물을 보인 건 오히려 남편이었다. 엄마는 남편에게 미안하다고 했다. 남편은 죄송하다고 했다. 둘 다 나 때문에 미안하고 죄송한 것이었다. 그래서 나는 아무 말도 할 수 없었다.

언제든지 연락해. 배웅하는 나에게 남편이 말했다. 부드러운 어조였다. 만취해 병원으로 찾아왔던 날 이후 처음이었으므로 얼추 반년 만이었다. 남편은 예전에 비해 한결 유한 모습이었다. 처음 본 셔츠를 입고 있었다. 어디서 난 것이냐고 묻고 싶은 내 자신이 우스웠다. 정작 준비가 안 된 건 남편이 아니라 나인지도 모를 일이었다. 남편의 차 뒤꽁무니를 오래 쳐다보았다. 오소소 소름이 돋았다. 겨울의 복판이었다.

빈껍데기, 염습을 하는 내내 나는 오로지 그 생각뿐이었다. 쪼그라든 엄마의 몸뚱이에는 몇 가닥의 머리카락이 박힌 민머리와 부풀어 오른 궤맨 자국들, 군데군데 곰팡이가 핀 것 같은 검은 얼룩, 검은 손톱과 발톱 때문에 흉물스러웠다. 그런 저 몸도 한때는 물기를 머금은 싱그러운 생명이었다. 비옥한 밭에 씨를 받아 꽃을 피우고 열매를 만들지 않았던가. 그러나 그 열매는 씨 하나 품지 못하고 빈껍데기가 되었다. 나에게도 맞는 수의가 있다면 엄마 옆에 같이 눕고 싶었다.

　엄마는 죽는 날 아침까지 헐떡였다. 육체의 고통 앞에서 누구도 인간으로 존재하기란 쉽지 않다. 엄마가 집에서 보낸 마지막 석 달은 짧았지만 극렬한 시간이었다. 엄마는 나를 부둥켜안으며 절규하거나 혹은 침묵했다. 때로는 웃었고, 간혹 울기도 했다. 엄마는, 아래로 혈변과 장 점막에서 나오는 점액을 지렸고 위로는 물 한모금도 넘기지 못해 게위내곤 했다. 잔인했지만 행복한 시간이었다. 하루라도 빨리 엄마가 죽어야 했으므로 고통이 찾아올수록 기뻤다. 엄마가 죽던 날도 그랬다. 제발 오늘이길, 간절히 빌었다. 숨소리는 메마르고 거칠었다. 나는 엄마의 발치에 쪼그려 앉아 그 숨소리를 듣고 있었다. 푸, 푹, 푸, 푸욱— 귀 울음 때문에 소리가 멈춘 것을 금세 알아차리지 못했다. 엄마는 두 눈을 허옇게 뜨고 있었다. 입을 쩍 벌린 채였다. 죽기 전과 다를 바가 없는 모습이었다.

　조객은 많지 않았다. 나는 간간히 오열을 하다 쓰러지곤 했다. 그러나 문상객이 없을 때는 벽에 기대 앉아 꾸벅꾸벅 졸기도 했고 누군가 손을 이끌면 못이기는 척 따라가 국 한 그릇을 다 비우기도 했다. 장례는 조촐하게 끝났다. 남편이 내내 곁에 있었다.

　삼우제를 마치고 집으로 돌아와 빈 집을 둘러보자 그제야 정신이 들었다. 찻잔을 앞에 두고 남편과 마주 앉았다. 얼마간의 시간이 흘렀다. 오후가 되자 집 안이 어둑해지고 사위는 고요했다. 가봐야겠다, 남편이 말했다. 그러나 남편은 선뜻 일어서지 못했다. 괜찮으니까 가. 정말 괜찮겠어? 남편의 전화벨이 울렸다. 남편이 조심스럽게 일어서며 고개를 놀려 전화를 받았다. 빈 집, 전화기에서 들리는 어렴풋한 여자의 목소리가 남편과 나 사이에 요요하게 맴돌았다.

집 안은 어두웠다. 남편이 돌아간 후 얼마나 앉아 있었던 것인지 가늠할 수가 없었다. 무엇을 해야 할지 몰랐다. 할 일이 없다는 것이 낯설었다. 우웅, 냉장고 소리가 유난히 크게 들렸다. 냉장고를 열었다. 냄새가 심하게 났다. 반 이상이 버릴 것들이었다. 나는 그 자리에서 냉장고 청소를 시작했다. 전원 플러그를 뽑고 내용물을 모두 빼냈다. 세정제를 냉장고 안에 뿌리고 행주로 닦았다. 냉장고를 차지하고 있던 대부분은 오래된 장이나 젓갈이었고, 곰팡이가 피거나 새카맣게 썩은 반찬들이 수두룩했다. 당장 먹을 수 있는 것들만 남기고 모조리 버렸다. 전원을 넣었다. 웅, 소리를 내며 냉장고가 작동했다. 허기가 몰려왔다. 생리가 시작될 때면 식욕이 솟구치곤 했다. 쌀을 안쳤다. 실존하지 않지만 기억을 끄집어내는 통증이 몰려왔다. 아랫배를 부여잡았다. 밥내가 맡아졌다. 엄마, 밥 먹자. 방문을 열었다. 텅 빈 방, 엄마의 이불이 그대로 펼쳐져 있었다. 통증 때문에 식은땀이 흘렀다. 한숨 자고나면 가라앉을 것 같았다. 나는 오물이 묻어 있는, 며칠 사이 뽀얀 먼지까지 내려앉은 엄마의 이불 속으로 기어 들어갔다.

나는 이제 반 년에 한 번씩 정기 검진을 받는다. 주기가 두 달에서 반 년이 되기까지 몇 해가 흘렀다. 매일 호르몬제를 복용하고, 유방은 물론 다른 기관의 암 검사도 꾸준히 받고 있다. 그 사이 교환 교수로 가는 바람에 담당의가 바뀌었고, 입원 병동 옆으로 산과 병동이 이전을 했다. 병설 산후조리원도 생겼다. 나는 그 건물을 지날 때마다 도려낸 엄마의 자궁이 떠올랐다. 그러면 내 자궁도 똑같이 생겼을까, 문득 궁금해지곤 했다.

오랜만에 황사가 걷힌 맑은 날이었다. 햇빛이 좋아 눈이 부셨다. 완연한 봄이었다. 멀리 한 남자가 성큼성큼 걸어오고 있었다. 눈에 익은 실루엣이었다. 아, 나는 반가워서 손을 번쩍 들 뻔했다. 그러나 그는 산과 병동으로 들어섰다. 곧 이어 임부와 팔짱을 낀 그가 병동에서 나왔다. 여자의 소복한 배가 햇빛에 반짝 빛났다. 눈이 부셔 눈가가 시큰했다. 그와 눈이 마주쳤다. 나는 서둘러 암 병동으로 들어섰다. 정기 검진이 예약된 날이었다. 어디선가, 갓 태어난 아이의 울음소리가 들렸다. 아주 잠깐, 아랫배가 아렸다. ✻

| 작품 평설 |

존재와 부재가 만나는 자리

"새가 앉았다 떠난 자리, 가지가 가늘게 흔들리고 있다 // 나무도 환상통을 앓는 것일까? / 몸의 수족들 중 어느 한 부분이 떨어져 나간 듯한, 그 상처에서 / 끊임없이 통증이 베어 나오는 그 환상통, / 살을 꼬집으면 멍이 들 듯 아픈데도, 갑자기 없어져 버린 듯한 날"

김신용의 시 「환상통(幻想痛)」은 이렇게 시작된다. 시인은 새가 앉았다 떠난 자리에서 가늘게 흔들리고 있는 가지를 보면서 "환상통"을 앓고 있다고 이야기한다. 환상통이란 무엇인가? 본디 교통사고나 질병으로 인해 몸의 일부를 절단한 후에도 통증이 느껴지는 현상이다. 육체와 감각이 사라진 뒤에도 고통은 사그라들지 않고 유령처럼 떠도는 것이다. 그래서 유령통(phantom pain)이라고도 한다. 따라서 근원을 알 수 없는 고통을 치유하기란 불가능하다. 더 이상 절단해야 할 육체도, 마비시켜야 할 감각도 없기 때문이다. 다만 고통이 사라지는 그 순간만을 기다려야 할 뿐이다.

김이설의 「환상통」은 암 때문에 자궁을 척출한 30대 여성을 주인공으로 내세우고 있다. 그녀는 7년 간의 연애 끝에 동갑나기 남편과 결혼한다. 그런데, 결혼한 지 이태가 지나도록 아이가 생기지 않자, 산점 검사를 위해 병원을 찾아갔다가 자궁경부암 판정을 받는다. 결국 3년 넘는 시간 동안 자궁 척출 수술과 항암치료를 받고서야 완쾌 진단을 받지만, 퇴원 후에도 환상통에서 벗어나지 못한다. "마지막 항암치료를 마치고 완쾌 진단을 받았다. 정기적인 검사와 평생 먹어야 할 약들이 남았다. 배꼽부터 아래로 길게 난 수술 자국도 남았다. 나에게 남지 않은 건 자궁과 아이, 그리고 남편이었다." 라는 문장으로 요약되듯이, 목숨은 그녀에게서 많은 것을 빼앗았고, 빼앗긴 것들은 고통으로 살아남아 있는 것이다.

　은희가 환상통에 시달리는 원인은 "자궁"의 상실이다. 오랫동안 투병 생활을 하고 있는 며느리를 병문안 온 시어머니의 초라한 뒷모습을 보고 이혼을 결심한다. 시어머니가 "손자 하나 안을 수 없는 보잘것 없는 노년"으로 전락해 버렸다고 여겼기 때문이다. 아이를 낳을 수 없다는 것은 시어머니와 남편은 볼 때마다 주인공을 괴롭힐 가시가 되어버린 것이다. 자궁이 없는 가정을 버리고 홀로 세상에 나 앉았던 것이다. "남편과 헤어져야겠다는 생각이 들었"을 때 "자궁이 있던 자리에 모래 바람이 일"면서 아릿한 느낌의 환상통이 찾아든다.

　하지만, 환상통의 또다른 원인은 어머니의 죽음과 관련된다. 어머니는 딸의 병간호를 하는 동안 온 몸에 암세포가 퍼져가는 것조차 알지 못했다. 그래서 딸이 완치되었을 무렵, 어머니의 몸은 더 이상 회복할 수 없는 상태에까지 이르고 말았다. "내 항암치료 때문에 엄마는 낭신 몸에 암세포를 키웠다. 만약 나보다 엄마의 발병을 먼저 알았더라면 나 역시 엄마의 상황까지 진전되었을 것이다." 결국 어머니는 딸을 세상에 남겨둔 대신, 세상을 떠나고 만다. 이제 어머니가 있던 텅빈 자리를 보는 순간 "실존하지 않지만 기억을 끄집어내는 통증이 몰려"온다.

이처럼 주인공 은희를 괴롭히고 있는 환상통은 모두 '자궁'과 관련되어 있다. 자궁은 생명의 상징이며, 암세포는 이 생명의 기원을 잠식한다. 자궁의 부재는 생명을 잉태할 수 없다는 것, 그래서 더 이상 아이를 낳을 수 없는 여자가 되었을 때 남편과 이혼한다. 자궁의 부재가 아이의 존재를 지시한다는 것은 고통이기 때문이다. 하지만, 자신의 존재가 누군가의 부재를 떠올릴 수밖에 없다는 것 또한 고통이다. 나의 존재는 곧 어머니의 부재 대신에 남겨진 귀중한 생인 것이다.

삶이란 그렇게 존재와 부재가 서로 자리바꿈하는 그 무엇이 아닐까. 탄생과 소멸, 희망과 죽음, 고통과 행복이 교차하면서 삶은 지겹도록 반복될 것이다. "아픈 건 언제나 남은 사람의 몫"이지만, 그 고통 역시 살아가면서 견뎌내야 할 몫인지도 모른다. 그렇다면, 삶은 고통 그 자체이지만, 언젠가 죽음에 도달하면서 사라지는 환상과 같은 것인지도 모른다.

— 선정위원 | 김종욱

중력은 고마워

이 소설은 우리가 상식적으로 생각하는
언어관에 의문을 제기하고 있다

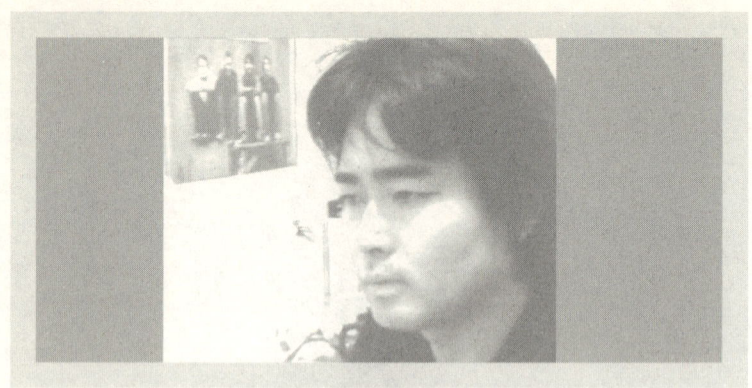

김태용

창작 노트 | 당신이 쓰지 않을 때
나는 텅 빈 운동장에서 드리블 한다
공은 농구공
당신이 눈보라에 휩싸인 프라하 거리를 걷고 있을 때도
당신이 마야꼬프스키의 「나는 사랑한다」를 암송하고 있을 때도
당신이 장 뤽 고다르의 「주말」을 관람하고 있을 때도
당신이 Buskers의 「If I Ruled The World」를 청취하고 있을 때도
나는 한다
드리블을
위정자들과
전천후 예능인들과
니힐리스트들의 세상을 뒤로 하고
드리블
한다
공은 당신의 머리
활자로 뒤덮인 당신의 알로에 머리
를 끌어당기는 지구의 힘
내가 쓰지 않을 때
당신은?

약력 | 숭실대학교 문예창작학과 대학원 재학중. 2005년 『세계의 문학』 봄호 「오른쪽에서 세 번째 집」 발표로 등단. 주요 작품 「궤적」 「풀밭 위의 돼지」 「편백나무 숲 밖으로」 등.
e-mail: lynchbab@hanmail.net

2 0 0 7 젊은소설

중력은 고마워

세계는 정말 농구공 같다.
　그러니까 지금 그의 발밑에는 농구공이 있다. 그의 것은 아니다. 물론. 농구를 해본 적이 없다. 농구경기가 몇 명씩 한 팀을 이루어 하는지, 경기 시간이 어떻게 되는지, 주심이 어떤 상황에서 호각을 불어야 하는지 모른다. 아니, 그는 농구경기 규칙을 알고 있던 적이 있었다. 한동안 포켓용 농구대백과사전을 탐독할 정도로 농구에 집착했었다.
　그는 농구공을 두려워한다. 그의 초등학교 삼학년 생활기록부의 장래 희망 란에는 농구선수라고 적혀 있다. 그것은 정말 납득하기 힘든 사실이다. 당시를 떠올릴 때마다 자신의 추악한 과거의 한 단면을 보는 것만 같아 기분이 더러워지곤 한다. 기분이 더러워질 때면 이렇게 중얼거린다. 정말 농구공 같다. 정말 농구공 같은 시절의 시초는 다음과 같다.
　초등학교 삼학년 어느 날 아침이다. 무대는 그의 집이고, 등장인물은 그와 그의 어머니 그리고 결막염에 걸린 시추 강아지다. 소품은 밥상이다. 밥상 위에는 꽁치통조림과 총각김치, 콩나물밥이 놓여 있다. 밥상 다리 하나가 부러져 있는데 그것은 그의 아버지가 집어 던졌기 때문이다. 평소 술을 마시지 않는 아버지가 술을 마시고 온 날이었다. 아버지는 밥상을 들어 벽에 던졌다. 놀란 어머니가 왜 밥상을 던지냐고 따져 묻자 아버지는 자신은 지금 간절하게 던질 것이 필요했고, 우연히 손에 잡힌 것이 밥상이라고 말했다. 어머니는 밥상이 도대체 무슨 죄야, 하고 볼멘소리를 내며 부러진 밥상 다리에 녹색 테이프를 칭칭 감았다. 그날 이후 그는 밥상 다리에 감아 놓은 녹색 테이프를 만지작거리는 버릇이 생겼다. 녹색 테이프의 안쪽 면에 발라져 있는 회색 접착물질이 손가락에 끈적끈적하게 달라붙었고 이상하게도 그 느낌이 좋았다. 어머니는 그의 버릇을 고쳐 줄 심산으로 밥상을 좌우로 돌리곤 했다. 아버지는 그만두라고, 아이 때는 누구나 믿기 힘든 버릇이 한 가지씩 있다며, 그의 상태를 변호하는 동시에 방관했다.

그날 아침에도 그는 밥상 다리의 녹색 테이프를 만지작거리고 있었다. 준비물을 다 챙겼니. 어머니가 물었다. 끈적끈적한 손으로 콩나물밥에서 콩나물만 건져 먹으며 고개를 저었다. 무엇을 빠뜨렸니. 어머니가 다시 물었다. 그 사이 시추가 꽁치통조림을 엎어 꽁치를 덥석 입에 물었다. 이 자식이 지금 해서는 안 될 짓을 하고 있어요. 큰 소리로 어머니에게 말했다. 그만둬라. 얼마 있으면 곧 죽을 텐데. 어머니는 무심하게 대꾸했다. 그는 어머니의 말에 적잖이 놀랐다. 하지만 죽음이란 단어를 입 밖에 내고 싶지 않아 더 이상 대화를 진전시키지 않았다. 얼마 전 그는 아버지는 언제 죽지요, 하고 밥상머리 앞에서 말을 꺼낸 적이 있다. 그건 아무도 모른다. 지금 밥을 먹다가 죽을 수도 있는 것이 인간의 삶이다. 아버지가 대답했다. 그리고 얼마 뒤 거짓말처럼 아버지가 죽었다. 그는 자신이 아버지를 죽였다고 생각했다. 아니 죽음이라는 단어가 주술을 발휘해 실제 죽음을 불러왔다고 믿었다. 그날부터 되도록 말을 아끼기로 마음먹었다. 가능하면 죽음이라는 단어를 머릿속에서 지워버리고 싶었다.

빨간 눈의 시추는 꽁치를 한 입에 삼켰다. 시추가 불쌍하게 여겨져 꽁치통조림을 바닥에 내려놓았다. 그렇다고 그렇게 관대하게 굴어서는 안 된다. 자꾸 그러면 버릇이 나빠진다. 넌 어디까지나 개의 주인이란 사실을 잊지 말아라. 어머니가 표정을 바꿔 말했다. 다시 꽁치통조림을 밥상 위에 올려놓았다. 시추가 고개를 돌린 뒤 구석으로 가 시무룩하게 얼굴을 바닥에 묻었다. 저 녀석이 또 물걸레가 되었어요. 그는 아버지를 떠올리며 말했다. 아버지는 시추가 바닥에 깔아져 있는 것을 보고 저 녀석이 저러고 있는 걸 보면 꼭 물걸레 같아, 하지만 저 녀석은 저 때가 가장 저 녀석다워,라고 말하곤 했다.

근데 좀 전에 우리가 무슨 이야기를 했었니. 그의 말은 못들은 척하고 어머니가 물었다. 준비물은 챙겼니, 하고 어머니가 묻자 제가 고개를 저었고, 그러자 무엇을 빠뜨렸니,라고 어머니가 다시 물었어요. 그래, 무엇을 빠뜨렸니. 어머니가 그의 말을 받아 물었다. 아직 결정을 못했어요. 어젯밤부터 내내 고민하고 있는데 답이 나오지 않아요. 어머니가 의아하다는 표정으로 그를 바라보았다. 어머니가 의아하다는 표정을 지을 때는 눈썹이 살짝 올라간다. 어머니의 눈썹 밑에는 사마귀 같은 점이 나 있다. 그는 그 점이 어머니를 어머니답게 만든다고 생각했다. 어머니는 가끔 화장대 거울을 보며 점을 빼고 싶다고 투덜댔다. 그는 속으로 어머니가 점을 빼면 더 이상 어머니라고 부르지 말아야겠다고 다짐했다. 어머니가 끝내 점을 빼지 않아 그는 계속해서 어머니를 어머니라고 부를 수밖에 없었다. 의아한 표정을 짓고 있는 어머니를 안심시키기 위해 말을 하기 시작했다. 오늘 학교에서 장래 희망에 대해 이야기하기로 했어요. 하지만 아무리 생각해봐도 되고 싶은 것이 없어요. 다른 애들과 같은 것은 하고 싶지 않고, 애들이 안 하는 것을 하고 싶어요. 그렇다고 제가 시추나 꽁치통조림 같은 게 될 순 없잖아요. 어머니는 한숨을 내쉬었다. 그래, 정말 고심 해봐야 할 문제다. 그렇지만, 얘야, 나는 네가 의사가 되었으면 좋겠구나. 너의 아버지를 죽인 돌팔이 의사가 아닌 진정한 의사가 말이다. 그는 어머니가 뭔가 착각을 하고 있다고 생각했다. 아버지가 죽은 것은 병이 이미 손을 쓸 수 없는 치명적인 단계에 있었기 때문이었다. 대답을 하지 못하고 있자 어머니는 그의 팔목을 잡고 간절하게 말했다. 나의 유언이라고 생각해라. 그 순간 어머니가 폭삭 늙어버려 죽음에 임박한 노인이 된 것만 같은 느낌이 들었다. 그는 어머니의 임종 전 유언을 받아들인다는 표시로 고개를 끄덕이곤 콩나물을 하나 건져 먹었다.

학교로 가서 그는 한 사람씩 앞으로 나가 장래 희망에 대해 이야기하는 것을 초조하게 듣고 있었다. 나는 의사다, 나는 의사다, 나는 의사다,라고 중얼거렸다. 일종의 자기 최면이었다. 서서히 차례가 다가오자 긴장이 극에 달해 폭발할 지경이었다. 그러나 모든 것이 한 순간에 무너지고 말았다. 그의 앞 차례인 아이가 앞으로 나가 자신은 의사가 될 것이라고 말했다. 아이의 말은 유창했고, 초등학교 삼학년 답지 않게 의학용어들을 중간 중간 끼워 넣기도 했다. 더구나 아이는 이렇게 말하기까지 했다. 저는 모든 의사가 부정한 짓을 해도 세상에 하나 뿐인 진정한 의사로 살아갈 겁니다. 우리 아빠처럼 말예요. 아이의 말은 어머니가 그에게 부여한 유언이었다. 그것은 신탁과 같은 무게를 갖고 있었다. 지금 다른 아이가 그의 신탁을 가로채버린 것이다. 선생님과 아이들이 박수를 쳤다. 드디어 차례가 되었을 때 눈앞이 깜깜해져 옴을 느꼈다. 자신의 비밀이 들통 난 것 같은 수치심에 얼굴이 붉어졌다. 자신이 어떻게 교탁 앞까지 걸어갔는지도 모를 지경이었다. 한동안 멍하니 서 있었다. 그의 등 뒤 칠판에는 커다랗게 나의 장래 희망이라고 쓰여 있었다. 선생님과 아이들이 그의 말을 기다리고 있었다. 곧 주변에서 웅성거리기 시작했다. 선생님이 이름을 호명하며 어서 말해보라고 다그쳤다. 그는 교탁을 잡고 있는 손을 부들부들 떨었다. 아무 것도 되고 싶은 게 없나요. 계속 그대로 있으면 전봇대가 되고 싶은 걸로 간주하겠어요. 아이들이 책상을 치며 웃었다. 그는 더 이상 참을 수 없어 큰 소리로 외쳤다. 전 농구선수가 될 거예요. 그의 목소리는 궁지에 몰린 자의 최후의 비명 같았다. 그의 말에 교실이 일순간 조용해졌다. 놀란 선생님은 이렇게 말했다. 그래요. 키가 크니 농구선수가 될 수 있을 거예요.

   자신이 어째서 농구선수라는 말을 했는지 알 수 없었다. 충격에 휩싸여 한동안 입을 다물고 살았다. 아버지 사건보다 괴로웠다. 죽음은 오로지 아버지의 몫이지만, 농구선수는 자신이 책임져야 할 엄청난 짐이었다. 언어란 정말 몹쓸 것이며, 악덕의 근원이라고 생각했다. 말이란 한 번 뱉고 나면 농구공처럼 튕겨져 다시 이쪽으로 날아온다. 그것을 피할 수는 없다. 피하면 피하는 대로 날아오는 것이 말의 속성이다. 그는 자신이 감지하지 못한 언어의 비밀을 농구선수라는 단어를 통해 깨우친 것이다. 물론 어린 나이에 언어의 심각성에 대한 고민을 깊이 있게 해보지 못했다. 당시로서는 농구에 대한 과도한 과민반응에 시달렸을 뿐이다. 그날 이후 한동안 농구공을 껴안고 자야만 했다. 아침에 일어나면 농구공이 저만치 굴러가 있었다. 믿을 수 없었다. 농구공이 어째서 저만치 굴러가 있는지, 그리고 왜 다시 자신한테로 굴러오지 않는지. 그는 농구공을 마치 수박 자르듯 식칼로 자르는 시늉을 하기도 하고, 농구공 표면의 깨알 같은 돌기들의 개수를 헤아리기도 했다. 그것은 매번 틀렸다. 언젠가 농구공 표면의 돌기들이 자신의 얼굴을 뒤덮고 말 것이라는 망상에 시달렸다.

어머니는 어머니대로 농구선수가 되겠다는 그의 장래 희망에 낙담했다. 문제는 그였다. 어머니가 너는 아직 어리니 장래 희망은 얼마든지 수정이 가능하고, 또 살다보면 자기가 원하는 일을 하지 못하게 되고, 자기가 원하지 않는 일을 하게 되는 경우가 다반사라고 설명했지만 그는 농구선수가 될 운명에 처했고, 그것을 벗어날 수 없다는 뜻으로 입을 굳게 다물었다. 침묵으로 일관하는 그를 보고 화가 난 어머니가 농구공을 집어 던졌다. 농구공은 시추의 옆구리를 강타했다. 시추는 단말마의 비명을 지르고 그대로 쓰러졌다. 며칠 동안 비실거리던 시추는 결국 바닥에 깔아져 딱딱한 물걸레가 되고 말았다. 꽁치통조림과 함께 시추를 뒷산에 묻어주고 돌아온 그는 더 이상 어머니와 대화를 하지 않겠다고 다짐했다. 어머니는 그것은 누구의 탓도 아닌 녀석 삶의 한계였다고 설명했지만 그는 받아들이지 않았다.

동네 서점에서 포켓용 농구대백과사전을 샀다. 방과 후 농구공을 발밑에 두고 학교 운동장 벤치에 앉아 읽었다. 운동장 한 구석에서는 아이들이 열심히 농구를 하고 있었다. 아이들의 농구를 지켜보면서 이론과 실제의 괴리를 체득했다. 농구대백과사전과 농구경기는 아무런 관련이 없었다. 농구공은 사람의 손을 벗어나 전혀 예상치 못한 방향으로 튕겨 나갔다. 그는 어렴풋하게나마 살아간다는 것은 결국 이런 것이구나, 하고 생각했다.

　농구는 그의 삶이었다. 어느 날 아이 하나가 다가와 같이 농구를 하자고 말했다. 그는 고개를 저어 거절했다. 그러면 그 농구공 좀 빌려 줄 수 있니. 아이가 웃으며 물었다. 처음부터 아이가 노린 것은 그가 아닌 농구공이었다는 사실에 배신감을 느꼈다. 침묵으로 거절의 뜻을 전달했다. 아이는 쉽게 포기하지 않았다. 비굴한 표정을 지으며 농구공을 얻어내기 위해 애썼다. 넌 농구를 하고 있지 않잖아. 아이가 소리를 지르자 그는 다음과 같이 대답했다. 농구를 하지 않는다고 해서 농구공이 필요 없는 것은 아니야. 나는 지금 농구에 대해 생각하고 있고, 그것만으로도 농구공이 필요한 충분한 이유라고 봐. 아이는 어디 두고 보자고 말한 뒤 씩씩거리며 돌아갔다. 땅거미가 지고 어둠이 운동장을 잠식해 들어가자 아이들이 하나둘씩 떠났다. 운동장에 홀로 남겨졌을 때 일어나 농구공을 들고 농구대 앞으로 갔다. 자유투 라인에 서서 농구공을 던졌다. 바스켓 근처에도 가지 못하고 떨어졌다. 농구공을 주워 다시 던졌지만 역시 마찬가지였다. 열 번만 더 하자고 마음먹고 나서 마흔여섯 번을 실패했다. 손바닥이 얼얼하고 겨드랑이에 땀이 찼다. 농구공을 바라보며 분노를 느꼈다. 농구공은 가만히 있는데 자신만 정신없이 움직인 듯했다. 농구공이 자신을 가지고 통통 퉁기다가 던져버린 것만 같았다. 그는 바스켓 그물에 위태롭게 걸려 있는 자신의 몸뚱이를 상상하다가 바닥에 침을 뱉고 돌아섰다. 농구공을 들고 교문 앞으로 갔다. 정문 앞 수위아저씨가 그를 보며 말했다. 언젠가는 꼭 성공할 꺼다. 포기하지 말고 매일 연습을 해라. 어깨를 토닥여주는 수위아저씨의 얼굴에 농구공을 던지고 싶은 충동을 간신히 참아냈다.

다음 날 그는 토끼장이 있는 학교 뒤편으로 끌려가 아이들에게 둘러싸이게 되었다. 어제 농구공을 빌려달라고 말했던 아이의 무리였다. 아이들은 강제로 농구공을 빼앗았다. 그는 농구공을 빼앗기지 않으려고 달려들었지만 여기저기서 주먹과 발이 날아와 견뎌낼 수 없었다. 그는 완전히 바닥에 깔아졌다. 침을 뱉었다. 피가 섞인 침이 땅바닥에서 부글부글 끓고 있었다. 아이들은 농구공을 주고받으며 떠났다. 그는 멀어져가는 농구공을 보며 자신의 머리통이 통통 퉁겨져 사라지는 것만 같은 환각에 시달렸다. 바닥에 누워 끙끙거리는 자신의 모습을 토끼장의 토끼가 쳐다보고 있음을 발견하자 참을 수 없는 치욕을 느꼈다. 욱신거리는 몸을 애써 일으켜 토끼장 앞으로 걸어갔다. 두 손으로 토끼장의 쇠그물을 붙잡고 미친 듯이 흔들어댔다. 놀란 토끼는 숨을 곳을 찾아 이리저리 왔다 갔다 했다. 손에는 토끼장의 쇠그물 자국이 벌겋게 새겨졌다. 그것은 마치 바스켓의 그물을 연상시켰다. 그는 토끼장에서 토끼를 꺼내 바스켓 위에 걸어놓고 싶은 충동을 느꼈다. 그리곤 토끼 대신 자신이 토끼장에 들어가 아무런 구속 없이 세상에서 벌어지는 일들을 관찰하고 싶었다.

엉망이 된 몰골로 집에 돌아왔을 때 어머니는 어디서 싸움질을 하고 왔냐고 타박을 했다. 타박이 끝났을 땐 중대발표가 이어졌다. 너에게 새 아버지가 생길 거다. 너도 잘 알고 있는 분이니 낯설어

할 필요는 없을 거다. 어머니의 말이 마치 꿈속처럼만 느껴졌다. 어머니가 말한 새 아버지는 아버지의 친구였다. 가끔 함께 여행을 떠나 그도 잘 알고 있었다. 여행을 가서는 항상 아버지와 둘이 팔씨름을 했고, 매번 아버지가 졌다. 지고나면 아버지는 말했다. 자네도 결혼을 하면 팔 힘이 약해질 거야. 그러면 친구는 이렇게 대꾸했다. 하지만 자네는 어릴 적부터 나에게 한 번도 이긴 적이 없잖아. 아버지는 머쓱하게 웃으며 그건 그래, 하고 대답하곤 했다. 어머니의 중대발표를 듣고 그는 방으로 들어가 그대로 바닥에 누웠다. 어쩐지 이 모든 것이 농구공 때문에 벌어진 것처럼만 느껴졌다. 농구공은 분란만 일으킨다. 전쟁 같은 농구공. 개 같은 농구공. 머리통 같은 농구공. 아버지 같은 농구공. 어머니 같은 농구공. 아버지의 친구 같은 농구공. 토끼 같은 농구공. 농구공 같은 농구공. 그는 농구공처럼 동그랗게 몸을 말고 되는대로 중얼거렸다. 중얼거림 끝에서 한줄기 눈물을 흘렸다.

며칠 뒤 새 아버지가 될 사람이 집으로 찾아왔다. 머리는 포마드를 발라 번들거렸고, 스킨냄새가 지독하게 풍겼다. 그에게 커서 어떤 사람이 될거냐고 물었을 때, 아무 대답도 하지 않았다. 어머니가 갈수록 말이 없어져서 큰일이에요, 하고 말했다. 그는 이미 장래 희망에 미련을 버린 상태였다. 농구공을 아이들에게 빼앗기자 장래 희망도 함께 사라져버린 것이다. 농구선수가 아니라면 그 무엇이 되어도 상관없다고 생각했다. 설사 농구공 자체가 되어도 농구선수보다는 나을 것 같았다. 그 후로 그는 습관적으로 기분이 더러워질 때면 정말 농구공 같다, 라고 중얼거리게 되었다. 농구에 대해 더 이상 생각하지 않게 되자 그의 성장도 더디게 진행되었다. 중학생이 되었을 때는 앞에서 세 번째 줄에 앉았고, 고등학교에 진학해서는 맨 앞자리에 앉게 되었다. 어느 누구도 그가 어릴 적 농구선수가 꿈이었다는 사실을 알지 못했다.

그가 다시 농구에 대해 생각하게 된 것은 고등학교 이학년 여름방학 때였다. 그는 서점에서 책을 고르고 있었다. 새 아버지는 술을 마시고 돌아오면 그의 책들을 집어 던졌다. 책만 읽지 말고, 자신과 팔씨름을 해서 이겨 보라고 소리를 질렀다. 새 아버지가 손을 내밀 때마다 손바닥에 땀이 나 허벅지에 쓱쓱 문질러야만 했다. 새 아버지는 조금도 봐주지 않고 그의 손등을 책상에 쿵 내려치곤 그의 머리를 헝클어뜨린 뒤 돌아갔다. 새 아버지를 위해 책을 샀다. 이전의 아버지가 밥상을 던진 것처럼 아버지들은 던질 것이 필요하고, 새 아버지에게는 그것이 책이라고 생각했다. 한 번 던져진 책들은 의미가 없어진다,는 설명할 수 없는 맹신으로 책을 사 모으기 시작했다. 새 아버지가 술을 마시고 돌아올 조짐이 있는 밤이면 은근슬쩍 책상에 새 책을 올려놓곤 했다.

서점의 책장 맨 꼭대기를 쳐다보고 있었다. 발돋움을 해서도 닿지 않는 높이에 있는 책이 눈을 끌었다. 물론 그것은 그가 읽고 싶은 책이기도 했다. 그러나 집을 수 없었다. 서점 주인에게 부탁하면 의자나 사다리를 갖다 주겠지만 그렇게 하지 않았다. 가지고 싶은 것이 가질 수 없는 위치에 놓여 있는 심정이 묘한 쾌감을 불러일으켰다. 책은 쉽게 던져질 수 있지만 결코 쉽게 소유되어서는 안 되는 것이라고 그는 믿고 있었다. 바라보는 것을 시작으로 책의 첫 페이지를 펼쳐 문장을 읽어내고 있다고 생각했다. 그러다 보면 어느 순간 책이 스스로 몸을 밀어내고 손바닥 위에 떨어질 것이다.

책에 대한 사유에 빠져 있을 때 길고 거대한 팔이 위로 쑥 솟아올라 그가 바라보고 있던 책을 꺼내들었다. 그는 놀라 고개를 옆으로 돌렸다. 그의 시선으로 처음 들어온 것은 누군가의 겨드랑이였다. 녹색의 반팔 셔츠 사이로 보이는 겨드랑이가 거대한 구멍의 입구처럼 보였다. 곧 구멍의 문은 닫혔다. 태어나서 그렇게 키가 큰 여자는 처음 보았다. 기린 한 마리가 자신의 옆에 서 있는 것만 같았다. 여자의 머리카락은 말꼬리처럼 뒤로 질끈 동여매어져 있었고, 눈 밑에는 기미가 가득했다. 여자는 책을 흔들며 큰 걸음으로 카운터로 갔다. 여자의 손에 들린 책이 고목에 위태롭게 매달린 낙엽처럼 보였다. 책을 내밀고 여자는 색이 바랜 청바지에서 구겨진 지폐를 꺼냈다. 계산을 하고 나가는 여자를 무작정 따라 갔다. 그는 바닥에 질질 끌리는 여자의 청바지 밑단을 바라보고 있었다. 세상의 더러운 것을 모두 쓸어버리겠다, 혹은 세상을 좀 더 더럽혀 보겠다는 심산이라고 생각했다. 여자는 분식집 앞에 멈췄다. 빨간색 플라스틱 의자에 앉아 몸을 잔뜩 구부린 채 떡볶이를 먹었다. 그것은 정말 맛이 없어 보였다. 여자는 자신의 신체처럼 길고 지루하게 먹고 있었다. 그는 전봇대 뒤에 숨어 여자가 입술에 묻은 떡볶이 국물을 팔로 쓱쓱 훔치는 것을 목격했다. 새로 산 책에도 뻘건 국물이 떨어졌지만 여자는 개의치 않았다. 여자의 모습은 이제 막 동물원을 탈출한 기린처럼 막막하기 그지없었다. 여자가 일어나 걷기 시작하자 그도 따라 걸었다. 여자가 갑자기 걸음을 멈추고 뒤를 돌아보았다. 그는 놀라 뒤로 물러섰다. 꼬마야, 왜 자꾸 날 따라 오는 거야. 여자의 말을 듣고 그만 그 자리에서 기절할 뻔했다. 그는 자신이 좀 더 심약했으면 아마 기절을 했을지도 모르겠다고 후에 여자에게 고백하기도 했다. 여자의 목소리는 너무나 가냘팠다. 그것은 무척이나 귀에 거슬리는 소리였다. 손톱으로 칠판이나 유리창을 긁는 것만 같은, 여자의 신체 조건과 전혀 어울리지 않는, 아직 미성숙의 발성이었다. 그는 잠시 동안 정지 상태를 유지했다. 여자가 똑같은 말을 뒤풀이해서 물었다. 다시 한번 여자의 목소리에 놀라면서도 호기심을 가졌다. 그는 자신은 따라 가는 것이 아니라 자신이 가야 할 길을 당신이 먼저 가고 있다고 말했다. 넌 아주 맹랑하구나. 그는 속으로 나는 명랑하고 싶지 맹랑하다는 말은 듣고 싶지 않아요, 라고 생각했다. 그와 여자는 몇 마디를 더 나누었다.

  어느 새 둘은 비둘기 똥이 가득한 더러운 공원 벤치에 앉게 되었다. 왜 그 책을 집었어요, 하는 물음에 여자는 내 팔이 그것을 집을 수 있을까 하고 한 번 시험해 본 것뿐이야,라고 대답했다. 여자의 말에 그는 호감을 느꼈다. 난 실업팀 농구선수야. 여자는 하지 말아야 될 말을 하는 것처럼 쑥스럽게 말했다. 그는 자신도 모르게 중얼거렸다. 정말 농구공 같다. 그 후로 그와 여자는 정말 농구공 같은 연애를 하게 되었다. 여자는 그보다 네 살이 많았다. 여자는 그가 귀엽다며 그의 머리를 농구공처럼 만져주곤 했다. 처음이자 마지막으로 그는 실내체육관에서 여자가 경기를 하는 장면을 본 적이 있다. 여자는 오지 말라고 했지만, 당신을 보러가는 것이 아닌 농구경기를 어떻게 하는 지 궁금해서 가는 것이라고 말했다. 넌 정말 맹랑한 녀석이야. 여자는 말했다. 그는 나는 명랑하고 싶지 맹랑하고 싶지 않아요,라고 또 말하지 못했다. 그는 플라스틱 조화를 사가지고 체육관 의자에 앉아 있었다. 농구경기를 관람하는 사람은 농구경기를 하는 선수보다 적었다. 플라스틱 조화에 코를 박고 냄새를 맡았다. 문득 어린 시절 꽁치통조림의 꽁치를 먹고 난 뒤 풍기는 시추의 입 냄새가 떠올랐다. 막상 농구경기를 지켜보니 여자가 농구선수치고는 키가 작은 편이라는 생각이 들어 다소 실망하기도 했다. 여자는 골을 한 번도 넣지 못했다. 오히려 상대팀을 뒤에서 밀고 심판에게 새된 음성으로 욕을 해 퇴장을 당하기까지 했다. 여자는 벤치에 앉아 수건으로 겨드랑이의 땀을 닦았다. 그 모습이 무척이나 선정적으로 보여 당장이라도 여자에게 달려가고픈 충동을 느꼈다.

여자가 뛰거나 그렇지 않거나 농구경기는 지루하기만 했다. 그는 이 지루함을 어떻게 극복할까 고심하다가 농구공이 움직이는 곳에 시선을 두며 농구공을 지우려 했다. 농구공이 사라지자 사람들의 움직임이 우스꽝스럽게 보였다. 있지도 않은 뭔가를 쫓아 분주하게 움직이는 것이 참으로 보기 좋았다. 농구공이 없는 농구경기라면 자신이 누구보다 잘 할 자신이 있다고 확신했다. 그러나 농구공이 없는 농구경기도 곧 익숙해지자 다시금 지루함이 밀려왔다. 여자가 그를 향해 손을 살짝 들어보였다. 시선을 피한 뒤 그는 조화의 꽃잎을 하나씩 떼어 바닥에 버렸다. 경기가 끝나고 여자는 농구 팀 회식에 참석하지 않고 그를 데리고 자신의 자취방으로 갔다. 사람들에게는 고향에서 친척 동생이 찾아왔다고 둘러댔다. 거짓말을 할 때 그녀의 입술이 미세하게 떨리는 것을 그는 감지했다.

그날 밤 여자는 울었다. 자신은 농구선수이지만 농구선수로서의 자질을 갖추고 있지 않다고 자책했다. 어릴 적부터 남보다 키가 커 농구선수가 되었지만 그것은 결코 자신의 의지에 의한 선택이 아니었다고, 어느 날 자고 일어나 보니 농구코트에서 농구공을 드리블하고 있었다고, 하지만 한 번도 뛰어난 농구선수가 되기 위해 노력을 한 적도, 능력도 없다고 말했다. 그는 여자의 지리멸렬한 말을 들으며 세상의 모든 농구선수가 모두 농구를 잘한다면 그건 정말 재미없는 농구경기가 될 거라고 여자를 위로하는 척 하며 말을 잘 랐다. 여자가 울먹이는 채로 웃으며 말했다. 너는 정말 맹랑한 녀석이야. 난 정말 맹랑이 아닌 명랑하고 싶어요,라고 그는 말할 수 없었다. 이리와, 널 안아줄게. 둘 다 피골이 상접할 정도로 마른 몸이라 관계가 끝나고 나서 여기저기 벌겋게 긁힌 자국이 남아 있었다. 여자는 피곤한지 잠이 들었다. 그는 화장실에서 소변을 볼 때 귀두 끝에서 한 방울의 멀건 피가 떨어지는 것을 고통스럽게 바라보았다. 고환을 움켜쥐며 중얼거렸다. 정말 농구공 같다. 여자는 양 팔을 위로 뻗고 잠들어 있었다. 그는 겨드랑이에 주목했다. 최초에 여자를 발견한 것이 겨드랑이였다는 사실이 무척 낯설게 느껴졌다. 여자와 겨드랑이는 전혀 별개의 것만 같았다. 여자의 겨드랑이에는 면도를 한 자국이 남아 있었다. 그것은 마치 농구공 표면의 돌기들 같았다. 혀로 여자의 겨드랑이를 핥았다. 혓바닥 표면에 촘촘하게 털들이 돋아나는 듯했다. 여자가 뒤척이며 엎드렸다. 여자의 빈약한 엉덩이는 바람이 빠진 농구공처럼 탄력이 없었다. 만약 엉덩이 살이 농구공처럼 탄력적이라면 여자가 농구를 더 잘 할지도 모르겠다는 엉뚱한 생각을 했다. 그렇게 힘들면 농구 따위는 하지 말아요, 라는 심정으로 여자의 엉덩이에 농구공을 그려놓았다. 여자의 농구화를 신고 문을 열고 나왔다. 처음 여자를 만났을 때의 자신처럼 여자가 쫓아올지도 모른다는 생각에 걸음을 서둘렀다. 큰 농구화 때문에 걸음이 빨리 걸어지지 않았다. 그렇다고 다시 여자 집으로 가 신발을 갈아 신을 수도 없었다. 농구화를 질질 끌면서 오락실로 갔다. 농구공을 들고 바스켓에 넣는 게임을 했다. 참으로 오랜만에 농구공을 잡아보았다고 생각했다. 농구공의 무게가 볼링공처럼 느껴졌다. 그는 힘없이, 귀찮다는 듯이, 정말 내가 왜 이러고 있을까 하는 심정으로 농구공을 바스켓에 던졌다. 농구공은 결코 바스켓에 들어가지 못했다. 농구공을 던질수록 바스켓은 그녀의 겨드랑이가 되고 농구공은 자신이 머리통이 되는 것만 같았다. 바스켓의 둘레는 점점 작아지고 농구공은 점점 커진다. 그는 여자를 처음 만났을 때를 생각하는 동시에 여자를 다시 만나지 않기로 결심하며 마지막으로 농구공을 힘껏 던졌다. 바스켓에 튕겨 농구공이 다시 그에게로 날아왔다. 정말 농구공 같다. 중얼거린 뒤 차례를 기다리고 있는 다음 사람에게 농구공을 주고 돌아섰다.

며칠 뒤 신발장을 정리하던 어머니가 못 보던 신발이라고 농구화를 꺼내들었다. 혹시 이 괴물 같은 신발 니가 들고 왔니. 어머니가 묻자 여자깡패들한테 둘러 싸여 신발을 빼앗겼고 그 들 중 하나가 신고 있던 신발을 받았다고 둘러댔다. 어머니는 앓느니 죽지, 라는 뜻이 담긴 표정을 짓다가 고개를 저었다. 그는 신발이 마음에 들어 괜찮다고 했다.

여자의 농구화가 발에 익숙해질 무렵 텔레비전 연예프로에서 모델이 된 여자를 발견했다. 전직 실업팀 농구선수의 이력을 가지고 있는 여자는 몇 번의 성형수술 끝에 모델이 되었다. 사람들은 농구선수 시절 사진과 현재의 사진을 비교하며 그녀를 입방아에 올렸다. 그는 아마도 자신과 마지막으로 만난 이후 여자가 농구선수를 그만두었을 거라는 생각에 왠지 기분이 더러워졌다. 한 인간이 또 다른 인간에게 영향을 줄 수 있다는 것이 그에게는 참으로 믿기 힘든 일이었다. 인간은 각각 별개의 농구공 일 수밖에 없지 않을까. 여자의 인상이 뇌리에서 사라질 때까지 다시 농구공에 집착하게 되었다. 대학에 농구공의 이해 과목이 신설되고, 사람들이 아침마다 농구공을 드리블하며 출근한다. 아이들은 농구공에 앉아 구구단을 외우고, 집안일을 하는 사람은 농구공을 개수대에 던지곤 한다. 농구공 가면을 얼굴에 쓰고, 농구공에 구멍을 내 성적 욕구를 해소한다. 신발처럼 항상 농구공을 몸에 지닐 수는 없을까. 그는 생각했다. 농구공이 너무 싫어 농구공을 가지고 농구 말고 전혀 다른 일을, 가능하다면 세상의 모든 짓을 해보고 싶은 마음이 들었다. 그것은 그가 세계를 증오하는 방식이었다.

그러니까 지금 그의 발밑에는 농구공이 있다. 어째서 또 다시 농구공이 발밑으로 굴러왔는지 의아하기만 하다. 살다보면 여전히 종종 기분이 더러워지곤 했지만, 그는 농구공에 대해서 더 이상 추억할 게 없는 지극히 평범한 삶을 살고 있던 중이었다. 겨드랑이에 털이 나지 않는 여자와 결혼했고, 토끼처럼 멍하게 생긴 사내아이도 만들었다. 그렇다. 아이와 그는 집 앞의 공원에서 공놀이를 하고 있었다. 공은 일명 탱탱볼이라고 하는 야광색의 유아용 놀이공이었다. 공놀이에 지친 아이는 엄마의 품에 안겨 잠들었고, 그는 탱탱볼을 혼자 탱탱 퉁겨보다가 멀리 던졌다. 아이 엄마는 놀라며 왜 그런 짓을 했냐고 물었다. 자신은 지금 간절히 던질 것이 필요했고, 마침 탱탱볼을 가지고 있어 그런 것뿐이라고 설명했다. 덧붙여 탱탱볼을 던지고 나니 기분이 정말 좋아졌다고 솔직하게 고백했다. 당신은 종종 이상한 말을 하고 저는 그게 싫지 않지만 우리 아이가 당신의 이상한 습관을 따라 할까봐 종종 염려가 돼요. 사람은 누구나 자기

몫의 습관과 재주를 가졌고 그것을 억지로 바꾸려고 시도를 한다는 것은 정말 불가능한 일이라고, 또 다시 이상한 말을 하고 싶었지만 아이 엄마가 곡해를 할까 염려되어 그만두었다.

그때 마침 그의 발밑으로 농구공이 굴러왔다. 그것은 정말 순식간이었다. 공원 저편 멀리서 날아오더니 바닥에 튕겨지다가 탄성과 관성을 동시에 잃고 발밑으로 굴러온 것이다. 농구공의 모습을 지켜보면서 그는 농구공이 자신에게 올지도 모른다는 위협을 느끼기도 했지만 이상하게 와주었으면 하는 바람도 동시에 일어났다. 농구공은 정확히 발밑에서 멈췄다. 마치 오래전부터 그 곳에 있던, 그의 소유물인 것처럼. 그것은 하나의 치밀한 작전 같았다. 너무나 놀랐다. 침착하지 못했다면 아마 소리를 질렀을 것이다. 그 소리에 아이는 울음을 터뜨리며 잠을 깼을 것이고, 아이 엄마는 그를 타박했을 것이다. 다행히 아이 엄마는 그가 농구공을 보고 놀란 것을 눈치 채지 못했다. 다만 이렇게 말했다. 어머, 농구공이 당신한테 왔어요. 잠시 동안 그는 농구공을 바라보며 농구공 같은 지난 시절을 회상했다. 회상이 가속화 될수록 더러운 기분은 점점 농도가 짙어졌고, 치욕감에 온몸이 달아올랐다. 아이 엄마가 왜 그렇게 땀을 흘리냐고 물었다. 그런가, 난 아무것도 못 느끼겠는데. 그렇게 말하고 있는 순간에도 땀방울이 관자놀이를 타고 흘러 내려가고 있었다. 당신 몸이 좋지 않은가봐요. 그만 들어가요. 아이도 가서 더 재워야겠고. 그는 망설이다가 부탁이니 아이를 데리고 먼저 들어가 달라고 말했다. 당신 도대체 왜 그래요? 다행히 아이 엄마는 그렇게 묻지 않았다. 친절하게도 그럼 조금만 더 있다 들어와요, 당신 좋아하는 꽁치통조림찌개 끓여 놓을 게요, 아참 그리고 오늘 약속한 거 있잖아요,라고 말한 뒤 아이를 안은 채 일어났다. 아이 엄마의 말을 듣고 무슨 약속을 말하는 것이냐고 되묻고 싶었지만 참았다. 또 다시 말을 했다가는 계속해서 대화를 해야 하고 그것이 자신을 괴롭힐 것만 같았다.
　발밑에 있는 농구공은 어디로 움직일 기미가 보이지 않았다. 그렇다고 그가 일어날 수 있는 힘이 있는 것도 아니었다. 농구공은 족쇄처럼 그의 발목을 부여잡고 있었다. 몸에 돋아난 땀방울이 어디선가 불어오는 미풍에 말라갈 무렵 어떤 노인이 종종 걸음으로 그에게 다가왔다. 노인의 품에는 작은 시추강아지가 안겨 있었고 다른 손에는 탱탱볼이 우악스럽게 잡혀 있었다. 노인은 무엇에 화가 났는지 씩씩거렸다. 혹시 이 공을 당신이 저 쪽으로 던졌소. 그는 아니라고 고개를 저었다. 그러면 이 공을 누군가 던지는 걸 보지 못했소. 그는 여전히 고개를 저었다. 도대체, 왜, 누가, 이런 일을 벌인 거야. 이 빌어먹을 공에 우리 아기가 맞았단 말이야. 노인은 탱탱볼을 바닥에 던지고 애처롭게 시추의 머리를 쓰다듬었다. 그는 강아지가 참 강아지답게 생겼고, 자신도 한번 강아지의 머리를 쓰다듬어도 괜찮냐고 물었다. 물론이오, 하지만 공에 맞아 지금 신경이 곤두서 있으니 당신의 손을 물을지도 몰라. 조심스럽게 시추의 머리를 매만졌다. 시추는 숨이 끊긴 것처럼 아무런 미동도 없었다. 혹시 죽은 게 아닌가 하고 의심이 들 정도였다. 노인이 그의 발밑을 내려다보며 물었다. 그 농구공은 당신 것이오. 그는 잠시 동안 생각했다. 이것은 내 것이 아니면서도 내 것처럼만 느껴지는 나의 소유물 입니다. 노인은 그게 무슨 말이냐고, 되물었다. 그는 노인이 계속 귀찮게 물어올 것 같아 여러 정황을 고려해서 자신의 것이 아니라고 말했다. 그렇다면 누구의 것이냐고 또 다시 노인이 물었다. 이 농구공의 임자는 없습니다. 아니, 원래의 임자가 있었을 테지만 지금 현재로서는 도무지 그 사람이 누구인지 대답을 할 수 없습니다. 대답을 할 수 없는 거요, 가르쳐주기 싫은 거요. 노인이 끈질기고도 신경질적으로 물고 늘어졌다. 그는 노인의 말에 답하지 않고 왜 그러냐고 물었다. 그제야 노인은 표정이 환해지면서 자신은 한때 농구선수였고 농구공을 보니 새삼스럽게 젊은 시절이 떠올라 농구공을 한 번 퉁겨 보고 싶다고 말했다. 노인의 키는 불과 160cm도 되지 않을 단신이었다. 노인의 말이 사실일까 의심이 들면서도 그렇다면 이 농구공을 가져가 어디 한번 퉁겨보라고 말했다. 노인은 반색을 보이며 발로 툭 농구공을 찼다. 농구공은 그대로 있었다. 다시 한번 툭툭 찼지만 여전히 움직이지 않았다. 그도 의아한 생각이 들어 자신의 발로 차보려고 했지만 발이 말을 듣지 않았다. 아무리 움직이려 애를 써도 양쪽 발 모두 굳어버린 것처럼 꿈쩍도 하지 않았다. 등을 구부려 손으로 농구공을 집으려 해도 마찬가지였다. 노인도 같이 합세를 했지만 소용없었다. 노인과 그는 인상을 일그러뜨리며 농구공을 움직이려 애썼다. 노인은 화를 내며 팔에 안긴 시추를 바닥에 내동댕이쳤다. 시추는 힘없이 바닥에 깔아져버렸다. 애초에 죽어 있던 것처럼 아무런 움직임이 없었다. 노인과 그는 시추에는 아랑곳하지 않고 농구공을 움직이려 애썼다. 얼굴이 붉어지고 목과 팔뚝의 혈관들이 튀어나올 것만 같았다.

　날은 점점 저물고 있었다. 곧이어 저녁 산책을 나온 사람들이 노인과 그의 우스꽝스러운 모습을 보고 몰려들었다. 대부분의 사람들은 대수롭지 않다는 듯 지나쳤지만, 몇 사람은 호기심을 가지고 물어보았다. 이 빌어먹을 농구공을 움직일 수 있도록 도와주시오. 노인은 애원조로 간절하게 말했다. 그는 자신의 발도 좀 움직일 수 있도록 도와달라고 말하고 싶었으나 지금으로서는 농구공을 움직이는 게 급선무 같아 좀 더 참기로 했다. 몇 사람들이 쪼그려 앉아 안간힘을 쓰며 농구공을 움직이려 했다. 어느 새 날은 어두워졌고 공원은 완전히 어둠에 잠식당했다. 사람들은 포기하지 않고 농구공을 움직이려고 온 힘을 쏟았다. 그는 허리가 너무 아파 손을 놓고 등을 폈다. 자신의 발밑에 모여 있는 사람들의 모습이 변종의 기이한 생물 덩어리 같은 느낌이 들었다. 마치 왕이 된 기분이었다. 발밑에 있는 사람들은 그의 충실한 부하들이었다. 하지만 이 사람들은 도대체 어디서 온 것인가. 그리고 왜 이런 헛된 일에 힘을 쏟고 있는가. 왠지 쨍한 기분을 느꼈다.

세상에 혼자뿐이 아니라는 생각이 들었다.

마음 한 구석에는 농구공이 제발, 움직이지 말아주었으면 하는 생각도 들었다.

자신의 발밑에 모여 있는 사람들은 한낱 일개미들에 불과하고 농구공은 설탕덩어리일 뿐이라는 생각도 들었다.

만약 농구공이 움직이면 지금 이 사람들과 농구경기를 해도 좋겠다는 생각도 들었다.

그러나 모든 결과가 돌이킬 수 없는 상황으로 매듭이 지어지기는 마찬가지일 거라는 두려운 생각이 결론이었다. 고개를 들었다. 멀리 공원 저편 하늘에서 검은 구름이 지상에 야유를 보내듯 몰려오는 것이 보였다. 그는 언제까지, 이대로, 있어야, 하는 자신의 처지를 위로하듯 중얼거렸다.

세계는 정말 농구공 같다. ✱

| 작품 평설 |

어디로 튈지 알 수 없는 '농구공＝언어＝세계'

　2005년 등단한 김태용은 지금 여기를 사는 우리들이 실체가 있다고 믿는 삶의 허구성을 무너뜨리는 작업을 의도적으로, 그리고 지속적으로 수행하고 있다. 2006년 하반기에 발표된 두 단편에서 그러한 작업은 단연 언어를 중심으로 전개된다. 김태용의 소설을 이루고 있는 언어는 현실 세계의 사물을 지칭하기 위한 것도, 자신의 의사를 다른 사람에게 표현하기 위한 것도 아니다. 아니 정확하게는, 김태용의 소설에는 현실이라는 세계도, 대화를 통한 의사소통도 존재하지 않는다고 말하는 편이 좀 더 적절할 것이다. 우리는 언어라는 매개를 통해 세계와 또 타자들과 관계를 맺을 수 있다고 믿지만, 언어라는 것이 과연 그렇게 믿을 만한 것인가?
　「풀밭 위의 돼지」(『문학들』, 2006년 가을)의 노인은 이미 죽은 아내가 여전히 같이 살고 있으며 반면에 아들이라고 찾아오는 사람은 자기 아들이 아니라고 생각한다. 제삼자가 보기에는 환각과 망상 속에서 살고 있는 이 노인의 상태를 단적으로 보여주는 것은 '퀠퀠퀠 퀠퀠'이라고 음차(音借)되는 돼지의 언어이다. 그는 퀠퀠, 거리면서 점점 돼지가 되어 간다.

돼지의 언어로 말함으로써 돼지가 되는 것만큼 극단적이지는 않지만, 「중력은 고마워」(『작가세계』, 2006년 가을) 역시 우리가 상식적으로 생각하는 언어관에 의문을 제기하고 있다. 여기서 언어는 우선 대단히 주술적인 것으로 등장한다. 어린 주인공이 아버지에게 "아버지는 언제 죽지요"라고 묻고 나서 얼마 뒤에 실제로 아버지가 죽자, 그는 자신의 말이 아버지의 죽음을 불러왔다고 믿는다. 마찬가지 이유에서 물걸레라고 불리던 강아지는 진짜 물걸레가 되어 죽고, 우연히 장래 희망이 농구선수라고 말한 그는 운명처럼 농구선수가 될 수밖에 없다고 생각한다.

이러한 언어의 주술성을 한 겹 벗겨 보면, 그 안에는 언어가 어떤 의미를 산출할지 예측하기 어렵다는 사실에 대한 불안이 깔려 있다. 좀 더 정확하게 말하자면, 별 뜻 없이 툭툭 던진 말, 그래서 상식적인 세계에 살고 있는 우리들은 대수롭지 않은 것으로 간주하는 말에 대해 주인공은 한사코 의미를 부여하려 하고, 그 결과 모든 말의 의미가 뒤죽박죽으로 엉키게 된다.

그는 자신이 어째서 농구선수라는 말을 했는지 알 수 없었다. 충격에 휩싸여 한동안 입을 다물고 살았다. 아버지 사건보다 괴로웠다. 죽음은 오로지 아버지의 몫이지만, 농구선수는 자신이 책임져야 할 엄청난 짐이었다. 그는 언어란 정말 몹쓸 것이며, 악덕의 근원이라고 생각했다. 말이란 한번 뱉고 나면 농구공처럼 퉁겨져 다시 이쪽으로 날아온다. 그것을 피할 수는 없다. 피하면 피하는 대로 날아오는 것이 말의 속성이다. 그는 자신이 감지하지 못한 언어의 비밀을 농구선수라는 단어를 통해 깨우친 것이다. 물론 어린 나이에 그는 언어의 심각성에 대한 고민을 깊이 있게 해보지 못했다. 당시로서는 농구에 대한 과도한 과민반응에 시달렸을 뿐이다.

　장래 희망이란 말의 속성상, 오늘은 농구선수가 되었다가 내일은 우주비행사가 되겠다고 말한들 뭐라고 할 사람은 없다. 그러나 그는 자기가 한 말이 농구공처럼 자기에게 되돌아올 것이며, 게다가 되돌아오는 농구공의 궤적은 어느 누구도 예상할 수 없으리라는 불안에 사로잡힌다. 그런데 실은, 그의 고백처럼 "살아간다는 것은 결국 이런 것" 아니겠는가?
　농구공과 관련된 이런저런 일을 겪은 끝에 농구공과는 무관한 평범한 삶을 살던 그의 발밑으로 불현듯 농구공 하나가 굴러온다. 왜? 하지만 어디서 어떻게 튕겨 되돌아올지 알 수 없기에 농구공이다. 그뿐 아니라 여전히 이유를 알 수 없지만, 그 농구공과 그의 발이 갑자기 꿈쩍도 하지 않게 된다. 어디로 튈지 모르는 게 농구공이라면, 또 어디로도 튀지 않을 수 있는 게 농구공이다. 「중력은 고마워」가 "세계는 정말 농구공 같다"라는 말로 시작되고 끝나는 것처럼, 알 수 없는 '농구공=언어'는 또 알 수 없는 세계이기도 하다. 누군가가 그의 농구공이냐고 묻자 그는 "이것은 내 것이 아니면서도 내 것처럼 느껴지는 나의 소유물"이라고 애매한 대답을 한다. 이는 농구공에 대한 것만이 아니라 언어에 대한 것이면서 세계에 대한 것이기도 하다.
　그 알 수 없는 세계를 주인공은 어떻게 받아들이는가? 그는 농구공이 튀든 말든 "보는 결과가 돌이킬 수 없는 상황으로 매듭이 지어지기는 마찬가지"일 것이라고 생각한다. 이러한 주인공의 태도에 비춰 「중력은 고마워」라는 제목의 의미를 생각해 보자. 중력은 농구공을 튀게도 하고 붙들어 두기도 한다. 하지만 언제 어떻게 튈지, 멈출지 그로서는 알 수 없다. 「중력은 고마워」라는 제목은, 알 수 없는 세계 앞에서 "언제까지, 이대로, 있어야 하는" 주인공의 마지막 모습에 대한 위로 섞인 유머이자 염세적인 냉소이다.

― 선정위원 | 이수형

치통, 락소년, 꽃나무

그의 소설에서 소주를 먹고 자라는
꽃나무가 자라길 기대해본다

박상

창작 노트 | 내 이들은 앞니까지 인조다. 어떻게 앞니까지 썩냐고 의사들은 말했다. 나는 도저히 모르겠다고 치를 떨며 대답했다. 찌질이 시절 방황하다 꽃나무라는 시를 만났던 순간, 글을 쓸 테다. 라고 머릿속 벌판에 인공의 꽃나무를 심었었다. 그 꽃나무는 진동하는 소주 냄새 속에서 이제 막 꽃봉오리를 달았다.
이제는 락 정신과 헝그리 정신으로 끝내 인조 이빨 같은 꽃을 피울 테다. 그건 영롱한 도자기처럼 좀체 썩지 않을 것이다. 단단한 고기도 막 씹을 것이다. 막 맛있고 재미있을 것이다.

약력 | 1970년대에 한국에서 태어남. 2006년 『동아일보』 신춘문예에 「짝짝이 구두와 고양이와 하드락」이 당선되어 등단. e-mail : 1morefly@hanmail.net

2 0 0 **7** 젊 은 소 설

치통, 락소년, 꽃나무

"당신 같은 이빨을 가진 사람은 당장 죽어버려야 해!"
치과의사가 말했다. 세상에 넘쳐나는 악당들 말고 왜 내가 썩은 치아 때문에 죽어버려야 하는지 궁금했지만, 입속에서 메가데스의 『Killing Is My Business』 앨범이 통째 공연하는 것 같은 치통 때문에 질문은 관뒀다.

"한잔의 소주처럼 이가 영롱하던 때도 있었어."
나는 의사에게 간신히 툴툴거렸다. 의사는 동그란 해파리처럼 생긴 의자에 앉아 다리를 떨다가, 나를 경멸하는 듯한 표정을 내 얼굴 위에 똑똑 떨어뜨렸다.

"깨진 술잔 같은 비유까지?"
의사는 눈을 깜빡이지도 않고 치의예과에 진학했던 것을 만족하는 듯한 인상을 짓더니 갑자기 마스크를 썼다. 순간 간절히 소주가 마시고 싶었다.
　의사는 간호사에게 소리쳤다.
　"마취!"
　간호사가 주사기를 가지고 왔다. 모든 병원은 모든 주사 때문에 싫다.

　"나는 고무동력기. 고통은 고무줄" 하고 나는 말했다.
　하지만 그것은 고무줄이고 나발이고 도미를 먹다가 가시에 잇몸이 찔려 몹시 아팠던 기억이 났기 때문에 튀어나온 헛소리였다.
　의사는 간호사가 가지고 온 무섭게 뾰족한 주사기를 들고서 '그래서?'라는 표정을 짓더니 다짜고짜 입속에 바늘을 쑤셔 넣었다. 입 안에서 살 발린 도미 한 마리가 가시를 꽃피웠다.

　"입 한번 헹굴래?"
　간호사의 부드러운 목소리를 들으며 나는 서서히 가라앉았다. 어쩐지 들어본 적이 있는 목소리 같았다. 애니 해슬램의 노랫소리가 떠올랐다. 이런 목소리를 가진 여자는 간호사 제복 아래 멋진 다리가 쭉 뻗어 있을 거라는 생각이 들었다. 또 간호사란 직업도 귀에 익었다. 그러나 치통과 마취약의 기운은 내 모든 검색엔진을 다운시켰다.
　나는 대기실 의자에 누워 깊숙이 가라앉았다. 수심 11,000미터 마리아나 해구 밑바닥까지 직활강하는 기분이었다.

나는 심해 밑바닥에서 턱도 없이 노래를 불렀다.

나는 돈도 없는데 이가 아프다네~ 나는 이가 아픈데 돈도 없다네~ 나는 턱도 없는데 노래를 부른다네~ 나는 노래도 못하는데 이가 아프다네~ 나 같은 사람들은 당장 죽어버려야 한다네~ 입 안이 썩어빠진 사람들은 죽어버려야 한다네~ 속이 시커먼 사람들도 죽어버렸으면 좋겠네~ 나는 썩어버렸는데 죽은 노래를~ 부른다네.

금발을 한 심해어가 눈앞에 나타나 쌍꺼풀 진 눈을 깜빡이며 내 노래를 끝까지 듣더니 지느러미를 맞부딪쳐 성의 없는 박수를 쳤다. 데이브 머스테인처럼 샐쭉한 표정이었다. 그런데 신기하게도 손바닥이 딱딱, 하고 마주치는 소리가 났다.

문득 정신을 차려보니 치과 대기실의 수족관 앞 소파였다. 금붕어 한 마리가 내 쪽으로 입을 뻐끔거리고 있었고 가운 대신에 청바지와 민소매 티셔츠를 입은 의사가 손바닥을 딱딱, 치며 나를 내려다보고 있었다.

"왜 내 치과에서 자는 거야? 입 안을 마취했는데 정신이 마취되어버리는 건 또 무슨 수작이야? 깼으면 집에 돌아가! 당신 이빨의 신경을 모조리 잡아 뽑아놨어. 하여간 당신 이빨은 정말 마음에 안 들어. 부시도 빈 라덴도! 썩은 이는 당장 죽여버려야 해! 어서 가. 당신 때문에 퇴근이 늦어지잖아."

집으로 돌아오는 길에 다시 치통이 시작되었다. 신경을 죽였다는데도 코와 턱 사이의 5평방 센티미터쯤 되는 공간 안에서는 고통의 화로가 활활 불타오르기 시작해서 도자기라도 구울 수 있을 것 같았다.

"도저히 살 수가 없어. 이런 식으로는 못살아. 치통도 지겹고 삶도 지겹고 견디는 것도 지겨워. 그냥 끝내버리고 싶어."

"어이 당신, 말을 막 하는데."

누군가가 내 어깨에 손바닥을 턱, 하고 올려놓았다. 얼굴에 꽤 큰 점이 났고 귀밑머리가 백발이며 하얀 가운을 입고 있는 중년의 사내였다.

"당신에게 줄 수 있는 게 있지. 따라와."

그는 '조제약'이라는 것을 내밀었다.

"이틀치! 당장 통증이 가라앉지 않으면 하이킥, 가드 내리고 다섯 대 맞아주지."

그를 따라간 허름한 약국에는 빌 프리셀의 「Blues Dream」이라는 음악이 깔려 있었다. 나는 당장에 약을 한 봉지 입에 털어 넣었다.

한 꽃나무를 위하여 그러는 것 같은 참 이상스런 흉내를 한 번 내어본 것이다.[1]

---

1) 이상의 시 「꽃나무」 중에서 인용

약을 먹고 나자 다리가 조금 풀리는 느낌이었다. 살짝 휘청거리기까지 했다. 나는 남자에게 인사를 하고 약국을 나서려 했다. 그의 얼굴의 검은 점이 나를 점점 바라보고 있었다.
"약값 낼래?"
아, 나는 주머니를 열고 이천삼백 원을 꺼내 남자에게 주었다. 주머니의 돈은 오로지 그것뿐이었다.
"좋아. 의지가 있군."
약사는 가볍게 이천삼백 원을 돌려주었다.
"왜 안 받는 거지?"
약사는 나 대신 하늘을 바라보며 말을 이었다.
"돈은 모든 욕망의 기폭제. 욕망은 모든 고통의 발화점. 약값으론 단지 나에게 고마워하면 되는 거야. 신에게든 자연에게든 같은 인간에게든 고마워할 줄 모르니까 사람들이 아프기 시작했거든."

나는 그의 장황한 말이 좀 어지러웠으나 고맙다고 말하며 약국을 나섰다. 나는 다리가 후들거리기 시작해 휘청거리며 걷다가 잠깐 앉기 위해 근처 편의점에 갔다. 예쁜 파라솔 벤치가 보였다. 갑자기 세상의 모든 것이 아름답게 보이기 시작했다.
소주를 한 병 사서 벤치에 앉아 목구멍 안에 졸졸 흘리며, 나는 세상이 아름답게 보이는 건 도대체 무슨 경우인지 생각했다.

주차 단속반은 도로가에서 어쩐지 기분 나쁜 표정으로 딱지를 떼고 있고, 떼인 차주들은 더 기분 나쁜 표정으로 딱지를 찢고 있었다. 새들은 먹이를 쫓으며 허겁지겁 날다가 허둥지둥 똥을 싸고 있고, 달리는 자동차들도 부리나케 달리며 부랴부랴 배기가스를 뿜어댔다. 또 한쪽 구석에서 힘센 놈은 힘없는 애를 마구 때리고 있는, 이 세계는 여전했다. 아름다워 보일 리가 없었다. 나는 원인을 한참 생각했다. 생각하지 않으면 안 된다. 도무지 생각하지 않고 사는 무식한 자들 때문에 세상의 스타일이 망가진다. 나는 1분쯤 생각이란 걸 하며 세상 스타일의 평균을 조금 끌어올렸다.

 고통이 사라져 있었다. 그것이 세상이 아름답게 보인 이유였다. 고통 때문에 긴장하고 빠르게 놀려지던 다리가 갑자기 무뎌졌고 고통 때문에 급박하게 돌아가던 세상이 정지해버린 것이었다.
 치통은 실력파 소매치기가 쌔벼간 지갑처럼 완전히 사라져 있었다. 치통이라는 고통이, 몸속에서 퍼지기 시작한 묘하게 예쁜 약효에 조금씩 감화되어버린 듯했다. 그것은 사랑에 빠지는 것과 비슷했다.

 '신기한 약이군. 고통을 끝장내버렸어.'
 나는 흐뭇해하며 자리에서 일어서려 했다. 그러나 다리에 힘이 들어가지 않았고 어지러웠다.
 "소주값 낼래?"
 편의점 여자 점원의 부드러운 목소리를 들으며 나는 서서히 가라앉아갔다. 이번에는 바이칼 호(湖) 밑바닥까지였다. 마리아나 해구만큼 물이 맑았다.

 나는 치과에서처럼 노래를 불러보려고 했지만 입을 벙긋하기도 전에 플라잉브이 기타처럼 생긴 괴물 물고기가 나타났다. 효과음 같은 것이라도 났으면 놀라진 않았을 텐데, 나는 깜짝 놀랐다. 호수 속에서 플라잉브이 기타를 만나다니 세상이 어떻게 되려고 이러는 걸까? 그것은 공연이 시작되려는 무대 위의 어둠 속에 놓인 기타처럼 강하게 도전적이었다. 괴물 물고기는 내가 공연을 방해라도 한 듯 갑자기 나를 들이받으려 했다. 나는 놈의 기타 줄을 풀며 버텨보았으나 이내 손목이 나가버렸다. 괴물 물고기 플라잉브이는 그 틈을 놓치지 않고 내 가슴을 정확히 들이받았다.

정신을 차려보니 편의점 앞의 벤치였다. 시간이 얼마나 지났는지 알 수 없었으나 손에 빈 소주병이 들려 있었기 때문에 나는 편의점에 들어가 여자 점원에게 소주값을 지불했다. '기면발작증에 걸린 락커 재크'라는 제목의 잡지 기사를 읽고 있던 여자 점원은 고맙다고 말하며 예쁘게 머리를 쓸어 넘겼다.

나는 주머니에 손을 넣고 큰 보폭으로 다시 약국에 갔다. 나는 약의 성분에 대해 물어보고 싶었다.
"오, 다시 왔군. 무슨 문제라도 있었나? 아직 완성된 약이 아니야. 말하자면 이 약은 대뇌로 오는 통증 신호를 회 떠 먹어버리지만, 가끔 운동 신호도 함께 쌈 싸먹게 하는 단점이 있지. 게다가 약효 또한 겨우 여섯 시간 정도뿐이라는 거지. 하지만 그 여섯 시간 동안 모든 인류는 고통을 하나도 느끼지 않는 거야. 왜? 아무리 고통스러워도 그게 뭔지 모르니까. 아프리카에서 굶어 죽는 사람이 아무리 많다고 해도 우린 잘 모르니까 괜찮잖아? 그런데 이게, 이

약발이 겨우 여섯 시간인 건 문제야. 인간은 팔십 년 가까이 살아야 한단 말이지. 여섯 시간에 한 번씩 아프리카나 북한의 아이를 떠올리면서 팔십 년을 살 수는 없잖아?"

나는 뭐라고 대꾸하고 싶었지만 그가 또 말을 시작했다.

"그러니 내가 약을 완성하기까진 임시방편이야. 이제 다시 또 서서히 치통이 시작될 거야. 흥, 나는 알고 있지. 그렇다면 그때 다시 약 한 봉지를 먹으면 되는 거지. 그럼 여섯 시간 동안은 편안히 누워서 갖은 슬픔, 모든 전쟁, 모든 기아, 지랄 같은 천재지변, 끝없는 죽음, 개 같은 돈, 잃어버린 사랑, 같은 건 잊고 있게 되지. 자, 어서 약을 먹어. 약을 꺼내. 어디다 뒀어? 내 말 안 들려? 새로 지어줄까?"

치통이라는 고통보다는 고통을 사라지게 하는 새로운 고통이 더더욱 싫다. 고통 때문에 아무것도 할 수 없는 것과 약 때문에 드러누워 아무것도 할 수 없는 것은 미녀 두 명과 들어간 모텔에서 발병한 임포텐츠 같은 것이다. 게다가 죽은 듯이 드러누워 있는 동안에도 나는 꿈이란 걸 꿨고 마음이 찔리는 고통을 받았다.

"고무동력기는 고무줄이 꼬여야 날아. 넌 틀렸어."

나는 약봉지를 약사에게 집어던지고 약국에서 뛰쳐나왔다. 약사에게 한마디 한 건 멋있게 보이기 위한 것이었는데 별로 멋이 없는 것 같아서 후회했다.

나는 집으로 돌아왔다. 외출한 사이에 예비군 동대 직원이 다녀갔었다. 그가 남긴 메모에는 이렇게 적혀 있었다.
'집에 없군, 개새끼. 어딜 나돌아 다니나, 돌아다닐 힘 있음 예비군 훈련에나 기어 나와. 박박 기게 해줄 테니까. 정신 차려. 새끼야, 어딜 보나. 차렷, 동작 봐라. 고발당하고 싶지 않으면 예비군 동대에 눈썹이 휘날리게 전화해.'

그리고 각종 고지서들이 잠입해 있었다. 모든 고지서들은 내가 들어서자마자 목을 조르며 한결같이 곱지 않은 말투로 나를 힐난했다.
'요놈 봐라. 전기 콘센트에 물건을 꽂았으면 화대를 내야 될 거 아냐? 보일러 땠으면 화끈하게 가스비를 내! 빨래를 했으면 수도세를 깨끗이 건조해줘야겠지? 아팠냐? 의료보험료도 아파. 치료해줘야지? 아, 요새끼 연금도 안 냈네? 안 늙을 줄 아는 모양이지?'

나는 통지서와 고지서들을 72등분으로 찢어버렸다. 고통스러워! 이런 열등한 수사학에 무식한 문장들! 나는 성에 안 차서 그걸 다시 157등분으로 찢어놓았다. 그래도 성에 안 차서 막 365등분으로 찢으려고 하는데 또 불친절한 치통이 시작되었다. 나는 찢던 종이들을 공중에 흩뿌리며 쓰러졌다.

눈처럼 휘날리는 의무들 아래에서 나는 방바닥을 데굴데굴 구르기 시작했다. 그리고 중얼거렸다.

'아 빌어먹을, 아 빌어먹을 의무, 아 빌어먹을 삶!'

돌팔이 같은 치과의사가 치통 따윈 느낄 수 없을 거라고 했는데 지금 느끼는 이 고통이 치통이 아니면 대체 뭐란 말인가. 돈 없는 자의 고통은 의무라도 된단 말인가?

나는 방바닥을 구르다 정강이를 옷장 모서리에 부딪히고는 정강이 통증까지 느끼기 시작했다. 할 수 없이 나는 이를 악물고 절뚝거리는 슬랩스틱 개그를 하며 약국으로 향했다.

"틀렸다는 것을 인정하나?"
가운을 입은 약사는 마치 내가 올 것을 알고 있었다는 듯이 점을 매만지며 말했다. 그리고 내가 한 것처럼 약봉지를 내게 집어던졌다.
"고통이 없어야만 고무될 수 있어. 뭘 좀 알아야지."
약사가 부들부들 떨며 약을 빠는 내게 외쳤다.
멋있어 보였다.

그 약은 또다시 고통을 뚝, 하고 멈춰주었다. 환각 작용이 일어나지 않는 걸 보니 마약은 아니었다.
하지만 모든 운동 신경계가 할 일이 없어진 듯 무료해져 결국 졸릴 수밖에 없었다. 나는 졸음을 쫓기 위해 근처의 편의점에 갔다. 해질 무렵이라 불을 환하게 밝히고 있었다. 환한 표정을 잘 지어 보이던 여자가 잠시 떠올랐다.

나는 소주를 한 병 사서 마셨다. 편의점 앞의 의자에 앉으면 다시 졸릴 것 같아 벽에 어깨를 기대고 서서 마셨다. 그러나 정신의 가닥이 조금씩 풀어헤쳐지고 있었다. 생각으로 짠 내 의식의 올이 풀려 나가며 줄줄 흐르기 시작한 것이다. 그러다 다시 정신이 들었다.
편의점의 남자 점원이 내 등을 탁 하고 쳤기 때문이었다.

"소주값 내라."
나는 소주값을 내고 집으로 돌아왔다. 운동으로 단련되었으리라고 보이는 단단한 팔뚝에 'Rock is Dead'라는 헤나 문신이 새겨진 남자 점원이 등을 탁 하고 쳐주지 않았더라면 소주값을 못 낼 뻔했다. 그렇지만 그 헤나 문신은 지워지고 있었다.

집에 돌아와 나는 전기기타를 켰다. 락은 과연 끝난 걸까? 아직 내가 살아 있는데 과연 그런 걸까? 그런데 기타에서 아무 소리도 나지 않았다. 뭐지? 전기가 끝났나? 나는 전기기타 앰프를 탕탕 때려보려다 갑자기 또 침몰해갔다. 거기가 마리아나 해구인지 바이칼 호 밑바닥인지 C마이너 스케일 사이인지 생각할 겨를도 없었다. 내 방과 함께 통째 가라앉았다. 창문으로 짠물이 콸콸 넘어들었다.

나와 내 방은 아주 깊은 곳에 가라앉아 있었다. 치통의 깊이에 비하면 깊이도 아니었지만 나는 깊이 가라앉아 오랫동안 죽음에 대해 생각했다. 하지만 그런 시시한 걸 생각하자 너무 심심했다. 그래서 방이 울리도록 노래를 부르기 시작했다. 내 방의 책들과 악기들과 앰프들과 노래들이 내 기분과 함께 젖어갔다. 소리치고 싶어졌다.

노래와 살기에/사람들은/실의를 이겨요.
　　노래하는 동안/사람들은 늙지 않아요.[2]

　전형적인 스리 코드 펑크였다. 영롱했다.
　하지만 노랫소리는 심해 생명체들의 잠을 깨워버린 것 같았다. 대략 돈벌레처럼 다리가 많고 징그러운 털 아귀, 발광 해파리 같은 것들이 아가미를 부릅뜨고 내 방 안에 난입했다. 아귀들은 넓고 날카롭고 단단해 보이는 주둥이로 나를 공격하기 시작했고 발광 해파리들은 나이트클럽의 사이키처럼 반짝반짝 발광했다. 나는 놈들의 쇼와 댄스에 성대를 물어뜯기고 혀를 물어뜯겼다. 이빨 자국은 나를 마취시켰다. 다음 순간 놈들이 내 성기를 물려고 입을 쫙 벌렸을 때 나는 비명을 지르며 가까스로 깨어났다.

　나는 내 방에 누워 있었고 눈앞에는 치과의사와 그의 간호사가 아침 햇살의 역광 속에서 비사실적으로 서 있었다. 안 보이긴 해도 내 성기는 잔뜩 오그라들어 있었다. 내가 간신히 의사에게 외쳤다.
　"또 너냐?"
　"하임아잇(Hi, Mate)."
　치과의사는 어제와 달리 예의 있는 말투를 구사했다. 영국식 발음이었다.
　"어제 깜빡 잊고 안 한 게 있어. 조개가 고갈된 수달처럼 계속 고통스러웠지?"
　"뭐지? 정말 나 같은 이를 가진 사람은 모두 죽어버리라는 거였

---

[2] Guillevic의 시집 「Le Chant」 중에서 인용

지?"
 "그랬지. 그건 내 세계관이니까. 하지만 가만히 생각해보니, 난 프로잖아. 돈을 받았으면 고쳐줘야지. 나는 당신 노래 때문에 돈을 안 받은 줄 착각했단 말이야."
 "내가 돈을 냈다고?"
 "우리 간호사가 알려주더군. 돈을 받았다고."
 간호사가 나를 바라보고 있었다. 그녀의 이마에는 '너 여전히 귀여운걸' 하는 글자가 적혀 있었다. 간호사가 말했다.
 "입 한번 헹굴래?"

 나는 입을 헹구기 위해 내 방 욕실까지 다녀왔다. 다행히 수도는 아직 끊기지 않았다. 입을 헹구는데 신기하게도 입 안에는 아픈 곳이 하나도 없었다.
 나는 욕실에서 돌아오자마자 치과의사에게 하이파이브를 청했다. 의사도 손을 들어 내밀었지만, 우리들의 손바닥은 서로 빗나갔다. 멋쩍은 표정으로 가방을 챙기며 그가 말을 이었다.
 "자네 집은 찾기가 정말 어려웠어. 우리 간호사가 마침 자네 집을 알았기에 망정이지. 이런 데는 예비군 훈련 통지서 같은 것도 잘 안 오겠군."

 축배로 소주를 마시고 싶어졌다. 의사와는 편의점 앞에서 악수를 하고 헤어졌다. 간호사는 나를 한 번 뒤돌아보았다. 표정, 라인, 머릿결, 향기, 어딘지 몹시 친근한 느낌이었다. 연민, 될 대로 되라, 환상, 알게 뭐야, 같은 말들처럼.

편의점에 가자 점주인 듯한 노인네가 있었다. 그는 '노인도 쉽게 배우는 원투 스트레이트' 같은 종류의 라디오 프로그램을 듣고 있었다. 소주를 카운터에 올려놓자 노인네는 바코드가 어디에 붙어 있는지 한참 찾아 헤맸다.

"이, 이게 어디 붙어 있는 거람?"
내가 잠시 한심하게 바라보자,
"한심하다고 생각한다면 너도 늙어서 후회하게 될 거야."
라고 마이크 타이슨 같은 눈빛으로 말했다.

나는 편의점 앞의 푸른 파라솔 벤치에서 소주를 마시며 새롭게 태어난 것 같은 고통 없는 세상을 바라보았다.
자동차들이 인간 문명의 절대적 예술을 만끽하는 것처럼 자유로워 보였고, 딱지를 떼던 주차 단속 요원은 애초에 그런 직업이 없었던 것처럼 어디론가 사라져 있었고, 무자비한 시간의 굴레에 딱 걸려 고통스럽게 또각또각 끼워 맞춰지는 것처럼 보이던 남녀의 구두와 하이힐 소리가 흥겹게 울리는 비트박스처럼 세상을 황홀한 음악으로 물들이고 있었다.

그런데 나는 나도 모르게 나 혼자만, 쓸쓸한 노래를 하기 시작했다.

난 나쁘지도 않고 아이도 아니야/그런데 왜 애인은 뻐꾸기처럼 떠나 버렸을까

난 수도꼭지가 아니므로 울지 않을 거야[3]

"소주값 냈는가?"
노인네가 다가와 물었다. 나는 지갑을 열어 보았다. 쓸쓸하게도 돈이 없었다.

"냈나…… 돈이 없네."
"후회하게 만들어주지."
그는 경찰을 불렀다. 내가 반항하려 하자 빠른 원투 스트레이트를 날렸다. 나는 경찰서에 끌려갔다.

"경범죄처벌법 1조 51호, 무전취식."
"아, 인생에 소주값도 없는 경우가."
"또 있어. 향토예비군설치법 6조 2항을 이행하지 않아 동법 15조 8항에 의해 고발."
"아니, 훈련 통지서를 어제 받았는데?"
"시끄러. 우리는 사정을 봐주지 않아."

　향토라는 말을 듣자 지금 이 도시가 시골처럼 느껴졌다. 그리고 무전취식은 또 뭐야, 경찰들이 공기 속에 떠들어놓은 무전이라도 먹었단 말인가? 도대체 이런 무식한 용어들은 누가 만들어서 누가 유통시키는 거야. 나는 경찰서에 온 것을 후회했다.

---

3) 곽은영 「19세의 점핑」 중에서 인용

"직업?"

"밴드."

"밴드? 이름이 뭐야?"

"재크와 콩나무 밴드."

"그게 뭐야?"

"나는 재크, 내 기타는 콩나무."

"그럼 언더그라운드 락커야?"

나는 피식 하고 웃어버렸다. 모르는 건 무조건 언더그라운드인가.

"헛, 방금 실소했나? 주제에 개전의 정이 없군. 당신 같은 태도를 가진 사람은 당장 구금해야 해."

나는 경찰서 유치장에 갇혔다. 유치장에는 언더그라운드 같은 창살이 있었고, 어둡고 더러운 조명과 다 드러나 썰렁한 화장실이 있었고, 괴상한 냄새를 풍기는 국방색 모포들이 있었다.

나는 깨끗해 보이는 모포를 고르다 말했다.

"세상에, 여기 깨끗한 모포라곤 한 장도 없군. 이렇게 웃길 수가."

"입 한번 닥칠래?"

유치장 담당관으로 보이는 사람이 어디선가 나타나 내게 매서운 눈빛과 차디찬 목소리로 경고했다.

나는 더 이상 치통을 느끼지도 않았고, 약 때문에 나른한 무의식에 빠져 있지도 않았다. 하지만 아무것도 할 수가 없어졌다. 사람이 고통 없이 살아가길 바라는 것은 자신이 꿈꾸는 일을 잘 해내기 위해서다, 라고 늘 생각해왔다. 그런데 지금 나는 아무런 고통을 느끼지 못하고 있는데도 내가 꿈꾸는 일을 할 수 없었다. 나는 빨리 소주를 마시고 싶었다.

"유치장에 소주 파는 데 있어?"
매서운 눈빛을 하고 있던 담당관은 나를 잠시 노려보더니 물었다.
"돈은?"
"아마 없는 것 같아. 왜 없는 건지는 잘 모르겠어."
"무전취식으로 들어와서 또 무전취식을 노려? 고통 한번 당해볼래? 당신 때문에 내가 이 칙칙한 유치장에 앉아서 당신을 지켜보고 있어야 되잖아. 당신이 유치장 안에 유치되면 나는 유치장 바깥에 유치되는 거야. 올림픽, 아시안게임, 월드컵 다 안팎으로 유치한 거야! 당신만 안 들어왔으면 쾌적한 사무실에서 재테크를 공부할 거란 말이야."
"하면 되잖아. 누구나 원하는 걸 하잖아."
담당관은 벌떡 일어나 내가 있는 창살 앞으로 다가왔다.
"원하는 걸 늘 하면서 살 수 있다고 생각하나?"
그의 목소리는 연극배우 같았지만 창살 앞에 서 있는 자세가 어색했고 대사를 할 때의 표정도 좀 서툴렀다. 원하는 걸 하면서 살 수만은 없다는 진지한 피로감이 결여된 유치한 연기였다.

"그럼 하면 안 돼? 최소한 인간은 원하는 걸 하고 살아야 된단 말이야."

나는 아동극 배우 같은 목소리를 내보았다. 꿈과 이상에 대해 이야기할 때는 아이처럼 투정 부리듯 말해야만 한다. 이 따위 세상은 그런 걸 정말 투정으로 이해하니까.

그러나 나 역시 표정 연기는 좀 서툴렀다. 꿈꾸는 표정을 짓기엔 창살이 드리운 스트라이프 무늬가 너무 유치했다.

"원하는 걸 하고 살려면 돈이 필요해. 돈이 있으면 이딴 건 궐석 재판을 받을 수 있잖아. 그러면 나는 당신을 안 지켜도 되고. 에, 당신같이 돈이 없는 인간은 죽어버려야 해. 숭고를 더럽히고 있어. 자기뿐만 아니라 다른 사람까지 고통스럽게 만들고."

아, 그러고 보니 나는 정말로 돈이 없었다. 돈이 없다는 것이 새로운 고통으로 떠올랐다. 나는 지저분한 모포 더미에 쓰러졌다. 몹시 고통스러웠다. 돈이 없다. 돈이 없다. 세상에 넘쳐나는 악당들 말고 왜 내가 돈이 없는지 궁금했다. 나는 돈이 필요하다. 돈이 있어야만 다시 꿈을 꿀 수 있다.

나는 유치장 마룻바닥을 데굴데굴 구르기 시작했다. 구르다가 정강이를 어딘가에 부딪혀 또다시 정강이 통증까지 느껴야 했다.

'아, 빌어먹을, 빌어먹을 돈, 빌어먹을 삶!'

그런데 구르는 동안 주머니 속에 뭔가 불룩하게 있어 허벅지에 걸렸다. 만져보자 약사가 지어주었던 약봉지가 손에 잡혔다.

나는 담당관의 눈치를 살폈다. 그는 나를 정면으로 바라보고 있었다. 나는 정강이 통증이 가라앉는 대로 모포에 얌전히 드러누워 「락 정신의 죽음」 제1장 C단조를 퍼포먼스했다. 그러나 아무래도 퍼포먼스에 카타르시스가 결여된 것 같아 나는 나지막이 노래까지 불렀다. 노래가 없으면 사람들은 자신들이 무슨 짓을 하는지 알지 못한다.

 인생에 무슨 의미가 있겠어요~ 잠이나 좀 자두면 되는 거지요~ 안타까워도 인생에는 아무 의미가 없어요~ 인생에 무슨 의미가 있겠어요~ 죽음이나 좀 죽으면 되는 거지요. 안타까워도 의미는 아무 어미가 아니에요~ 어미들은 우릴 버렸어요~ 신은 어미들을 치웠어요~ 그럴 땐 잠이나 좀 자두면 되는 거지요~ 죽음이나 좀 죽으면 되는 거지요.

 담당관은 나를 지켜보고 있다가 4분 45초짜리인 노래가 끝나자 고개를 두어 번 끄덕이고 책상 앞으로 돌아갔다. 나는 눈치를 잘 살핀 뒤 약봉지를 꺼내 입에 털어 넣었다.

 돈이 없다,라는 지독한 고통이 뚝 하고 멈추었다. 예전엔 울면 호랑이가 와서 잡아간다,라는 말을 들으면 울음을 멈추었다. 어릴 때 호랑이라고 하면, 싸워서 이길 방법이 없어 보이는 동물이었다.
 요즘 우는 아이들에겐 무슨 노래를 해줘야 울음을 뚝 그칠까 생각해보면서 나는 침몰해갔다. 나는 심해 밑바닥에 책상을 놓고 앉아 락 정신에 대한 곡을 써나갔다. 의자가 없어 허벅지에 근육 경련이 일어나자 지나가던 향유고래를 잡아 락, 하고 7옥타브로 외친

박상 | 치통, 락소년, 꽃나무 137

뒤 깔고 앉았다. 고래의 피부돌기 때문에 엉덩이가 배겼지만, 열심히 우는 아이들이 울음을 뚝 그칠 만한 락 정신 같은 노랫말을 그려보았다.

내 락 정신은 특별 락 정신이라서 앞발 발톱이 엑스맨 울버린의 손톱 무기보다 길고 이빨은 샤론 스톤이 치켜든 얼음송곳보다 관능적이며 턱의 힘은 터미네이터의 대퇴부도 빼빼로처럼 씹을 수 있을 만큼 강해. 옷 속에 감추어진 근육들은 울퉁불퉁하게 다져져 있어 락 정신 몸짱 대회에서 대상을 안았다네. 나는 펑크락커라네. 나는 세상이 끝나기를 바란다네.

그런데 막 호랑이의 기타 실력에 대해서 묘사하려는 순간 의자로 삼고 있던 향유고래가 불끈 가랑이 사이로 튀어올랐다. 나는 깜짝 놀라 정신을 차리고 깨어났다.

"이원식씨."
여자가 나를 부르고 있었다. 간호사였다. 나는 발기해 있었다. 향수 냄새가 그녀가 누군지 기억나게 해줄 것만 같았다.
궁금해? 이 여자는 바로 네가 몇 달 전에 헤어진 옛 애인이야, 라고 기억의 한 부분이 말했다.

"아아, 은영씨. 여긴 어떻게 알고."
"집에 없길래 편의점에 갔더니 여기 갔다고 하데."
나는 할 말이 없었다. 헤어진 마당에 이런 꼴로 마주치게 되니 부끄러움이 색다른 종류의 고통들을 만들어내고 있었다. 나는 빨리 발기가 가라앉았으면 하고 바랐다.

"무전취식은 1,150원 내고 해결했고, 향군법 위반은 궐석재판 받을 수 있게 했어. 내가 돈을 대신 냈거든."
 담당관은 철창의 문을 열어주었다. 그는 비로소 시원한 사무실에 앉아 재테크를 공부할 수 있겠구나,라는 모종의 희망을 보았다는 표정 연기를 제법 해내고 있었다. 나는 그러나 여자친구에게 빌어먹는 인생인 내 노래의 무능력 때문에 쓸쓸했다.

 나는 간호사와 유치장을 나섰다. 담당관이 유쾌하게 한마디 했다.
 "돈이면 안 되는 게 없어. 매우 흔한 얘기지만, 만약 더 심한 문제에 부닥치면 더 큰 돈으로 해결하면 되는 거야."

 하지만 그는 곧 인상을 구겨버렸다. 막 유치장에 다른 사람이 붙들려 들어오고 있었다. 돈으로는 해결할 수 없을 것 같았다. 얼굴에 점이 났고 하얀 가운을 입고 있는 중년의 사내였다. 그는 나를 한눈에 알아보았다.

 "여어, 구면이로군."
 그는 내 손을 잡고 오랫동안 흔들었다.
 "나는 실험 중단 사태를 맞이했어. 인류의 고통을 없애려는 내 연구가 얼마나 중요한 건지 사람들이 통 몰라. 그래도 진짜 연구는 책상머리로 하는 게 아니야. 진짜 머리로 하는 거지. 그러니 내가 여기 잡혀 왔다는 걸 인류에게 알릴 필요는 없어."

"약사법 16조, 21조 1항 위반이군. 이런, 가짜 약장수 아냐?"
담당관이 쓰디쓰게 말했다.
"어허, 말투가 곱지 않다. 세상의 고통을 해소해나가는 데 꼭 의사, 약사만 필요한가? 도대체가 이 지구는 약발이 안 먹혀. 필요한 치료를 받거나 약을 먹으려면 돈이 든단 말이지. 돈을 벌려면 고통스럽고, 그렇다면 고통을 릴레이시킬 거야? 난 달라. 사람들에게 돈도 안 받는단 말이지."

나는 뭔가 설명해보려는 그의 손에 남은 약봉지를 몰래 쥐어주었다. 자신의 삶을 다른 사람에게 설명하고 이해받으려 하면 안 된다. 어차피 이해가 안 된다. 돈도 안 되는 음악을 만들고 있는 내 상황도 이해가 안 된다. 그런 걸 왜 하고 있냐고 사람들은 묻는다. 돈 되는 음악도 많은데. 돈 되는 음악을 하는 건 쉬운 줄 알아? 라고 말들 하지만 돈 안 되는 음악을 하려면 얼마나 미쳐야 되는지를 안다면 꼼짝도 못 할 것이다. 바보들이 모르는 건 본질이다. 음악의 본질은 진짜 노래하는 것이고, 의약의 본질은 인류의 고통과 진짜 싸우는 것이다. 나는 그에게서 묘한 동질감을 느꼈다.
나는 저 사람에게 잘 대해주면 좋겠다고 담당관에게 부탁했다.
"저 사람은 락 정신을 아는 것 같아."

옛 애인이었던 간호사와 나는 집으로 돌아왔다. 그녀와 함께 살던 내 집이다. 집에 오자마자 그녀가 부드럽게 말했다.
"몸 한번 헹굴래?"

나는 유치장의 괴상한 모포 냄새가 내 몸에서 분리될 때까지 오랫동안 샤워를 했다. 쏴아아. 여자가 떠난 뒤 내 삶은 괴상한 모포처럼 냄새를 풍겼다. 쏴아아아. 각종 돈의 의무들을 여자가 대신 해주었을 때는 행복했다. 쏴아. 나는 대신 새들이 새대가리처럼 먹이만 찾고 있을 때 그녀에게 노래를 들려주었다. 쏴아아아. 그녀는 내 생활비를 대면서도 새소리나 꽃향기에 취한 여자처럼 행복해했었다.

아, 만약 그녀가 내게 돌아온 거라면 나는 다시 고통 없이 멋진 노래를 불러줄 수 있을 텐데. 쏴아아. 새들도 꽃들도 단번에 찌그러질 멋진 노래를. 쏴아아. 그녀는 지금 나에게 과연 돌아온 것인가. 쏴아아. 단지 내가 걱정되어서 한번 와본 것일까.

샤워를 마치고 나오자 여자는 소주 한 병을 드르륵 땄다.

"현실적인 여자 같은 건 이제 재미없어졌어!"
나는 그 말을 잠시 이해하지 못하다가 순간 가슴이 찡해졌다. 그녀가 돌아온 것이다.
"당신이랑 있을 땐 최소한 심심하지는 않았어. 당신한테 돈은 좀 들었지만."
"돈 벌어서 예쁜 옷 사고, 그런 옷 입고 남자 만나고, 그런 남자와 좋은 데 가고 해봤자 영 괴롭데. 재미가 있어야지."
　나는 아무 말도 하지 못했다.
　"돈 많은 남자들이 소주 맛을 어떻게 알겠어."

　그녀가 계속 말했다.
　"바보들, 돈 때문에 인류를 구원해야 한다는 것도 잘 모르고, 돈이 인류를 구원하지 못한다는 것도 모르면서 어떻게 소주도 안 마시려고 하지?"

　나는 말없이 소주를 마셨다. 여자가 너무 고마웠다. 현실에 이런 여자는 없다. 그녀가 현실로부터 돌아왔다. 여자에게 소주를 한 잔 깔끔한 동작으로 따라주었다. 그녀는 가진 게 고통스런 락 정신뿐인 나를 간호해주고 있다. 새로운 노래를 만들 수 있을 것 같았다.
　나는 기타를 쥐고 즉흥적으로 노래를 불렀다. 즉흥의 아름다움은 마음에서 즉각 울려나오는 날감동이라는 점이다. 돈은 즉흥적으로 생기는 법이 없다. 그래서 감동이 없다.

　땅 위에 남겨진 시간은 그만 생각해~ 그곳은 떠나지 못하는 발자국의 땅~ 오늘은 하늘 끝까지 타고 올라가~ 소주 한 잔 마시고 맛을 감아~ 또 한 번 꿈을 꾸고 우리들은 노래하는 거야. 꽃을 피우는 거야 우리들은 꽃나무잖아.

　여자는 노래를 들으며 소주잔을 한 번에 비운 뒤 잔을 머리 위에 털고 내게 건넸다. 내미는 손이 고통스러울 만큼 예뻤다.

"이 노랜 제목이 뭐야?"
"소주와 꽃나무."

"당신 노래들은 언제 들어도 고무돼."
"고마워. 이제 고무줄이 다 감겼어. 날자."

"당신 같은 노래를 부르는 사람은 당장 안아줘야 해."
여자친구는 내 목을 꼭 끌어안았다.

나는 그녀에게 안긴 채 내가 생각하는 노래를 열심히 부르려는 것처럼[4] 노래를 불렀다. ✈

---

4) 이상의 「꽃나무」 중의 한 표현

| 작품 평설 |

고무동력기는 고무줄이 꼬여야 고무된다

　박상의「치통, 락소년, 꽃나무」은 이미지의 현란한 움직임이 돋보이는 소설이다. 아무런 연관관계도 없어 보이는 치통, 락소년, 꽃나무가 쉴새없이 변전하는 이야기 속에서 하나의 소설로 모아진다. 그것이 '왜' 그렇게 구성되는가를 묻는 것은 의미 없는 일일 터이다. 그렇게 멀리 떨어져 있는 사물을 어떻게 연결했는가를 살펴보고, 작가의 상상력을 따라 유쾌한 여행을 떠나면 그만인 것이다. 이제 '치통'에서 시작된 상상력, 언어, 이미지들의 잔치가 '꽃나무'로 수렴되는 과정을 따라가 보자.
　소설 속의 주인공 '나'는 '재크와 콩나무 밴드'에 소속된 락커이다. 그렇다고 여러 명으로 구성된 짜임새 있는 밴드를 떠올리지 말라. '나는 재크, 내 기타는 콩나무' 그러니까, 혼자서 플라잉브이 기타와 함께 진정한 락커가 되기를 꿈꾸는 얼치기 락커, 곧 '락소년'인 셈이다. 그가 심한 치통 때문에 치과를 찾아갔다가 돌팔이 약사를 만나고, 편의점에서 술을 마시고, 나중에는 무전취식으로 유치장 신세를 진다. 그곳에서 오래전에 헤어졌던 옛 애인을 만나고, 그녀를 위해서 노래「소주와 꽃나무」를 작곡한다.

이러한 '나'의 행동과 생각들이 소설 속의 상상인지 그렇지 않은지는 불분명하다. 그것을 구분하려고 하는 시도조차도 헛된 일일지도 모른다. 작가가 그것을 구분하는 것 자체를 불가능하도록 만들어놓았기 때문이다. 예컨대 편의점에서 여자 점원이 보고 있는 잡지에는 '기면발작증에 걸린 락커 재크'라는 기사가 보이고, 실제로 '나'는 편의점에서 기면발작 증세를 보이기도 한다. 혹은 '현실에 이런 여자는 없다'와 같은 진술을 통해서 상상의 세계인 척 위장술을 펼치기도 한다. 따라서 소설 속에서 펼쳐지는 이야기는 허구적 상상일 수도 있고, 그렇지 않을 수도 있다.

'나'의 상상이자 현실은 '고통의 감각'과 '감각의 마비'라는 두 가지 문제 사이에서 이루어진다. 치통은 바로 현실의 고통을 상징한다. 그래서 '도저히 살 수가 없어. 이런 식으로는 못 살아. 치통도 지겹고 삶도 지겹고, 견디는 것도 지겨워. 그냥 끝내버리고 싶어'라고 외치기도 한다. 그래서 돌팔이약사를 만나 여섯 시간 동안 모든 고통을 잠재우는 마취제를 얻게 된다. '여섯 시간 동안은 편안히 누워서 갖은 슬픔, 모든 전쟁, 모든 기아 지랄 같은 천재지변, 끝 없는 죽음, 개같은 돈, 잃어버린 사랑'과 같은 고통으로부터 해방되는 것이다.

하지만, 고통의 소멸은 음악의 소멸이기도 하다. 치통에 시달리고 있던 치과 대기실에서는 메가데쓰의 헤비메탈에서 애니 해슬램의 팝페라, 그리고 빌 프리셀의 재즈에 이르기까지 다양한 장르의 음악들이 떠올랐지만, 고통이 사라지면서 음악도 함께 사라지고 만다. '나는 치과에서처럼 노래를 불러보려고 했지만, 입을 벙긋하기도 전에 플라잉브이 기타처럼 생긴 괴물 물고기가 나타났'던 것이다. 고통은 은폐되거나 망각될 수 있을지라도 사라지지 않는다. 언제든지 기회가 생긴다면 다시 살아난다. '고통의 마비'는 일시적인 허상일 뿐이다. '치통이라는 고통보다는 고통을 사라지게 하는 고통이 더욱 싫다.' 뿐만 아니라 고통이 소멸되면서 고통을 어루만져 줄 음악도 멈추고, '고통 없는 세상'에 대한 꿈도 함께 사라진다.

자신의 삶을 다른 사람에게 설명하고 이해받으려 하면 안된다. 어차피 이해가 안 된다. 그런 걸 왜하고 있냐고 사람들은 묻는다. 돈 되는 음악도 많은데. 돈 되는 음악을 하는 건 쉬운 줄 알아? 라고 말들 하지만, 돈 안되는 음악을 하려면 얼마나 미쳐야 되는지를 안다면 꼼짝도 못할 것이다. 바보들이 모르는 건 본질이다. 음악의 본질은 진짜 노래하는 것이고, 의약의 본질은 인류의 고통과 진짜 싸우는 것이다.

그것이 진정한 락정신이다. 고통을 견디는 사람들을 위로하고 세상을 살아가는 사람들을 축복하는 '진짜' 노래를 불러야 한다. 물론 소주 맛을 모르는 돈 많은 남자보다 '가진 게 고통스런 락 정신뿐'인 남자를 사랑해주는 여자는 현실에 존재하지 않을지도 모른다. 그렇다고 하더라도 고통스러운 현실을 자양분 삼아 음악을 만드는 것만큼 포기할 수 없다 '나'라는 고무동력기는 고통이라는 고무줄이 꼬여야만 세상을 향해 날 수 있기 때문이다. 이처럼 「치통, 락소년, 꽃나무」는 락 정신을 빌어 자신의 소설론을 펼치고 있는 셈이다. 그의 소설에서 소주를 먹고 자라는 꽃나무가 자라길 기대해본다.

― 선정위원 | 김종욱

2007 젊은 소설

춤추는 핀업걸

시종 긴장을 늦출 수 없는 소설이다

염승숙

창작 노트 | 도시는 건조된 야채와 분말 스프처럼 단단히, 밀봉되어 있다. 모두가 자신만의 공간 속에서 안락하다. 그러나 눈 감은 어둔 밤, 정작 잠드는 것은 야성이다. 우리는 우리의 야만을 감추고 눕는다. 아침에 깨어나 다시금 일상을 영유하며 도로를 활보하기 위해, 상처로 얼룩진 야성을 도시의 밤 그 한가운데에서 잠재운다. 도시의 낭만, 도시의 로맨스는 이미 피로와 스트레스에 밀려 소진된 지 오래다. 소통 불능의 시대에도 우리의 관계는 포화상태, 결코 완전히 서로에게 용해되지 않는다. 그 뿌연 시야 안에서 사람들은 누구나 동전의 양면처럼 같은 듯, 다른 그림을 품는다. 꾸미는 동시에 감추고, 웃으면서 울고, 말하며 침묵한다. 일상은 자꾸만 메마르고, 가려워진다.

우리는 대체 어디로, 무엇을 향해 노 저어 갈 수 있을 것인지.

밀봉된 도시에서도 우리의 몸은 그러나 뿌리를 뻗는다. 그것은 단단히 자라, 우리를 지탱하기도, 옭아매기도, 부러뜨리기도 한다. 시멘트를 뚫을 듯 쏟아지는 강렬한 햇볕, 이파리처럼 푸르게 자라나는 머리칼, 혈관을 타고 맹렬하게 돌진하는 핏방울, 톱니바퀴처럼 맞물리는 나와 너의 어깨― 그 좁고도 광활한 공간. 다가올 시간과 세계 속에 놓일 빛과 어둠을 기다리며 끊임없이, 에너지가 순환한다. 온몸으로 프로펠러를 돌리는 것처럼 아프게, 두근거리며 우리는 시계바늘에 몸을 싣고 이동해 간다. 기온이 변화하듯 생각이 움직이고, 우리는 빠른 속도로 지구를 침식해 들어간다. 중력은 세계의 끝으로 간다. 비를 뿌리는 태양을 품고 너와 나는 변한다.

"그러니 우리는 당장, 무엇을 할 수 있지, 상상하지 않는다면?"

잊지 말자. 초침이 움직이는 속도에 맞춰 우리는 매순간 세계의 끝으로 간다. 음운 단위로 중얼거리며 내가 나를 걷는다. 바람의 숲을 지나, 모래의 성을 돌아 세계의 끝으로 가는 길은 차고 뜨거우며 어둡고 눈부시다. 혼자이되 혼자이지 않은 여로, 숨이 트이고 등이 열린다.

나에게, 그리고 당신에게― 달달한 이야기가 쏟아진다.

약력 | 1982년 서울 출생. 2005년 『현대문학』으로 등단. 동국대 문예창작학과 졸업. 현재 동국대 대학원 국어국문학과 석사과정 재학중. e-mail : sogmlemon@hanmail.net

춤추는 핀업걸

나는 두 팔 벌려 가로막았다.
"가지 마."
"비켜, 이년아."
그리하여 내 나이 열넷에, 엄마는 달력으로 들어갔다. 벗어던진 스타킹과 찢어진 치마가 바닥에 나뒹굴었다. 엄마는 해변 백사장을 가로질러 날 선 바위에 누웠다. 보랏빛 제비꽃을 따서 입에 물고 한껏 가랑이를 벌렸다. 엄마의 자태는 매우 아찔했고, 한편 눈이 부셨다. 나는 얼굴의 반을 덮도록 오른쪽 머리칼을 내려 매만졌다. 한쪽 눈이 보이지 않는다 해도 상관없었다. 보고 싶은 걸 다 보고 살 수는 없었다.
나는 곧잘 묻곤 했다.
"엄마는 왜 거기 들어가 있어?"
그럴 때마다 엄마는 코웃음을 쳤다.

"니미, 어디 있는 게 뭐 그리 중요해?"

속이 훤히 다 들여다보이는 흰색 셔츠만을 걸친 엄마는 더욱 대담하게 가슴을 풀어헤쳤다. 봉긋 솟아오른 젖무덤이 유난스레 출렁였다. 엄마의 금빛 머리칼이 농염한 허리를 휘감았다.

나는 눈살을 찌푸렸다.

"욕 좀 하지 마."

"언제 욕을 했다고 이래, 얘가?"

"욕했잖아. 니미, 니미라고."

"생사람 잡지 마."

엄마는 왼고개를 틀었다. 그러고는 날아가는 갈매기에게 허벅지를 들어 보이며 방싯방싯 웃었다.

"니 에미, 니 에미라고, 요 앙큼한 년아."

엄마가 왜 달력으로 들어가는지 나는 알 수 없었다. 다만 엄마는 내게 굳이 그것을 숨기려 들지 않았고, 나 또한 그런 엄마의 모습을 피하거나 부정하지 않았다. 가게와 집은 층수만 다를 뿐 목과 가슴처럼 붙어 있었다. 엄마는 계단을 오르내리며 때를 가리지 않고 달력으로 들어갔다. 아버지가 돌아오면 뭐라고 설명해야 할지 잠시 고민이 되었지만 그만두기로 했다. 집 나간 아버지가 돌아오는 건, 이 지구의 술이란 술은 모조리 동이 난 이후일 거라던 엄마의 말이 생각났기 때문이었다. 술은 찰랑찰랑 병 속에 담겨 있고, 아버지가 세상에 차고 넘치는 그 술들을 다 마신다는 건 불가능했다.

나는 한결 마음이 가벼워졌다. 혹여 아버지가 세상의 모든 술을 다 마셔버린다 할지라도 돌아오면 그뿐이었다. 가게엔 이미 궤짝으로 술이 쟁여져 있었다. 나는 아무렇지도 않게 머릿속에서 고민을 지워버렸다. 아버지가 영영 돌아오지 않는다 해도 내겐 상관없었다. 아버지가 돌아오든, 돌아오지 않든 엄마가 달력으로 들어가는 건 막을 수 없을 것 같았다. 가게에서 소주병의 개수를 헤아리던 엄마가 갑자기 사라져 보이지 않는다거나, "애새끼가 가게는 팽개쳐두고 어디 처자빠져 내다보지도 않아" 하고 현관문을 들어서던 엄마의 악다구니가 더이상 들려오지 않을 때면 나는 그저 생각하기로 했다.

　엄마, 또 달력으로 들어갔구나!

　그래서 나는 아주 자연스레 달력으로 들어가는 방법을 알게 되었다. 그것은 지극히 쉽고도 간단한 일이어서 방법이라고까지 말하기조차 민망할 정도였다. 하나, 숨을 크게 들이쉬었다가 내뱉는다. 둘, 마음에 드는 달력을 어깨 너비로 집어 허리춤까지 들어올린다. 셋, 왼쪽 다리를 넣는다. 넷, 오른쪽 다리를 넣는다. 다섯, 엉덩이와 가슴, 머리순으로 들어간다. 여섯, 다시 숨을 크게 들이쉬었다가 내뱉는다.

　달력으로 들어가는 과정 중 첫번째 단계와 마지막 단계는 누구라도 무심코 지나치기가 쉬울지 모르겠다. 하지만 호흡은 달력으로 들어가는 과정 중에서 가장 기초적이면서도 중요한 그 무엇이었다. 언젠가 엄마는, 숨을 가슴까지 끌어올렸다가 천천히 내쉬는 호흡의 단계를 잊고 달력으로 들어갔다가 창창한 나이 서른아홉에 비명횡사할 뻔했다.

　"네 엄마 어디 갔는지 빨리 말해! 거짓말하면 아줌마가 가만 안 있을 거야!"

아줌마들이 몰려와서 내 어깨를 움켜쥐었을 때였다. 흰 거품이 발밑에서 부서지는 6월의 망망대해였는지, 보기만 해도 아찔한 12월의 눈 쌓인 뾰족바위였는지는 기억나지 않는다. 하지만 엄마는 부서진 조각배처럼, 부러진 고드름처럼 위태롭고도 날카로운 생의 위험한 순간들을 달력 속에 들어앉아 가까스로 넘겼다.

"엄마 어디 가셨니"에서 "이년이 누굴 호랑말코로 아나!"까지 목소리의 톤과 얼굴 표정의 변천사를 보여준 집주인 아주머니는 바락바락 악다구니를 쓰는 아줌마들을 배수진처럼 쳐놓고 의기양양하게 내 목덜미를 잡아챘다. 나는 고개를 저을 뿐, 아무런 말도 내뱉지 않았다. 아줌마들이 숨을 몰아쉬며 문 밖으로 몰려나갔을 때는 이미 집 안은 엉망진창이 되어버린 후였다. 그제야 다리 한쪽을 절뚝이며 달력에서 빠져나온 엄마는 무표정한 내게 고래고래 욕설을 퍼붓다 이렇게 덧붙였다.

"제길, 이래서 준비운동이 중요해."

달력에 들어가 있는 엄마 탓에 나는 대부분의 시간을 가게에서 보냈다. 작은 버섯들처럼 드문드문 집들이 늘어선 주택가에 자리잡은 동네의 슈퍼마켓이란, 아쉽지만 전혀 '슈퍼'하지 않은, 고작 '구멍가게'일 뿐이었다. 카운터에 등받이 없이 놓여 있는 플라스틱 의자가 내가 가진 공간의 전부였다. 팔을 들 기운도 없이 가게에 앉아 마냥 눈으로 파리를 쫓는 것조차 지겨울 때면, 나는 색색의 사람들과 온갖 문구들을 바라보며 쫄쫄쫄, 시간을 구정물처럼 흘려보내곤 했다. 가게엔 매일 끊임없이 온갖 종류의 포스터가 유입되었다. 갖가지 주류 홍보 포스터와 함께 과자와 음료, 아이스크림, 쌀과 과일, 야채 등속의 이루 헤아릴 수 없는 전단지들이 속출했다. 이미 붙어 있는 종이 위에 또다른 종이가 덧붙여지는 일이 부지기수였다. 감당할 수 없는 광고지들이 덕지덕지 붙어 있는 가게의 유리창을 바라보고 있노라면 나는 거대한 종이 동굴 속에 웅크리고 있는 것만 같은 기분이 들었다. 때로 나는, 안이 보이지도 밖을 볼 수도 없는 이 가게 안에 앉아 있는 것이 오히려 마음 편했다. 이렇게나 쉽게 내가 감춰질 수 있다는 사실이 놀라웠다고나 할까. 푸르거나 때로는 흰 마스크를 쓰고, 머리칼을 늘어뜨린 내게는 정확히 봐야 할 것도, 확실한 판단을 내려야 할 일도 없었다.

"오백원이요."

쩔렁, 누군가가 음료수 한 캔과 바꾸어간 동전을 금고에 넣고 나는 그저 가게에 앉아 있으면 되는 일이었다. 가져간 것이 음료수 한 캔이든 껌 한 통이든, 혹은 과자 한 봉지, 자두 두 알, 부추 반 단, 일회용 칫솔 두 개들이 한 세트이든, 내겐 상관없었다. 나는 중학교에 들어갔어야 했지만 그러지 못한 열네 살이었고, 이 나이 또래의 여자아이가 구멍만한 가겟방에 앉아 무엇을 팔든 관심을 가지는 이는 아무도 없었다. 그 여자아이가 꼭 몸의 절반만큼 조로(早老)를 앓고 있는 환자라 해도, 그들은 고개를 갸우뚱거리고 말면 그뿐이었다.

내가 세상에 태어나 시간을 보내는 방법은 두 가지였다. 정상의 속도, 그리고 정상보다 빠른 속도. 정상보다 느린 속도로 살고 있는 사람을 나는 가끔 텔레비전에서 보았다. 느린 것은 빠른 것보다는 덜 두려운 일일 것이었다. 어느 한쪽만이 목적지를 알 수 없는 곳을 향해 빠르게 달려나간다는 사실에 나는 진저리가 쳐지곤 했다. 내 몸에서는 시곗바늘의 속도가 다른 두 개의 시계가 째깍거리고 있을 뿐이라고, 나는 생각했다. 의사는 '래민 A'라는 유전자 변이에 대한 이야기로 말문을 열었더랬다. 나는 엄마의 눈치를 살피며 그저 속으로만 중얼거렸다.

생물은 어렵구나.

"따님의 세포분열 속도가 보통 사람보다 훨씬 빠른 탓이에요. 세포는 일정 기간 세포분열을 통해 새로운 세포를 만들고 소멸하는데, 조로증 환자의 경우엔 세포분열도 빠르지만 그만큼 세포가 죽는 속도도 빠르죠."

의사의 펜이 손목에서 빠르게 휘돌기를 반복했다.

"쉽게 말해요."

엄마는 짜증스럽다는 듯 하품을 해댔다.

"세포가 빨리 죽고 또 빨리 생기니까 남들보다 피부 노화가 빨리 온단 뜻이에요. 남들보다 삼십 년은 빨라요."

의사의 걱정스런 표정에 대고 엄마는 "야, 나보다 빨리 늙어서 어쩌니" 하고 실실거렸다. 나는 머리칼을 내려 얼굴을 가린 채 한쪽 눈으로만 의사와 엄마를 번갈아 보았다. 하지만 의사에게서는 그 이상의 설명을 들을 수 없었다. 어느 병원에 가도, 어느 의사를 만나도, 이야기는 고작 수업시간에 나올 법한 유전자 돌연변이 이론에 그칠 뿐이었다. 왜 몸의 절반만 노화가 진행되는지, 어째서 발가락부터 다리, 음부, 가슴, 목, 얼굴, 머리카락까지 오른쪽만 남들보다 삼십 년이 빠른 속도로 늙어가는지, 이유를 말해주지 않았다.

"인구 사백만 명당 한 명꼴로 발생하는 희귀병이죠. 하지만 따님의 경우는 오른쪽 몸만 조로인, 더더욱 난감하고 알 수 없는 경우인데……"
 치료방법 따위는 기대조차 할 수 없었다.

 나는 옷을 갈아입을 때마다 음부의 왼쪽에만 돋아난 음모를 만지작거리며 한참을 들여다보았다. 오른쪽은 이미 터럭이 많이 빠져버린 탓에 시커멓고 쭈글쭈글했다. 내 몸의 시간이 왜 다르게 흘러가는지 알 수 없었다. 마치 나 아닌 또다른 사람과 함께 살고 있는 것만 같은 기분이었다. 내 몸의 시간을 온전히 나 혼자 차지할 수 없다는 사실을 나는 이해하지 못했다.
 언젠가, 가게의 한쪽 벽면을 메운 여성용 패드를 손가락으로 꾹꾹 찌르던 나를 보며 엄마는 얼굴을 찡그렸다. 나는 남의 안부를 묻듯 심드렁하게 말했다.
 "난 평생 이걸 못 써볼 거야."
 엄마는 소주병이 가득 채워진 박스에 의기양양하게 올라가 있었다. 매실로 빚은 과실주가 출시되었다며 홍보용으로 가져온 포스터를 미처 붙이지 못하고 박스 위에 던져놓은 탓이었다.
 "그림까지 그려져 있는데 쓸 줄 모를까봐?"
 엄마는 새끼손가락으로 귀를 후비며 대꾸했다.
 "우라질, 매실주라고 꼭 연두색 실크 드레스여야 하는 이유는 뭐니. 아무튼 색깔 참 촌스러워."
 유방을 살짝 가리고 허벅지까지 흘러내린 원피스를 입은 엄마가 치마를 홀랑 뒤집어 보였다. 어깨선을 드러낸 엄마의 몸매는 비할 데 없이 희고 실팍했다. 탱탱하고 매끈한 엄마의 살결에 나도 모르게 손을 뻗다 깜짝 놀랐다. 다급하게 손을 거두고는 살이 움푹 패어 광대뼈가 흉측하게 도드라진 오른쪽 뺨을 매만졌다. 주름지고 메마른 피부는 타고 남은 재처럼 퍼석거렸고, 검버섯이 돋아난 터라 더욱 어두웠다. 반짝반짝하게 코팅된 포스터 속에서 엄마는 행복한 표정으로 웃었다. 보호색을 지니고 나무 잎사귀 새로 숨어든 벌레처럼 평온해 보였다.

한두 시간 정도가 흘러도 엄마가 달력에서 나오지 않으면 나는 온 가게 구석구석의 '구멍'을 찾아 메우는 일을 시작했다. 구멍가게엔 말 그대로 구멍이 많았다. 구멍 속엔 날카로운 더듬이를 세운 바퀴벌레가 있고, 소리내지 않고 돌아다니는 생쥐가 있고, 떼 지어 먹잇감을 찾아 활보하는 개미의 무리가 있고, 두툼한 먼지에 싸인 채 널브러져 있는 나방과 차마 만지고 싶지 않도록 변색된 십원 혹은 백원짜리가 있었다. 온갖 생물과 벌레에 대해 나는 호기심을 가졌다. 몰래 이동하고, 재빨리 달아나며, 무엇보다 사람의 눈에 띄기를 원하지 않는 그들의 속성이 내 마음에 든 까닭이었다. 나는 책을 찾아 그들의 이름을 외우고, 특징을 알아두었다. 그들은 내 곁에 있기도 했고, 혹은 내 곁에 없기도 했다. 나 또한 그들을 내버려두거나 지켜보았으며, 혹은 살리거나 죽였다. 나는 죽은 벌레를 물에 깨끗이 씻어 열쇠를 채워 잠그는 서랍 맨 마지막 칸에 넣어두었다. 그것들은 엄마의 매니큐어를 지우는 아세톤으로 범벅된 채 빳빳이 굳어 서랍 속에서 흉흉하게 나뒹굴었다.

뱃장나무벌레는 개중 내가 가장 세심하게 공을 들여 관찰하고 채집한 뒤 표본으로 만든 것이었다. 짚신처럼 생긴 이 검푸른 벌레는 몸의 앞과 뒤, 즉 배와 등의 색깔이 전연 달랐다. 뱃장나무벌레의 몸 속 시간도 나처럼 다르게 흘러가고 있는 걸까. 나는 까닭 모를 동질감에 사로잡혀 그의 거뭇한 등짝과 푸르스름한 뱃가죽을 하염없이 뒤집어보며 하루를 보내곤 했다. 그럴 때마다 나 역시 배꼽 아랫부분이 참을 수 없이 가려워졌다. 그건 어떤 절실함과도 같은 가려움이었다.

서랍 맨 마지막 칸에는 그것들 말고도 또다른 것들이 함께 있었다. 초등학교에 입학했을 때 왼쪽 가슴에 매달았던 생애 첫 이름표와, 아버지가 집을 나가기 바로 전날 마셨던 소주병의 뒤틀린 뚜껑이 그런 것들이었다. 내가 가진 모든 것들은 중요한 것이기도, 한편 하찮은 것이기도 했다. 그것들은 알록달록한 보석상자에 넣어두기에도, 쓰레기통에 함부로 처넣기에도 애매모호한 것들이었다. 할 수만 있다면 나는 내가 가진 것과 내가 갖지 못한 모든 것들을 서랍 속에 몽땅 우그려넣고만 싶었다. 나는 구멍을 메우다 발견한 모든 소소한 것들을 집어넣었다. 서랍이 그득하게 차오를수록 나는 '좀더, 좀더' 하는 마음으로 개미의 맥없는 행렬이나 하루살이의 단조로운 비행을 눈으로 밟았다.

"하이, 제인. 하우 아 유?"
학교에 가진 못했으나 나는 책을 펴들고 중얼거리는 것이 좋았다. 교과서에 나오는 영어 문장을 곱씹으며 구멍을 찾는 데 열중하다보면 다르게 걷는 몸 속 시곗바늘의 속도가 들려오지 않았다.
"아임 파인, 땡스. 앤드 유?"
구멍을 찾으면 바퀴벌레와 나방을 긁어내고 싹싹 먼지를 발라낸 뒤 바로 메워버렸다. 때로는 손가락만한, 때로는 손가락 마디만한,

때로는 지문처럼 얇고 비스듬한 균열과도 같은 틈조차 나는 긁고, 바르고, 메웠다. 포스터가 겹겹이 발라지고, 작은 전단지와 스티커조차도 덧붙여졌다. 엄마는 시시때때로 가게가 너무 어둡다며 불평했다.

"젠장, 형광등이 왜 이따위야."

나는 아무런 대꾸도 하지 않았다. 엄마는 자꾸만 촉이 높은 비싼 전구로 갈아끼웠지만 가게는 대체로 어둡고, 건조했다. 그리고 시끄러웠다. 나는 내가 가진 것들 중에서 엄마는 중요한 것일까, 하찮은 것일까 생각해보곤 했다. 그럴 때마다 그 생각의 말풍선 속으로 뱃장나무벌레가 스멀스멀 기어가곤 했다. 그것은 곧 서랍 맨 마지막 칸으로 들어가 몸을 누인 채, 비틀어진 소주병의 뚜껑을 안고 뒹굴었다. 미세한 먼지 입자처럼 답은 잡을 수 없는 그 무엇이었다. 다만 하나의 거대한 구멍과도 같은 어두운 가게 속에서 달력으로 들어간 엄마는 눈이 부시다고, 나는 생각했다. 또다른 핀업걸들 역시 마찬가지였다.

수업을 마치고 학교에서 돌아오면 엄마와 핀업걸들이 벌이는 왱댕그랑한 드잡이질을 빈번하게 목격하곤 했다. 물론 그것은 가게를 정리하고, 셔터를 내리고, 집에 올라와 잠자리에 들기 직전까지 계속될 때도 있었다.

"아줌마, 어딜 또 기어들어와. 비좁아 죽겠어."

"이년이, 평생 한번 줘보지도 못한 년이 누구보고 나가라 마라야?"

"이 아줌마가 진짜…… 여긴 내 바다란 말이야!"

"지랄, 니 바다 굵어 좋겠다, 이년아."

접싯물에 처박아도 당최 뵈지 않을 년, 이라는 말이 검푸른 바닷물에 파동을 만들고서야 싸움은 마무리되곤 했다. 통통한 알몸에 망사 미니 원피스를 걸친 작달막한 키의 여자가 숨을 씩씩 고르며 뒤돌아앉는 것이 그 다음 순서였다. 그러면 엄마는 작달막의 항복에 매우 의기양양해져서 겨드랑이가 한껏 드러나도록 기지개를 켠다든가, 옷매무새를 다듬는 척 손을 움직인 뒤 은근슬쩍 브래지어를 벗어 바닷물 속에 퐁당 빠뜨렸다. 그러면 나는 붉디붉은 엄마의 미소를 내 눈꺼풀에 얹고 사부자기 잠의 세계로 빠져들곤 했더랬다. "오래 앉았으면 새도 살 맞는다고, 이짓도 오래 못 해먹겠네, 진짜" 하고 왜퉁스럽게 대거리를 하는 작달막의 목소리를 자장가 삼아 나는 깜빡 눈을 감았던 것이다.
"새가 뭘 맞는다는 거야!"
그러나 귓바퀴를 뱅그르르 도는 앙칼진 소리에 선잠을 자게 되는 날도 가끔씩 있기는 했다. 평소에는 마냥 간드러지는 '새'의 목소리는 컨디션이 좋지 않은 날엔 허공에 휘두르는 칼날처럼 아찔한 바람 소리를 냈다. 작달막과 새와 엄마가 밤새워 다투지 않기를, 나는 그저 기운 없이 바랄 뿐이었다.

우리집엔 엄마를 제외하고 도합 세 명의 핀업걸이 낮과 밤을 활보했다. 밤마다 파도가 넘실대는 좁다란 바다를 두고 엄마와 입씨름을 하곤 했던 '작달막'은 그중에서도 가장 나이가 많은 여자였다. 외까풀이지만 눈이 크고 동그란 그녀는 한눈에 봐도 미모가 뛰어났다. 발그레한 볼과 통통한 입술이 매력적인 그녀는 그러나 키가 너무도 작달막하고 살집이 있어 언제나 엄마에게 놀림을 받곤 했다.

그때마다, 키 일 미터 삼십 센티미터가 채 되지 않는 작달막은 짠물이 그렁그렁한 눈으로 골이 올라 나를 바라보았다.

"괜찮아. 엄지공주는 정말 엄지손가락만했어."

내가 기계음처럼 매번 똑같은 말을 반복하는 것을 알 텐데도 작달막은 안도의 한숨을 내쉬었다. 그러고는 살포시 수줍은 웃음을 흘리면서 왜틀비틀 걸어가 바닷가 바위에 몸을 숨겼다. 밀려오는 파도를 바라보며 나는 작달막의 조그만 체구에 숨겨져 있을 속내를 가늠해보았다.

언젠가 나는 "질문 하나 해도 돼?" 하고 말을 건넸던 적이 있다. 작달막은 때마침 숫자 31을 입에 물고 7월에서 8월로 달력을 넘기느라 애를 쓰던 중이었다. "되고말고. 물어봐" 하고 작달막이 시원스레 대답했다.

"왜 달력으로 들어갔어?"

한동안 작달막은 달력의 종이를 넘기는 일에만 골몰했다. 나는 슬며시 작달막이 달력을 넘기는 것을 도와주며 참을성 있게 기다렸다. 달력이 넘어가는 동안 째깍거리는 시곗바늘의 걸음 소리가 유난히 크게 들려왔다.

"왜, 너도 들어올래?"

작달막은 두 눈을 깜박거리다가 한쪽 눈을 찡긋해 보였다. 나는 어깨를 으쓱해 보이고는 더이상 아무것도 묻지 않았다.

또다른 핀업걸 '새'는 엄마가 어느 골목 담벼락에선가 떼어왔을 법한, 이제는 그 누구도 벽에 붙여놓지 않을 법한, 유행 지난 포스터 속에서 살았다. 노란 유채꽃이 한가득 피어 있는 곳을 배경으로,

가슴에 새를 문신한 여자가 옷조각으로 겨우 유방만 가린 채 거뭇한 사타구니를 드러내고 앉아 있었다. 자세히 들여다보니 평균 이상의 키와 늘씬한 몸매를 지닌, 이목구비가 큼직큼직한 미인이었다. 맨 처음 우리집 벽에 그 포스터가 붙었을 때, 나는 눈이 시리도록 환한 유채꽃과 당당하게 벌린 새의 깜깜한 음부에 한동안 시선을 빼앗겼다. 새까맣게 돋아나 있는 음모는 구불구불했고, 또한 무성했다. 나는 움직이지 않고 새를 바라보았다. 새는 머쓱하게 딴청을 부리다가는 내가 오랜 시간 미동도 않고 서 있자, 하는 수 없다는 듯 나를 향해 손가락을 두어 번 까딱거렸다.

"아...... 이래서 조기 교육이 중요한 건데."

폭, 한숨을 내쉬며 내게 처음으로 건넨 새의 말은 그것이었다. 나는 왜 그녀가 가슴에 새를 그려넣었는지가 매우 궁금했다. 그녀는 거침없이 입술을 뗐다.

"새는 걷는 순간에도 땅에 발을 딛지 않는다. 믿지 않겠지만 뭐, 그냥 내 생각이야. 새는 자유로워서 땅에 붙박이지 않아. 난, 다시는 내 몸을 땅에 내려놓지 않을 거야. 하고많은 것들 중에 새를 문신한 건, 그 결연한 의지의 표상이라고 할 수 있지."

나는 새의 말을 들으며 빙긋 웃었다. 무슨 말인지 알아듣지 못했기 때문이었다. 새도 마냥 나를 따라 웃어주었다. 나와 새는 더이상의 대화를 이어가지 못한 채 계속해서 상글방글 웃어댔다. 그러다 때마침 지나가던 엄마가 눈썹을 꿈틀거리며 심드렁하게 한마디 했다.

"지랄."

그것으로 상황은 간단명료하게 종료되었다. 그러나 그 이후 내게는 지나는 새들의 다리를 유심히 관찰하는 버릇이 생겼다. 참새고 비둘기고 가릴 것 없이 눈에 보이는 모든 새들은 날렵하고도 재바르게 땅을 딛고 걸었다. 그들의 두 다리는 작달막의 발가락처럼 작고 몽톡했지만 꼿꼿하게 하늘을 향해 발을 굴렸다. 강물의 수면 위로 뜨는 물수제비처럼 그들의 두 다리는 언제나 **빠릿빠릿**하게 움직였다. 가끔 나는 새가 네모난 코팅 종이를 박차고 날아갈까 엉덩이를 긁으며 지켜보곤 했다. 하지만 새는 사시사철 노랗게 피어 있는 유채꽃의 목을 따서 귀에 꽂아보고 냄새도 맡아보고 꽃을 짓찧어 손톱에도 올려놓으며 만사태평이었다. 가끔씩 새는 유채꽃을 조심스레 자신의 성기에 끼우고 한참 들여다보길 좋아했는데, 엄마는 언제나 그런 새의 모습을 바라보며 불만스러운 얼굴로 입술을 씰룩였다.

"오라질, 개 팔자가 따로 없네."

작달막과 새는 엄마의 엄머구리를 고스란히 받아내면서도 매니큐어를 칠하거나 발톱을 깎는 등 무심히 시간을 죽였다. 간혹 밤마다 들려오는 드잡이 소리나 깔깔대는 웃음소리에 설핏 눈꺼풀을 밀어올릴 때도 있었지만 나는 으레 잠의 무게를 이기지 못하고 돌아누웠다.

때로는 엄마의 목소리에 귀를 기울이며 오지 않는 잠의 얼굴을 마주하려 애쓰기도 했다. 마침 그날 오후 아버지의 전화가 걸려왔던 터였다. 온종일 심란했던 나는 늦게까지 잠을 이루지 못했다. 두런두런 거실에서 들려오는 말놀음에 귀를 기울이며 나는 꽃가루처럼 들러붙은 아버지의 한숨을 털어버리느라 몸을 뒤치던 중이었다.

"한 남자가 술에 잔뜩 취해 비틀비틀 마을로 걸어들어왔어. 그런데 시골이라 가로등도 없어 어두컴컴하고, 마침 궂은 장마철이라 흙바닥이 온통 질퍽거렸지."

엄마는 잔뜩 목소리를 낮추고는 킬킬거렸다. 작달막과 새도 피식피식 웃음을 참으며 "그래서, 그래서" 하고 맞받아치는 소리가 들려왔다.

"쑤시지 말고 가만있어봐. 그래 술도 옴팡 마셨겠다, 취해 진흙탕에 곤두박질을 쳤어. '어이쿠' 소리에 놀란 여편네들이 헐레벌떡 뛰쳐나왔단 말이야."

"그래서, 그래서."

"조용히 좀 해. 너 때문에 얘기가 안 이어지잖아."

"오살할. 둘 다 국으로 처박혀 있으라고."

"이제 더는 처박힐 곳도 없다, 뭐."

"어디까지 얘기했지…… 응, 그래 딱 보니까 진흙을 온몸에 처발랐으니 누군지 당최 알 수가 있어야지. 그래서 여편네들이 남자의 아랫도리를 까보기로 했어."

나는 웃음을 참느라 배를 쥔 채로 꽁알거리는 작달막의 모습을 상상했다.

"딱 까놓고 보니까 한 여편네가 나서서 말을 해. '응, 우리 남편은 아니네.' 그러니까 또 한 여편네가 나서는 거야. '그래, 네 남편은 아니다, 야.' 그랬는데 한 여편네가 또 한 발자국 나와 당당하게 얘길 하지 뭐야. '에이, 다들 돌아갑시다. 우리 마을 남자는 아니니까' 하고."

엄마의 얘기가 끝나자 폭소가 터졌다. 새는 웃음이 목에 걸린 듯

끅끅댔다. 작달막은 '어우, 야해. 어우, 배 아파'를 연발하며 발을 굴렀다. 거실 벽면에 매달린 달력 안에서 그들은 그렇게 바닷바람을 맞으며 많은 밤을 지새우곤 했다. 밤의 파도가 밀려와 거품을 내고, 어둠 속에서 유채꽃이 호랑호랑 흔들렸을 것이다. 엄마는 '쉬쉬' 손가락으로 입을 막으며 내 방을 흘깃거리면서도 웃음을 참지 않았을 것이다. 나는 피식, 베개에 웃음을 묻히며 모로 누웠다.

 잠에 빠져들기 위한 밤의 방은 내게 매우 적막했으나 한편으론 온통 소음으로 가득 차 있었다. 마스크를 벗고 누운 내 몸에서 시간은 보폭을 달리해서 걸었다. 한쪽은 똑, 딱. 그리고 다른 한쪽은 똑딱딱, 똑딱딱. 걷는 속도가 다른 발소리를 아무런 저항 없이 들어야만 하는 일은 생각보다 고되고 힘이 들었다. 나는 희미한 가로등 불빛이 새어들어오는 컴컴한 방에 누워 어둠과 빛으로 양분되어 있는 내 몸을 오래도록 더듬었다. 그것은 서글프고 우울한 일이었다. 하다못해 눈물마저도 한쪽에서만 흘러내렸다. 눈물은 닦아주지 않아도 스스로 제 한 몸 숨길 줄을 알았다.

 그런데 믿을 수 없게도 엄마는 일 주일 전에, 열네 살의 나와 검푸른 바다의 작달막과 노란 유채밭의 새를 두고 감쪽같이 사라졌다. 온 집 안 곳곳에 걸려 있는 달력과 주류 홍보 포스터, 연예인 화보, 하다못해 두루마리 화장지까지 줄줄 풀어 샅샅이 훑었으나 엄마는 끝내 나타나지 않았다. 나는 머리를 감싸쥔 채 엄마가 입버릇처럼 달고 살았던 '지랄, 어디 가서 확 뒈져버리든가 해야지'나, '쓰벌, 옷 벗고 가랑이나 벌리고 살아야지 안 되겠다'와 같은 말들을 곰곰이 떠올렸다. 정말이지 어느 선술집의 붙박이 편업걸로라도 나선 것일까. 나는 고개를 갸웃거리며 엄마의 행방에 관한, 무수한 경우의 수들을 생각해보았다.

그중에 한 가지 경우의 수는, 아빠를 찾아간 게 아닐까 하는 것이었다.

그중에 또 한 가지 경우의 수는, 뛰쳐나간 핀업걸 '지겨워'를 쫓아간 게 아닐까 하는 것이었다.

그중에 또다른 한 가지 경우의 수는, 엄마는 정말로 그저 사라져버린 게 아닐까 하는 것이었다.

머리를 굴리면 굴릴수록 나는 담담해졌다. 침착해지는 수밖에 사실 별다른 도리가 없기도 했다. 어디 가서 엄마를 찾을 수 있을까 고민하면서도 엄마의 말처럼 '국으로' 집 안에 처박혀 있는 것이 최선이 아닐까 하는 생각 또한 들었다. 하루 종일 엄마의 행방을 찾아 온몸의 신경을 곤두세우다 싸릿싸릿한 배를 움켜쥐고 화장실로 달려가는 나날이 이어졌다. 나는 매일 가게 문을 열고, 구멍을 메우고, 가게 문을 닫고, 집으로 올라가 잠을 잤다. 점차 구멍은 눈에 띄지 않았고, 종내 하루에 단 한 개의 구멍을 찾아내는 것조차 힘에 부쳤다. 시뻘게진 눈을 비비며 집에 돌아오면 작달막과 새가 아무렇지도 않게, 달력과 포스터 속에서 여느 날과 다름없는 나날을 살고 있었다. 나는 자꾸만 아랫배가 아프고 간지러웠다.

집으로 걸려온 전화 한 통으로, 엄마가 아빠를 찾아간 게 아니라는 건 이내 밝혀졌다. 아빠는 전화를 걸어와 다짜고짜 소리를 질러댔다.

"이 망할 년이 아주 서방을 물에 만 밥으로 알아!"

요지는 대강 이러했다. 아빠는 으레 그랬듯 귓불까지 술이 차오른 채로 또 다른 선술집에 들어갔다. "아줌마, 여기 술!" 하고 소리치는 동시에 벽에 걸린 달력에서 엄마가 싱긋 웃었다. 아빠는 고장난 스프링처럼 의자에서 튕겨 올라왔으나 엄마는 미동도 하지 않았다.

"맙소사, 저년이 내 마누라라니!"

엄마는 짙은 풀빛의 탱크 위에 앉아 있었다. 까무잡잡한 허벅지에 총구를 겨누고 도도히 턱을 치켜든 채였다. 엄마가 아빠를 향해 혹은 술집의 모든 남자들을 향해 눈꺼풀을 찡긋거렸을 때 아빠의 흥분은 극에 달했다. 아빠의 목소리 너머는 매우 시끄러웠다. 나는 보지 않아도 잿빛의 벽을 붙잡고 "이런 십장생의 배를 가를!"이라고 소리질러댈 아빠의 모습과 "미쳐도 술값 내고 미쳐! 그게 바로 곱게 미치는 거야"라고 맞받아칠 주인 여자의 모습을 상상할 수 있었다. 수화기 속 아빠가 있는 곳은 짐승의 우리처럼 으르렁거리는 세상이었고, 나는 작달막과 새의 곁에 서서 고요하게 그 세상과 교신했다. 나는 허벅지에 검은색 가터벨트를 찬 엄마가 아빠의 성기에 총구를 겨누는 장면을 상상했지만 그런 일은 일어나지 않은 것 같았다.

다음날 아빠는 다시 전화를 걸어와 달력 속에 들어 있던 여자는 엄마가 아니었다고 고백했다. "그럼 무엇을 본 거죠" 하고 나는 묻고 싶었다. "아니요, 아빠가 본 여자는 엄마가 확실해요"라고 나는 말해주고도 싶었다. 하지만 입술이 떨어지지 않았다. 나는 인사도 없이 조용히 수화기를 내려놓았다. 아빠는 "잠깐만"이라고 소리쳤을까. "애야, 밥은 먹었니"라고 곱씹어 중얼거렸을까.

전화는 두 번 다시 울리지 않았다.

'지겨워'는 우리집에 제 발로 걸어들어왔던 유일한 핀업걸이었다. 토끼 모양의 머리띠를 한 백인 여자 지겨워는 어디서 배웠는지 말끝마다 꼭꼭 '지겨워' 소리를 붙이곤 했다.
"아줌마, 정말 웃기다. 아유, 지겨워."
"형광등은 또 왜 이리 어두워. 지겨워, 지겨워."
뭐 대강 이런 식이었다. 지겨워는 이름을 부르듯이, 물을 마시듯이, 오줌을 누듯이, 하품을 하듯이, 코를 후비듯이 '지겨워'를 연발했고, 그것은 곧 '밥 먹었니' 혹은 '안녕' '배고파' '졸려' '피곤해' 처럼 일상적인 대화가 되었다. 한번은 나보고, "얘, 너 치마에 쥐꼬리가 매달렸다. 정말 지겨워, 깔깔" 하고 말해 나를 화나게 만들었던 적이 있었다. 나는 그후로 그녀와 단 한번도 눈을 맞추지 않았다. 벌어진 참외 속처럼 지저분한 그녀의 잇새가 나는 처음부터 맘에 들지 않았고, 그녀의 흰 피부색과 토끼 머리띠가 싫었다. 하지만 엄마는 그런 내게 다가와 "저 머리띠 뺏어줄까?" 하고 샐샐거렸다.
지겨워가 입버릇처럼 말하던 '지겨워' 소리는 그러나 얼마 가지 않아 집 안에서 더이상 들려오지 않았다. 토끼 모양의 머리띠를 내 방 책상 위에 얌전히 올려둔 채로 지겨워는 사라졌다. 가게에서 올라온 내가 사라진 엄마를 찾아 집 안 곳곳을 돌아다녔을 때, 엄마와 작달막과 새는 모두 달력과 포스터 안에서 곤히 잠이 든 채였다. 왜 하필 이 머리띠를 나에게 주고 떠난 걸까. 나는 의문이 들었다. 지겨워는 내가 이 머리띠를 가지고 싶어할 거라고 생각했던 걸까, 하고 오래도록 머리를 굴렸지만 답을 알 수는 없었다. 다만 분명한 건

해 지는 노을의 그림자가 거실의 바닥에 널브러져 있던 어느 날, 넘친 쓰레기통같이 지저분한 우리집은 온통 잠으로 얼룩져 있었고 지겨워는 사라졌다는 것이었다. 그리고 엄마의 장롱은 내장을 쏟아내고 널브러진 돼지처럼 흉물스러워져 있었다.

"달력에서 나오는 것도 마음대로 할 수 있는 거지, 엄마?"

나는 잠에서 깬 엄마에게 토끼 모양 머리띠를 내밀었다. 엄마는 사라진 통장과 도장을 찾아 두 눈을 뒤집어깠다. 엄마가 엄마 마음대로 달력으로 들어갔듯이, 지겨워는 지겨워 마음대로 달력에서 나온 것일 뿐 대단할 건 없다고 나는 중얼거렸다. 들어가는 사람이 있으면 나오는 사람이 있는 법이었다. 도덕 교과서에서 공자나 맹자가 읊조리는, 세상 사는 이치와 다를 게 하나도 없었다. 사라진 엄마의 돈 역시 달력에서 나와 제 발로 걸어갔다고 생각하면 그뿐, 나는 고개를 주억거렸다. 지겨워는 엄마의 장롱을 뒤지면서도 '지겨워, 지겨워'를 입에 달았을까. 나는 시간이 흐르면 흐를수록 지겨워가 깔깔거리며 말했던 '지겨워, 지겨워' 소리가 어쩐지 '슬프다, 슬프다'가 아니었을까 하는 생각을 지울 수가 없었다. 마음이 걸끄러워 잠이 오지 않았다. 그러나 자정을 넘기면서까지 방바닥에 울음을 쏟아놓은 엄마는 딱 한마디를 던져놓고는 베개를 껴안고 모로 스러졌다.

"정말이지, 지겨워 죽겠어."

스스로 달력에서 벗어난 지겨워를 엄마가 찾아냈을 거라는 생각은 들지 않았다. 나는 끊임없이 엄마의 행방을 찾아 머리를 굴렸다.

"맙소사, 저년이 내 엄마라니!"

상상 속에서 나는 날카로운 소리를 내지르며 얼굴을 감싸쥐는 연습을 했다. 밥을 먹으면서, 혹은 화장실에서, 허벅지에 가터벨트라도 차고 있는 양 손가락으로 '방!' 하고 총 쏘는 흉내를 냈지만 막상 엄마를 만났을 때 써먹을 수 있을 것 같지는 않았다.

"이년이 어디서 못된 것만 배워 처먹어가지고는!"

엄마의 욕지거리를 다시 들을 수만 있다면 엄마가 핀업걸이라는 사실 따위는 아무래도 좋겠다고 나는 생각했다. 그러나 막상 나 또한 아빠처럼 어느 선술집에라도 들어가 벽에 걸린 엄마를 마주한다면, 그때가 온다면 나는 정말 어떻게 해야 할까 하는 고민이 밀려들었다. 썩어들어가는 오른쪽 뺨을 가리기 위해 얼굴의 반을 머리카락으로 덮은 것도 모자라 마스크까지 쓴 나. 그런 내 앞에 싱싱한 활어처럼 펄떡거리는 엄마가 매끈하고 풍만한 유방을 드러낸다면, 가랑이를 벌리며 숨을 몰아쉰다면, 나는, 나는……? 상상은 잔인했으나 내겐 너무도 절박했다.

엄마는 그저 사라져버린 것일 뿐일까, 하고 나는 생각했다. 가게의 모든 구멍은 메워졌고, 달력과 포스터 안에도 엄마는 들어 있지 않았다. 아빠가 본 것은 그저 그런 평범한 핀업걸이었고, 엄마가 지겨워와 함께 있다는 것 역시 확인할 길이 없는 추측이었다. 그러니 남은 건 맨 마지막 경우의 수뿐이었다. 엄마는 정말로 뜻 없이, 이유 없이 사라져버린 것일지도 몰랐다. 눈에 보이지 않고 사라져버리는 게 이토록 쉬울 수 있다는 걸 인정만 한다면 사실을 납득하기는 어렵지 않은 일이었다. 남들보다 삼십 년을 빨리 걷고 있는 내 오른쪽 몸의 시간처럼 내 곁에 있던 엄마도 어딘가로 빨리 걸어가버린 걸까, 하고 나는 생각했다. 보통 속도보다 삼십 년이 빠르게,

엄마는 내게서 떠나버린 걸까, 그런 걸까. 나는 혼란스러웠으나 그렇게 생각하지 못할 이유는 없었다. 엄마가 죽지 않고 다만 사라져 버린 것이 어쩌면 다행일지도 몰랐다. 언젠가는 돌아오리라는 희망을 갖고 기다린다면, 내 한쪽 몸이나마 엄마를 기다려준다면, 그리 불행한 삶은 되지 않을 것이었다.

그렇다 해도 나는 마냥 안심하고 있을 수만은 없었다. 왼쪽과 오른쪽, 어느 방향에서 걷고 있는 시간의 속도를 믿어야 하는 건지 도무지 알 수 없었기 때문이었다. 확신할 수 없는 시간은 쉬지 않고 내 몸을 타고 흘렀고, 또한 앞으로도 그러하리라. 왼쪽의 시간대로라면, 엄마는 결코 나를 떠나서는 안 되는 것이었다. 이렇게 감쪽같이 행방이 묘연해져서는 안 되는 것이었다. 그러나 같은 방식으로 오른쪽의 시간대로라면, 엄마가 사라진 건 당연한 결과인 걸까……바짝바짝 마르는 입술을 달싹여 나는 중얼거렸다. 마디마디의 손가락 끝이 저려왔다. 쉽사리 답을 내기는 어려웠다. 아무것도 모르겠다고, 나는 그 무엇도 알지 못하겠다고, 고개를 저으며 눈을 감았다.

엄마는 도대체 어디로 가버린 것인지.

나는 작달막과 새와 함께 하루하루를 보내며 그저 엄마를 기다릴 수밖에 없다고 여겼다. 그러나 작달막과 새마저도 보이지 않는 시간이 점차 늘어났다. 포스터를 들여다보고, 달력을 떼어 날짜를 꼽아봤지만 그들의 자취 또한 찾을 수 없었다. 나는 발을 동동거리다가는 잠에 빠져들었다. 푸르거나 때로는 흰 마스크를 쓰고, 숱 없는 오른쪽 머리칼을 늘어뜨린 열네 살의 여자아이가 사라진 핀업걸들의 행방을 쫓는 일은 너무도 어려운 일이라고 나는 스스로 위안하려 애썼다.

"엄마가 사라졌어요."

경찰서에 찾아가 입을 떼었을 때 내게 돌아온 건 '실종신고서'라고 씌어진 종이 한 장뿐이었다. 나는 엄마의 직업 혹은 특징란에 '핀업걸'이라고 써야 할지 말아야 할지에 관해 고심했다. 전화번호를 남기려다 나는 종이를 구겨버렸다. 아빠가 집을 나갔을 때 고시랑거렸던 엄마의 말이 생각났기 때문이었다.

"술 떨어지면 돌아오겠지."

엄마는 뭐가 떨어져야 집으로, 내게로 돌아올지 알 수 없어 나는 막연히 슬퍼졌다. 달력과 포스터 안의 온갖 공간 속에서 엄마는 마냥 평화롭고 안온할 것만 같은 생각이 들었다. 내 오른쪽 몸의 시간이 다 떨어진 후에야 엄마는 돌아오려는 걸까…… 반쪽짜리 딸에게?

"나도 핀업걸이 될 거야."

어둡고 밝은 방에 이불을 펴지 않고 모로 누워 나는 다짐하듯 입술을 앙다물었다. 왼쪽으로만 눕는 것에도 이젠 이력이 났다. 너무나 빠른 노화 탓에 오른쪽 어깨는 한껏 이울어져 있었다. 무릎과 골반과 어깨가 시큰거려 흐무러지는 탓이었다. 버석거리는 머리칼로 온종일을 가려진 채 빛을 받지 못한 오른쪽 뺨은 늘 멍이 든 듯 시퍼렇다. 허벅지 사이로 손을 집어넣어 긁으며 나는 그러거나 말거나 내일부터 당장이라도 달력으로 들어가는 연습을 시작해야겠다고 중얼거렸다.

"망사스타킹을 신고, 가터벨트를 차야지."

벌어지지 않은 입술에서 종내 비죽비죽 웃음이 흘러나왔다. 반쪽이나마 정상인 건지 나는 소리쳐 묻고 싶었다. 내 몸의 그 어느 쪽도 온전하지 않은 것만 같았다. 더이상은 왼쪽, 오른쪽의 시곗바늘이 움직이는 소리에 귀 기울일 수 없었다. 전화선을 뽑아놓은 채로 가게 문을 열지 않은 지도 오래되었고 작달막도, 새도, 여전히 내 앞에 나타나지 않고 있었다. 나는 부러 그들을 찾지는 않았으나 작달막과 새와 지겨워가 우리집에 머물렀던 것인가, 하는 사실조차 의심스러웠다. 크게 신경쓸 일은 아니라고 나는 나를 다독거렸다. 엄마가 사라지는 판국에, 그깟 편업걸 몇쯤 보이지 않는 게 대수란 말인가. 내 몸이 점점 잠자리의 마른 날개처럼 버석거리는 것만 같은 느낌에 나는 옴짝달싹할 수가 없었다.

나는 자주 꿈속에서 엄마와 만났다. 절반의 몸으로 엄마를 맞이하는 장면을 목도하는 일은 너무나도 고통스러웠다. 잠에서 깰 때면 정수리에서 머리칼이 한 움큼씩 빠져나왔다. 더듬이를 잃어버리고 태초의 감각을 익히는 벌레처럼 내 걸음걸이는 자꾸만 멈칫거렸다. 엄마를 만나는 꿈을 꾸고 나면 그다음은 토끼였다. 겨울이면 눈처럼 희디흰, 봄이 오면 풀밭의 초록과 같은 보호색을 지닌 눈덧신토끼. 그는 앞발을 들어 춤을 추다가도 불쑥 코앞으로 다가와 쫑긋쫑긋 귀를 움직였다.

"너를 보여라."
"내가 나야."
"너는 누구지?"
"네가 보는 그대로."

"거짓말 마."

"진실이야."

"너를 보여."

"내가 나."

그 앞에서만은 내 목소리가 커졌다.

"내가 나! 내가 나!"

흘러내리는 땀 탓에 양 뺨 위에 들러붙은 머리카락이 성가셨지만 그 순간만큼은 나의 오른쪽 몸도, 떠돌이 아빠도 생각나지 않았다. 흥분하는 내게 다가온 눈덧신토끼가 손을 잡아끌었다. 나는 종내 그와 함께 앞발을 들고 춤을 추기 시작했다. 쿵, 짝. 쿵짝짝 쿵짝짝. 움직이는 왈츠의 음표들을 쫓아 둥싯둥싯 엉덩이를 흔드니 어쩐지 흥에 겨워 웃음이 났다. 등줄기에 땀이 솟을 때까지 나는 내가 아닌 듯이 몸을 흔들고 또 흔들었다. 박자에 맞춰 리듬을 타는 동작을 반복하는 동안 눈덧신토끼는 노랫말처럼 나를 향해 흥얼거렸다.

"너를 보여라. 너는 누구지? 너를 보여. 너를 보여."

나는 눈을 감고 스텝을 밟았다. 쿵, 짝. 보이지 않아도 춤을 출 수 있었다. 쿵짝짝 쿵짝짝. 보이지 않아도 시간은 흐른다는 걸 나는 그제야 인정할 수 있을 것만 같았다. 쿵, 짝. 시간이 가고, 다시 시간이 오고, 흐르는 시간 속에서는 모두들 어디선가 살아가고 있을 것이었다. 쿵짝짝 쿵짝짝. 내 눈에 보이지 않는다 해도, 내 앞에 나타나지 않는다 해도 다들 살을 부벼대며 끊임없이 숨쉬고 있을 것이었다.

엄마도 어느 달력 어느 배경 속에 자신만의 보호색을 띠고 숨어 있는 게 아닐까. 거대한 눈덧신토끼에게 나를 맡긴 채 춤추는 나를 지켜보고 있는 게 아닐까. 자꾸만 관자놀이에서 두근두근 심장이 뛰었다.

엄마는 여전히 돌아오지 않고 있었다. 기다림에 지쳐 잠이 들고 깨는 나날이 반복되었다. 시곗바늘의 속도가 다른 내 몸 역시 진행형이었다. 나는 서랍의 맨 마지막 칸을 열었다. 그곳엔 수많은 벌레가 경직된 채로 널브러져 있었다. 부서진 과자 혹은 캐러멜처럼 그들은 서로 엉켜붙은 모습이었다. 사라진 엄마를 찾아내기라도 하는 양 나는 눈을 바짝 들이대고 서랍의 공간을 응시했다. 힘을 주어 잡으면 금방이라도 부서져버릴 듯한 뱃장나무벌레를 들어올려 눈을 맞추었다.
너는 어떻게, 그렇게도 담담히 죽어버릴 수 있었니, 너는 어떻게.
나는 뱃장나무벌레를 들고 가게로 내려왔다. 누군가 가게 문을 흔들어보다 낮은 음성의 욕지거리를 내뱉으며 돌아가는 발소리가 들렸다. 나는 개의치 않고 의자에 앉아 가만가만 숨을 쉬었다. 다르게 걷는 시간의 걸음걸이가 숨을 들이쉬고 내쉴 때마다 엇박자를 내는 것만 같은 기분이 들었다. 나는 뱃장나무벌레를 내려놓고, 내가 겹겹이 발라놓은 무수한 전단지들을 떼어내기 시작했다. 한 치의 틈도 없이 얼키설키 메워진 소소한 구멍들을 찾아 눈을 희번덕거렸다. 끝내 찾아낸 단 하나의 구멍을 향해 나는 미소지었다.
그러나 그 순간 믿을 수 없게도 구멍은 달처럼 크게 부풀어, 노랗고 흰 빛을 띠었다. 그것은 커다란 도화지 속 띄어쓰기 한 뼘만큼의 간격이 벌어진, 소통불능의 공간이었다. 나는 그곳으로 걸어들어가기로 마음먹었다.

그랬구나!

오른쪽 눈을 가린 푸석한 머리칼을 귀 뒤로 넘기며 나는 안도했다.

아빠도, 지겨워도, 엄마도, 작달막과 새도, 모두 이곳으로 들어가 버렸구나.

그곳의 시간은 흐르지도, 고여 있지도 않을 것이란 생각이 들었다. 그곳의 공간은 내게 중요하지도, 하찮지도 않을 것이란 믿음이 생겼다. 나는 옷매무새를 단정히 한 뒤, 몸을 꼿꼿이 세웠다. 그러고는 잠시 고민하다, 뱃장나무벌레를 들어 입에 집어넣었다. 방금 막 개봉한 과자봉지의 내용물처럼 그것은 아삭거렸고, 또 고소했다. 배꼽 아래가 가려운 느낌도 전연 들지 않았다.

"아무도 없어요?"

나는 한 걸음, 두 걸음 뗄 때마다 소리내어 물었다. 마땅한 대답도, 그 어떤 소음도 들려오지 않았다. 나는 배꼽 깊숙이 내가 지닌 가장 큰 성량을 끌어올려 다시 한번 소리쳤다.

"애니 바리 엘스?"

| 작품 평설 |

한없이 우울한 증상을 앓고 외치다 — 애니 바리 엘스?

 벌레가 된 인간들이 있다. 문학적 상상력 속에서 인간의 벌레 되기란 자본주의에 대한 비판으로, 혹은 보이지 않는 권력에 대한 저항으로, 혹은 실존주의적 고민에 절어 어쩔 수 없는 고독한 선택일 수도 있을 것이다. 「춤추는 핀업걸」에는 벌레를 먹을 수밖에 없는 열 네 살의 여자 아이와 달력 속으로 들어가는 엄마가 등장한다. '내 나이 열넷에, 엄마는 달력으로 들어갔다.'로 시작하는 염승숙의 「춤추는 핀업걸」은 첫 문장이 주는 매력 때문에 시종 긴장을 늦출 수 없는 소설이다. 왜 엄마는 하필이면 그 많은 것 중에서 달력으로 들어간 것일까.
 '나'는 중학교에 들어가야 하지만 그러지 못한 열네 살 소녀. 가정 형편이 어려워 학업을 포기할 수밖에 없는 상황이라는 것도 쉽게 받아들일 수 없는 것이지만, 그 어린 나이에 조로증에 걸려서 마음과 몸을 닫아버린 아이의 상황에도 말문이 막힐 수밖에 없는 일이다. 그러니 이 보잘것없는 여자아이가 가게에 앉아서 무엇을 팔든 상관할 사람은 없을 것이며, 설사 조로를 앓고 있는 환자라고 한들 누가 거들떠보기나 하겠느냐는 것. 정상적인 상태의 세포분열을 하는 인간이 아니라 보통사람보다 훨씬 빠른 조로증 환자임이 분명한 나를 두고 엄마는 시도 때도 없이 달력 속으로 들어간다. 그것도 몸의 절반만 노화가 진행되고 있는 나를 두고 말이다. 물론 다른 시차를 두고 진행되는 육체의 늙음이란 무엇인가. 말짱한 정신으로 견뎌야 하는 외상의 극치 아닌가. 온전한 대상으로 존재하는 것들이 없는 세상이니 정신적, 육체적 성장이 제대로 이루어질 수 없는 터이다.

엄마가 달력으로 들어가는 특기를 갖고 있다면 나는 죽은 벌레를 아세톤에 묻혀 서랍에 보관하는 취미를 갖고 있다. 나는 그런 벌레와 동질감을 느끼는데, 그것은 어떤 절실함과도 같았다는 것. 엄마를 제외하고도 세 명 정도의 핀업걸들이 낮과 밤을 활보하고, 엄마와 입씨름을 한다. 그러던 어느 날 엄마가 사라진 것, 나는 갑자기 어느 선술집 핀업걸로 엄마가 나선 것은 아닌가 걱정이 되는 것이다. 달력 속으로 들어가는 엄마 때문에, 나는 어린아이 때부터 총체적인 대상으로 파악한다는 일상적인 의미에서의 '어머니'에 대한 상을 잃어버렸다. 이제 그녀의 적대적인 욕망은 죽은 벌레를 말리는 것도 모자라 휘발성이 강한 아세톤으로 떡칠하는 행위와 가시화된다. 다시 말해 한 쪽만이 늙어가는 조로증에 걸린 나는 사실 극심한 우울증 환자였던 것이다. 편집증적 우울증에 시달리는 '나'는 어머니가 달력으로 들어간다는 환상을 극대화하면서, 어떻게 해서든 온전한 인간에 대한 형상을 그리고 싶어 한다. 그러나 달력 속으로 들어간 어머니는 더 많은 핀업걸로 쪼개지면서 더욱 혼란을 가중시키고 만나. 거기다 폭력적인 아빠의 목소리('이 망할 년이 아주 서방을 물에 만 밥으로 알아!' '맙소사, 저년이 내 마누라라니!')는 나의 내면을 더욱 황폐하게 만든다. 그런 아빠에 대한 공포감을 느끼기보다는 허벅지에 가터벨트를 찬 엄마가 아빠의 성기에 총구를 겨누는 장면을 상상한다. 아버지에 대한 살해 욕망을 느낄 것 같은, 그리고는 드디어 집을 나간 엄마를 보며 자신도 펀업걸이 될 거라고 생각한다.

그런데 이 체념은 통상적인 의미에서 갈등을 접어버리는 수동적인 행위가 아니다. 행위를 넘어서 심리적으로 자신의 우울증을 애도할 수 있을 만큼 성숙한 그녀의 내면심리의 반영인 것이다. 우울증을 애도하고 편하게 묻어버리는 행위는 벌레를 씹어 먹는 것으로 표면화되지만 이는 우울증을 앓고 있는 소녀의 죽음에 대한 상징적인 의미로 확대된다. 그토록 구멍에 대한 공포가 심했던 그녀가 삶의 구멍 속으로 사라져간 이들을 이해하고, 마음속에 쓸어 담으려는 태도는 성숙한 소녀가 가질 수 있었던 내면적 자질인 것이다. 이제 소녀는 더 이상 자신의 총체적인 대상으로서 어머니를 상정하거나 아버지에 대한 콤플렉스를 키우지 않는다. 총체적인 대상으로 파악될 만한 모델을 갖고 있지 않은 나는 '아빠도, 지겨워도, 엄마도, 작달막과 새도, 모두 이곳으로 들어 가버렸구나'라고 하며 현실에 존재할 수밖에 없는 구멍을 인정하게 된다. 그리고 다시 새로운 대상을 찾으려는 욕망으로 육체를 움직여 작게 외친다. '애니 바리 엘스?'라고.

— 선정위원 | 최성실

2007 젊은 소설

셋을 위한 왈츠

어떤 가능성이 잘 드러난 작품이다

윤이형

창작 노트 | 아무것에도 갇히지 않고 자유롭게 살아갈 수 있는 사람이 과연 있을지 모르지만, 내겐 언제나 갇혀 있다는 사실이 끔찍한 콤플렉스였다. 간신히 애를 써서 잠긴 문을 열면 그 앞에 또 잠긴 문이 있었다. 이 건물의 복도와 벽에 걸린 거미줄의 모양까지 다 외우고 있지만 난 아직도 넓은 세계를 보려면 멀었다는 생각을 한다.
숫자 3은 나를 가두는 수많은 것들 중 하나다. 그것에 대한 미움과 애정으로 이 글을 썼다. 언젠가 이 방을 나가는 날까지 나는 계속 아프겠지만, 그 아픔이 의미 있는 것이었으면 좋겠다.

약력 | 1976년 서울 출생. 2005년 중앙신인문학상에 단편 「검은 불가사리」가 당선되어 등단.
e-mail : kangchong@freechal.com

2 0 0 7 젊은소설

셋을 위한 왈츠

저주를 풀려면, 저주 속으로 들어가는 수밖에 없어요. 두툼한 볼살 위로 동그란 안경을 걸쳐 쓴 남자는 사람 좋은 웃음을 지으며 그렇게 말했다. 순간 남자가 전혀 다른 사람으로 보였다. 남자의 그 말만 아니었어도 나는 생전 조예가 없던 왈츠 따위를 들어볼 생각은 하지 않았을 것이다.

음악치료사라는 남자를 소개시켜준 건 어느 시사 주간지의 담당 기자인 M이었다. 그가 작성된 기사를 보내면 나는 그것을 읽고 일러스트를 그렸다. 1주일 단위로 급박하게 돌아가는 주간지 마감의 특성상 무엇보다 속도가 중요한 일이었다. 원고를 빠른 속도로 이해하고 재빠르게 컨셉트를 파악해 특징 있는 한 컷에 기사의 내용을 포괄적으로 담아내는 것. 나는 내가 마감을 잘 지키는 작가들 중 한 명이라고 내심 자부하고 있었다. 그 일이 일어나기 전까지는.

처음엔 아무런 문제도 없었다. 그저 밑그림 선을 뽑아내는 일이

평소보다 조금 오래 걸린다고 생각했을 뿐이었다. 하지만 다음 단계로 넘어가도, 선이 좀처럼 마음에 들지 않았다. 태블릿이 문제인가 싶어 연필로 그리는 수작업으로 방식을 바꿔 봤다. 하지만 이번엔 연필을 잡은 손이 덜덜 떨려왔다. 겨우 마음에 드는 선이 나왔다 싶어 색을 입히면, 금방 덧입힌 색깔이 마음에 들지 않았다. 멍하니 손을 움직이다가 페인트숍을 잘못 조작해, 했던 작업을 모조리 날려버리기도 했다.

며칠 밤을 새우면서 용을 쓰다가 나는 결국 M에게 못하겠다는 전화를 하고 말았다. 데드라인이 임박해 더 붙잡고 있으면 안 되겠다는 생각이 들었던 것이다. 그래, 컨디션이 안 좋은 모양이네. 할 수 없지. 그럼 다음 주에는 잘해줘. 그러나 다음 주에도, 그 다음 주에도 같은 일이 반복되었다. 내가 연달아 3주 마감을 펑크내자 M은 술이나 한잔 하자며 나를 불러냈다. 왜 그래? 요즘 슬럼프야? 나는 M이 내 그림을 좋아한다는 걸 알고 있었다. 담당기자와 일러스트레이터로 만나기 훨씬 전부터 M은 내 그림을 좋아해준 사람이었다. 내가 아무 말이 없자 M은 잠시 내 눈을 들여다보더니 명함 한 장을 건네주었다. 우연히 취재하다 알게 됐는데, 사람에 따라서는 웬만한 우울증 치료보다 나은 경우도 있다나 봐. 내가 의아해 하자 M은 한숨을 쉬며 말했다. 다음 주부터는 다른 작가 쓰기로 결정났어. 보통 일은 아닌 것 같은데, 언제까지나 이러고 있으면 안 되지 않겠어? 집에만 있지 말고 나가서 영화도 보고, 음악도 좀 듣고 그러다 보면 훨씬 나아질 거야.

그래서 나는 음악치료사라는 남자를 만나게 되었다. 온화한 베이지색으로 꾸며진 상담실에서, 남자는 내게 특별히 좋아하는 장르의 음악이 있느냐고 물었다. 나는 음악을 좋아하지 않는다고 대답했다. 남자는 내게 하루 종일 신경이 날카롭고 불안하지 않으냐고 물었다. 내 얼굴에 그렇게 씌어 있는 모양이었다. 나는 그렇다고 대답했다. 그러자 남자는 물끄러미 나를 바라보더니 말했다. 왈츠를 한번 들어보시는 게 어때요? 세 박자로 된 음악은 긴장을 풀어주고 안정감을 주는 효과가 있어요. 반대로 행진곡처럼 네 박자로 된 음악은 흥분을 고조시키고 활동성을 주죠. 선생님이 무력감을 느끼는 건 활동성이 부족해서가 아니라, 너무 신경이 긴장되어 있어서예요. 왈츠가 효과가 있을 겁니다.

나는 한참 동안 침묵을 지키다가 결국 털어놓고 말았다. ……선생님, 전 세 박자로 된 음악을 싫어하는데요. 3이라는 숫자가 들어가는 건 다 싫습니다. 아주 오래 전부터 그랬습니다.

처음 내게 그 증세가 시작된 건 중학교 때였다. 수학 교과서에 삼각형의 무게중심을 구하는 문제가 나왔다. 나는 다른 도형이었다면 너끈히 풀었을 그 쉬운 문제를 내가 도저히 풀 수 없다는 사실을 깨달았다. 삼각형을 바라보면 현기증이 났다. 수학책 한가운데 박힌 삼각형의 세 꼭짓점이 온몸의 통점을 콕콕 찔러대는 것 같아 아찔해서 견딜 수가 없었다. 삼각형은 끔찍한 비밀을 숨기고 있는 마귀의 세모꼴로 찢어진 입 같아 보였다. 수학책 페이지 아랫부분과 평행을 이루며 안정적인 변을 만들고 있는 두 개의 꼭짓점이 곧 작당하여 회전을 시작하면, 하나 남아 있던 꼭짓점이 비명을 토해내며 아래로 거꾸러지고, 그 불안정한 상태를 견딜 수 없어 위에 쳐들린 두 개의 점이 다시 옆으로 쓰러지고 말 것 같았다. 수학책이 왱왱 소리를 내고 있었다. 가장 안정된 형태의 도형이라는 삼각형이 제가 만든 안정이라는 거짓을 견디지 못해 찢어지는 소리를 내며 페이지 밖으로 데굴데굴 굴러 나올 것만 같았다. 수학책에 등장하는 수많은 삼각형들 때문에 나는 언제나 수학 시험에서 어이없는 점수를 받아야 했다. 그러나 내가 3이라는 숫자에 대해 구토를 느낄 정도의 혐오를 품고 있다는 사실은 아무도 알지 못했다.

어른이 되자 증세는 더 심해졌다. 우리나라 사람들은 3이라는 숫자를 길하게 여겨 유난히 좋아하는 모양이었다. 하지만 나는 사람들이 일상에서 아무렇지도 않게 표시하는 그 숫자에 대한 호감을 견뎌낼 수가 없었다. 삼삼오오, 삼세판, 삼월 삼짇날, 삼강오륜, 삼천리강산, 세 가지 소원. 작업을 하기 위해 넘겨받은 기사에 삼겹살, 삼각대, 초가삼간, 삼권분립, 삼두박근, 삼자대면 같은 단어가 나오기라도 하면 나는 아찔해졌다. 하루에 세 끼를 먹는 것도, 무언가를 신호할 때 하나, 둘, 셋까지 세는 것도 이해할 수 없었고, 삼위일체도, 삼부작도, 삼지창도 싫었다. 왜 하필이면 3인 거야? 라고 내가 애써 용기를 내 물으면 사람들은 다리가 스무 개 달린 오징어를 본 것처럼 동그랗게 눈을 뜨고 내게 반문했다. 셋은 뭔가 안정감을 주잖아. 좋지 않아? 그리고 그들은 잠시 후에 덧붙였다. ……아니, 그러고 보니 너 셋째잖아? 삼남매의 막내.

동그란 안경 너머로 나를 탐문하듯 들여다보던 남자는 말했다. 그렇다면 더욱 더 왈츠를 들어보실 필요가 있겠네요. 왈츠라고 하면 우리나라 사람들은 요한 스트라우스나 쇼스타코비치를 먼저 떠올리지만, 쇼팽의 왈츠를 권해드리고 싶어요. 그는 잠시 자리에서 일어나더니 상담실 뒤의 자료실에서 한 장의 CD를 가지고 돌아왔다. 디누 리파티라는 이름의 피아니스트가 연주한 쇼팽 왈츠였다.

아마 싫다는 것도 모른 채 어린 시절에 많이 들었을 거예요. 왈츠는 기본적으로 춤곡이지만, 이 곡들에선 춤을 추어야 한다는 강박은 느껴지지 않을 겁니다. 쇼팽의 왈츠는 빨라요. 스텝을 어떻게 밟아야 할지도 모를 만큼. 세 박자라는 게 느껴질 틈도 없을 만큼 정신없이 질주하죠. 쇼팽이 그 당시 흥미를 갖고 수집했던 마주르카의 요소가 많이 포함되어 있어서 정통적인 왈츠의 느낌과는 거리가 있어요. 하나, 둘, 그 다음에 셋이 되는 게 싫다면, 이걸 들어보세요. 셋이 되었다는 것을 깨닫기도 전에 다시 하나로 돌아가 있을 테니까. 리듬에 몸을 맡기다 보면, 어느 순간 세 박자 스텝이 견딜 만하게 느껴질 겁니다. 그럼 그때부터 춤을 추기 시작하면 돼요. 하나 둘 셋, 하나 둘 셋, 하나 둘 셋, 세 박자를 이기려면 세 박자 속으로 들어가야 해요. 저주를 풀려면, 저주 속으로 들어가는 수밖에 없어요.

하나 둘 셋 하나 둘 셋, 나는 남자의 마지막 말을 외면할 수 없었다. 하나 둘 셋 하나 둘 셋, 그래서 나는 저주 속으로 걸어 들어가기로 했다. 하나 둘 셋 하나 둘 셋, 내가 한 번도 좋아해본 적 없는 왈츠 속으로 스텝을 밟으며. 하나 둘 셋 하나 둘 셋 하나 둘 셋…….

하나
나는 혼자 남았다.

형과 누나가 불에 타죽었다. 전소되어 천장이 내려앉고 시커멓게 뼈대만 남은 형의 작업실은 내가 한 번도 본 적 없는 이상한 나라의 입구처럼 입을 벌리고 서 있었다. 비틀린 벽과 참담한 갈색으로 그을린 벽지. 화공약품이 타고 난 뒤처럼 눈과 코를 찌르는 독한 냄새와 동물의 뼈 모양으로 타다 남은 몇 자루의 붓. 형체를 알아볼 수 없게 타들어간 캔버스와 바닥에 엎어진 채 쪼그라든 물감 깡통. 형의 그림은 한 점도 남김없이 재로 변해버렸다. 타버린 집은 화장터에 들어갔다 나온 인간의 뼛조각처럼 볼품없고 초라했다. 집의 가장 나중 지니인 것, 나는 그 가난한 비밀 한가운데 서 있었다. 이상하게도 그 순간만은 마음이 안정되는 것 같았다. 거실을 지나 침실 한쪽, 그곳에 지옥처럼 타버린 침대의 잔해가 놓여 있었다. 10년도 넘게 서로 말 한 마디도 나누지 않았던 형과 누나는 그곳에서 손을 꼭 잡고 나란히 누운 채 발견되었다. 너무 심하게 타버려서 시신을 수습하기도 힘들 정도였다고 했다. 형의 작업실은 한적하고 야트막한 언덕 위에 뚝 떼어놓은 듯 자리 잡고 있어서, 사람들이 연기를 발견하고 소방차가 달려왔을 때는 이미 너무 늦어 있었다고 했다. 두 사람은 숨이 끊어지고 육체가 활활 타올라 더 이상 탈 수 없는 상태가 될 때까지 손을 꼭 부여잡고 있었다고 했다. 뼈와 기름과 살점과 핏덩어리가 엉겨 한 덩어리로 눌어붙은 두 사람의 손을 떼어내느라 장의사는 많은 애를 먹은 모양이었다.

　화재 원인은 재떨이에서 떨어져 내린 담뱃불이었다고 했지만, 형도 누나도 담배를 피우지 않는 사람들이었다. 누군가가 감정 없는 어조로 두 사람이 자살할 만한 이유가 있었는지 물어왔다. 모른다고 짧게 대답했다. 나는 두 사람이 왜 죽었는지, 왜 불이 났는지 궁금하지 않았다. 내가 궁금한 건 두 사람이 죽음의 순간에 왜 함께 있었는가 하는 것이었다. 그들은 아무런 설명도 없이 나를 혼자 남겨놓았다.

　나는 하고 있던 모든 작업을 놓고 혼자 상주가 되어 영안실에서 이틀 밤을 보냈다. 허리가 아팠다. 밤을 새우는 일이 힘겹다는 생각이 들었다. 내가 알지 못하는 많은 사람들이 왔다 갔다. 촌수를 알 수 없는 먼 친척들, 부모님의 지인들, 우리 셋이 대학을 졸업할 때까지 꾸준히 학비를 보태주었다는, 하지만 누군지 기억나지 않는 수많은 사람들. 나란히 놓인 영정사진 속의 두 사람을 번갈아 보던 어른들은 한결같이 아이구, 똑같네, 어쩜 저렇게 지들 엄마 아빠랑 똑같을 수가, 그런데 왜 가는 것도 이렇게 똑 닮은 방식으로 가버리니…… 라며 주저앉았다. 나는 오열하는 그들을 한 방울의 눈물도 흘리지 않고 맞았다. 사진 속에는 누나와 형이 있을 뿐이었는데 사람들은 그들의 얼굴에서 엄마와 아버지를 보고 있었다. 부모님은 둘째인 누나와 여섯 살 터울로 늦둥이인 나를 낳은 후, 몇 달 안 되어 차 사고로 한날한시에 영동고속도로 위에서 돌아가셨다. 병원에서 데려온 지 얼마 안 된 나를 할머니에게 맡겨둔 채, 영원으로 이어지는 둘만의 마지막 휴가를 즐기겠다는 듯이, 아무 설명 없이 우리 셋만 남기고 그렇게 떠나버렸다. 기가 막혀 무너져 내리는 어른들의 곡소리 한가운데서 나는 버려진 장난감처럼 앉아 있었다.

 형의 소식을 듣고 찾아오는 사람들은 아무도 없었다. 누나의 친구들은 아주 많이 왔고 장례 기간 내내 가장 서글프게 눈물을 찍어냈다. 매형은 넋이 나가 형을 욕하며 소주병을 여러 개 깼다. 나는 그저 혼자 남았다는 자각뿐이었다. 그 많은 사람들 가운데 나는 혼자였다. 형과 누나, 그리고 내가 각자의 삶으로 갈라져 따로 살고 있는 동안에는 전혀 깨닫지 못하고 있던 사실이었다. 나는 마치 확인사살을 당한 것 같았다.

둘

 새벽의 빈소에서, 나는 이름 모를 소녀와 함께 잠깐 동안 둘이 되었다.
 발인만 남겨두고 있던 병원에서의 마지막 날이었다. 새벽 3, 4시 쯤 되었을까. 혼미한 정신으로 밤을 새우다 한구석에 잠시 쓰러져 눈을 붙이고 있었을 때였다. 나는 아마 걸레처럼 구겨져 있었을 것이다. 누군가가 내 어깨를 톡톡 두드려, 나는 눈을 떴다. 희뿌예진 눈으로 겨우 고개를 들고 보니, 열 살이나 되었을까 말까 한 어린 여자애 하나가 누런 상복을 입고 서 있었다. 어린애의 얼굴보다 아이가 입고 있는 상복이 너무 뻣뻣하고 커서 버겁겠다는 사실이 먼저 눈에 들어왔다. 긴 머리를 한 갈래로 얌전히 묶은 아이는 길게만 두루마리 같은 것을 손에 들고 있었다. 아이는 돗자리 위에서 몸을 제대로 추슬러 일으키지도 못하고 있는 나를 잠시 측은하다는 듯 바라보더니, 내 손이 놓여 있던 근처에 두루마리를 내려놓았다. 그러고는 말없이 영안실 밖으로 사라져 버렸다. 나는 뻐근한 몸을 겨우 일으켜 앉았다. 고스톱판을 벌이던 문상객들과 같이 밤을 새우던 친척들, 음식을 날라주던 아주머니들이 한꺼번에 바람이라도 쐬러 나간 모양인지, 영안실 안에는 아무도 없었다. 나는 타고 있는 향 옆에서 아이가 남겨놓고 간 두루마리를 펼쳤다.
 종이를 동여매고 있던 노란 고무밴드를 벗겨내자 갈색 그을음으로 가장자리가 더럽혀진 매끈한 그림 한 장이 나왔다. 포스터용으로 제작된, 프랜시스 베이컨의 1988년작 〈세 편의 그림 두 번째 버전 Second Version of Triptych 1944〉의 카피본 중 가운데 피스였다. 형의 작업실 벽에 붙어 있던 그림이었다. 양옆에 달려 있던 나머지 두 장의 그림은 온데간데없이 타버린 모양인지 불에 그을린 짙은 흔적만 남아 있었다. 하지만 이 가운데 조각은 그림이 시작되는 사각 테두리 안에 구멍 하나 없이 깨끗하고 온전했다. 이걸 어떻게…… 라는 황망한 생각이 들어 나는 허둥지둥 신발을 꿰신고 영안실 복도로 달려 나갔다. 옆방에도, 그 옆방에도 아이는 없었다. 잠시 후 왁자지껄한 소리와 함께 나가 있던 사람들이 하나둘씩 돌아와 앉았다. 그런 여자애를 보았다는 사람은 그들 중 아무도 없었다.

셋

우리 셋이 화집을 보며 함께 있던 방이 생각난다.
형과 누나와 나. 형은 아버지의 흔들의자에 앉아 화집을 훌훌 넘기고 있었고 누나는 바닥에 배를 깔고 엎드린 채 흰 종이에 대고 미술연필을 깎고 있었다. 서재 겸 침실이었던 부모님의 방은 평범했지만, 빼곡히 꽂혀 있던 그 화집들에는 초라한 꽃무늬 벽지가 발린 그 작은 방을 마술처럼 보이게 하는 힘이 있었다. 고등학교 선생님이었던 엄마와 건설업체 간부였던 아버지는 생전에 미대와는 아무런 인연도 없었지만 둘 다 그림을 취미 이상으로 좋아했다고 했다. 이루지 못한 꿈을 저장하기라도 하듯 두 분은 수많은 화가들의 화집을 사 모았다. 그런 환쟁이, 아니 환쟁이 미수(未遂)의 피를 물려받았는지 형과 누나는 둘 다 그림을 잘 그렸다. 시시한 교내 사생대회 같은 데 나가서 상을 타오는 정도의 수준이 아니었다. 미술학원 같은 곳에는 한 번도 다닌 적 없지만 형의 캔버스와 누나의 스케치북에는 내가 도저히 흉내 낼 수 없는 그림들이 가득했다. 남자와 여

자. 꽃과 새와 개와 언덕. 나무와 노인과 죽은 쥐와 작업복을 입은 거친 얼굴의 사람들. 막 고등학교에 입학한 참이었던 누나는 여전히 짬만 나면 스케치북을 펼쳐 뭉툭하게 끝이 닳은 4B 연필로 그림을 그리곤 했다. 나는 누나가 연필을 깎을 때 은은히 번지는 흑연의 냄새와 연필이 제 몸의 일부를 포기할 때 나는 사각사각 하는 소리가 좋았다. 풋풋한 소녀의 몸에 얼굴만 노파마냥 쪼글쪼글 말라비틀어진 기이한 여자, 조로(早老)한 얼굴들. 그게 누나가 좋아하는 소재였다. 하지만 정작 미대 입시를 앞두고 있던 형은 어째선지 더 이상 그림을 그리지 않았다. 다만 부모님이 남긴 여러 권의 화집들 중 유독 프랜시스 베이컨의 화집만 집요하게 들여다볼 뿐이었다. 베이컨은 엄마와 아버지가 가장 좋아했던 화가이기도 했다. 온통 영어로 설명이 씌어 있던 그 오래된 책은 아버지가 어디선가 입수해 온 것이라고 했다. 푸줏간에 내걸린 고깃덩어리처럼 파헤쳐지고 찢어발겨진 사람들의 몸이 그 안에 가득했다. 초등학생이었던 나는 그때만 해도 그렇게 해괴하고 이상한 그림들을 본 적이 없어서 눈이 돌아갈 지경이었다. 하지만 그 잔인한 그림들에 구역질을 느끼면서도 이상한 매혹 때문에 늘 형의 어깨너머로 그 책을 들여다보곤 했다.

 넌, 화가가 될 거니? 연필을 깎던 누나가 갑자기 퉁명스럽게 물었다.

 아니, 난 그림 못 그려. 형이 낮은 목소리로 대답했다. 하지만 형은 베이컨의 화집에서 눈을 떼지 않고 있었다. 형의 눈은 타들어가는 듯했다.

 누나는 무언가에 대해 화를 내고 있었다. 하지만 나는 그게 무엇인지 전혀 짐작할 수 없었다. 나는 누나의 멍한 눈을 바라보다가 그만 바보같이 묻고 말았다.

누나는 화가 안 돼?

누나는 나를 쏘아보며 빽 소리질렀다. 그딴 거 누가 된다고 그래.

누나는 자리에서 일어나더니 종종걸음을 쳐 부엌으로 사라져버렸다. 누나가 확 떨치고 일어날 때 연필심 알갱이들이 이리저리로 튀었다. 부엌에서는 할머니가 저녁상을 보고 있었는데, 누나는 그걸 도와야 했다. 그 무렵 이미 일흔을 넘긴 할머니의 신음 소리는 시도 때도 없이 집안 곳곳에서 들려왔지만, 나는 부엌으로 가는 누나의 뒷모습에서 그보다 더한 소리 없는 신음을 듣고 있었다. 어쩌면 누나는 그때부터 자신의 운명 같은 걸 알고 있었는지도 모른다. 결코 되고 싶은 것이 될 수 없으리라는.

하나

나는 몇 시간째 한 곡의 왈츠를 계속해서 듣고 있다.

열네 곡의 왈츠에 녹턴, 바르카롤, 마주르카가 각각 한 곡씩 총 열일곱 곡이 들어 있는 쇼팽의 CD에서 처음으로 귀에 와 닿는 곡이 하나 있었다. 왈츠 10번 B단조 작품번호 69-2. 떨어지면 죽지는 않겠지만 오래 남을 상처가 생길 만큼은 되는, 딱 그 정도로 가파른 절벽을 들여다보는 듯한 느낌의 곡이었다. 서글프게 굴러떨어졌다가 다시 고개를 드는 멜로디에 귀를 기울이고 있으면 고쳐지지 않는 신경증을 앓는 여자를 보는 것처럼 안타까운 상념이 마음을 채웠다. 쇼팽이 아직 파리로 진출하기 전이었던 열아홉 살 때 폴란

드에서 쓴 곡으로, 후기 왈츠의 우아함보다는 마주르카에 가까운 향토색 짙은 애수가 주된 정서를 이룬다…… 라고 작품 해설에는 씌어 있었다. 나는 쇼팽이 폴란드 사람인지 프랑스 사람인지, 마주르카가 무엇인지 알지 못했지만 이 곡을 듣자 이상하게도 하나의 이미지가 떠올랐다. 머리를 틀어올린 여자의 뒷모습. 목에는 자잘하게 빠져나온 잔머리 가닥들이 반쯤 회색으로 물든 채 흩어져 있고, 털뭉치처럼 뭉쳐진 머리채에는 은으로 만든 오래된 비녀가 꽂혀 있다. 할머니의 뒷모습이었다.

금이야 옥이야 키운 외아들과 며느리를 한꺼번에 잃은 할머니는 용케 오랫동안 정신을 붙들고 있었다. 아마도 그건 생존의 본능이었을 것이다. 이제 의지할 피붙이라고는 아직 새파란 어린것들밖에 남지 않았다는 사실을 할머니는 몇 번이고 상기하며 이를 악물었을 것이다. 워낙 유하고 집안에 있어도 없는 듯 조용한 성품이었던 할머니는 막내인 내가 대학에 붙을 때까지 묵묵히 세 손자손녀의 도시락을 싸는 일을 계속했다. 부모님이 와야 하는 학교 행사에 백발의 할머니가 대신 나오는 일이 반복되었지만 나는 조금도 부끄러워하지 않았다. 그런 걸 부끄러워하고 있다는 걸 형이나 누나에게 들키면 당하게 될 일이 훨씬 더 두려웠던 것이다.

여든이 넘어도 정정하던 할머니는, 그러나 미대를 졸업한 형이 백수생활 끝에 친구의 소개로 작업실을 얻어 독립할 준비를 하면서부터 슬금슬금 정신을 놓기 시작했다. 형은 무슨 일이 있어도 그림과 자신 사이, 집요한 자기장이 지배하는 것 같은 그 청결한 영역에 다른 무언가를 들여놓을 수 없었다. 그것은 도덕이나 윤리의 문제가 아니라 가능과 불가능의 문제였다. 형은 그저, 그럴 수 없는 사람이었다. 나는 형이 다른 사람들과 마찬가지로 고만고만한 회사에 다니며 생활비를 벌어오는 광경을 상상해보려고 여러 번 시도해봤다. 그 일은 모서리가 있는 원을 상상하는 것과 비슷했다. 가장 애지중지 키운 큰손자가 자신을 부양하는 대신 물감과 붓이 가득한 혼자만의 공간으로 떠날 준비를 하고 있음을 눈치채서였을까. 팔십 평생을 난초처럼 살았던 할머니는 갑작스레 욕쟁이의 영혼이 빙의된 것처럼 욕지거리를 해댔다. 누나를 엄마로, 형을 아버지로 착각해 헛소리를 늘어놓기도 했다.

어느 날 형은 아무 말도 없이 짐을 꾸려 집을 나갔다. 삼각형의 꼭짓점 하나가 한없이 먼 곳으로 이탈해 날아가고 있었다. 세 꼭짓점을 잇고 있던 세 개의 변이 금방이라도 끊어질 듯 아찔하게 팽팽해지기 시작했다. 할머니를 도와 매일 밥을 짓던 누나가 결국 할머니를 모실 수밖에 없었다. 당연하게도 누군가는 그 일을 해야 했는데, 형은 사라졌고 나는 너무 어렸다. 사춘기 때도 우리 셋 중 눈가에 그늘이 가장 짙었던 누나는 관심 없는 대학의 관심 없는 과에 들어가면서 그림을 완전히 놓아버렸다. 그리고 졸업한 뒤에는 자격증을 따더니 영양사가 되어 고루 균형을 맞춘 세 끼 식단을 짜는 일을 했다. 누나가 해주는 밥이 맛있었다는 건 내가 가장 확실하게 기억하는 것들 중 하나다. 버섯볶음과 미역국과 파래무침 같은 일상적인 음식들을 누나는 마술처럼 완벽하게 만들어낼 수 있었다. 집에서 훌륭한 요리사였던 누나는 밖에서도 틀림없이 훌륭한 영양사였을 것이다. 다만, 누나는 그 일을 조금도 사랑하지 않았다.

할머니는 삼각형을 이루지 않고는 살아갈 수 없는 사람이었다. 엄마와 아버지라는 두 꼭짓점이 예정보다 훨씬 일찍 먼 영원 속으로 지워져버린 후, 할머니는 균형을 잃은 나머지 한 개의 점처럼 이리저리 떠밀려 흩날렸다. 우리 삼남매는 모두 할머니 손에서 컸다. 그 사실을 생각하면 언제나 조금씩 가슴이 쓰려오곤 했다. 하지만 우리는 그 시절 내내 우리 셋이 이루고 있던 삼각형만으로도 머리가 터질 지경이어서 할머니라는 또 하나의 점은 그저 배경 정도로밖에 바라보지 못했다.

 형이 떠나자 누나는 우리 삼남매가 이십 년 넘게 살아온 부모님의 이층집을 팔았다. 할머니는 누나와 매형의 신혼집으로 가면서 겨우 새로운 삼각형에 몸을 실었다. 형과 나와 누나, 할머니와 매형과 누나. 나만큼이나 수학을 싫어했던 누나는 자신을 두 개의 삼각형에 공유시키며 힘겹게 중력을 견디고 있었다. 누나는 할머니를 정성껏 모셨지만 돌아오는 건 욕설뿐이었다. 익숙하던 아들네 집을 떠난 뒤로 할머니의 헛소리는 점점 더 심해졌다. 서방 잡아먹은 년 같으니! 내 아들 살려 내놔라, 내 아들. 나중에 장례식 때 들었지만, 누나의 머리채를 잡고 늘어지는 할머니의 팔을 뜯어내며 매형은 몇 번이고 이혼할 생각을 했다고 털어놓았다. 솔직히 치매 노인을, 딸도 아니고, 손자도 아니고, 손녀딸이 모신다는 게 보통 사람이 할 수 있는 일이야? 난 이 집 사람들이랑 잘못 엮여도 뭔가 한참 잘못 엮였어. 누나가 해주는 밥이 맛있어 아무것도 보지 않고 결혼했다는 매형은 이해심이 많은 사람이었다. 하지만 결혼한 뒤로 나를 만날 때면 누나의 눈화장이 짙어진다는 걸 나는 알고 있었다. 누나는 밤늦게 야식을 먹는 것도 아닌데 자꾸만 눈이 부었다.

 치매에 걸린 할머니는 장수했다. 마흔을 겨우 넘기자마자 일찍 가버린 아들의 목숨을 받아 대신 살아내기라도 한 것처럼. 여든아홉, 벽장 속에서 이불솜을 뜯어 코와 입에 꾸역꾸역 채워넣은 채로 돌아가실 때까지 할머니는 누나네 집에 얹혀살았다. 누나는 형이 캔버스 틈으로 도망치는 것을 보면서 이를 바득바득 갈았는지도 모르지만, 결코 형에 대해 누구에게도 어떤 말도 하지 않았다. 욕이라도 하고 싸움이라도 했으면 차라리 나았을 텐데. 누나가 결혼하면서 나도 작은 자취방을 얻어 독립을 했지만, 형은 나에게도 연락 한 번 없이 작업실에서 혼자만의 세계에 몰두했다. 누나는 이를 악물고 참는 것으로 형과 싸우고 있었다. 어렸을 때 날씬했던 누나 친구들은 서른을 넘기면서 모두 통통하게 살집이 올랐지만 누나는 정반대였다. 퀭하게 들어간 눈과 시간이 갈수록 닭 등뼈같이 바싹 말라가는 허리의 곡선. 쇼팽의 피아노가 두드려 그려내는 세 박자의 점묘화가 어느새 누나의 뒷모습으로 변한다. 찰랑거리는 긴 머리가 자랑이었던 누나는 언젠가부터 할머니처럼 머리를 질끈 틀어올리고 다니기 시작했다.

  나는 볼륨을 줄이고 태블릿을 컴퓨터에 연결한다. 진전시켜야 할 작업을 떠올린다. 하지만 무언가를 그려 보려고 잡은 금속 펜이 할머니가 꽂고 있던 은비녀처럼 선득하게 느껴져 어느 참엔가 손을 놓고 만다. 마주르카를 닮았다는 쇼팽의 10번 왈츠가 조그맣게 계속 흐른다. 폴란드의 차가운 땅에서 생겨났다는 마주르카는 어쩌면 은비녀의 차가운 촉감을 닮은 음악이 아닐까. 머리를 틀어올리고 바싹 마른 뒷모습을 한 두 명의 여자가 발을 끌며 왈츠를 추고 있다. 반짝거리는 은비녀를 꽂은 할머니와 더 이상 깎지 않아 끝이 뭉툭한 4B 연필을 머리채에 찔러넣은 누나가, 손을 마주잡고 태블릿 위에서 빙글빙글 돌아가고 있다.

둘

　우리 둘이 함께 있을 때면 그녀의 작은 방은 세상의 끝처럼 적요하고 고독했다.
　그녀는 나를 좋아했다. 나도 그녀를 좋아했다. 그녀는 내가 만났던 어떤 여자와도 달랐다. 여자들은 우연이든 아니든 내가 막내라는 것을 알게 되는 순간 알려지지 않은 태양계의 행성을 발견한 것처럼 호들갑을 떨곤 했다. 어머, 막내였어요? 전혀 그렇게 안 보이는데. 외동이면 모를까. 그 다음에는 어김없이 혈액형 얘기가, 그 다음엔 별자리 얘기가 이어졌다. 내가 삼남매의 막내라는 사실이나 내 혈액형 혹은 별자리가 진짜 나와 무슨 관계가 있는지 나는 진정으로 궁금했지만, 그녀들은 내 성격과 연애관과 장단점을 자신들 마음대로 규정하며 몇십 분씩 떠들어대곤 했다. 그녀는, 막내라는 내 말을 듣고도 아무 말도 하지 않았던 유일한 여자였다.
　나는 알몸으로 그녀의 작은 싱크대 앞에 서서 카나페를 만들고 있었다. 그녀는 카나페를 좋아했다. 감자를 삶아 으깨고 피클을 다진다. 포장을 뜯고 부스러기가 떨어지지 않도록 조심하면서 크래커를 하나씩 꺼낸다. 으깬 감자와 다진 피클을 섞어 크래커 위에 올린다. 냉장고를 열어 참치 통조림을 꺼낸다. 통조림을 따고 으깬 감자 위에 기름을 뺀 참치를 적당히 올려놓는다. 마지막으로 방울토마토를 잘게 썬다. 빨간 토마토를 맨 위에 올려놓고 눌러주자 카나페가 완성된다. 나는 완성된 카나페를 접시에 모양 좋게 담기 시작한다……. 내가 하는 양을 보고 있던 그녀가 침대 위에서 갑자기 화를 내며 소리를 질렀다. 제발 그만할 수 없니? 그렇게 다정한 척, 제발 그만할 수 없어?

그녀가 던진 베개에 맞은 카나페가 조각나며 사방으로 흩어졌다. 나는 바닥에 흩어진 부스러기를 줍기 위해 허리를 굽혔다. 그녀가 다시 소리치듯 말했다. 당신은 섹스도 꼭 그렇게 해. 똑같아. 마음 주는 일도 그렇지. 당신은 다정하고 청결해. 하지만 당신은 환자야. 알아? 환자라고.

나는 섹스를 할 때 반드시 콘돔을 사용했지만 그녀는 그것을 싫어했다. 헐떡이며 그녀를 껴안다가도 콘돔이 없다는 걸 깨달으면 내 욕망은 죽어버렸다. 나는 청결한 보호막 없이 누군가의 몸에 들어가는 일이 두려웠다. 그녀와 둘이 있을 때면 행복했지만 그녀의 질과 나의 페니스, 그렇게 둘만 남을 때면 내 몸은 산산조각나 버릴 것만 같았다. 준비도 전조도 없이 그녀의 몸속에서 폭발해버린 내 욕망이 어느 날 낫을 든 리퍼(reaper)처럼 돌아와 우리를 셋으로 만들어버릴 것 같았다.

도대체 어떻게 할 거야? 나 집에서 선 보래. 그녀가 소리쳤다. 나는 네 맘대로 해, 라고 말하려다 참았다. 그리고 부서진 카나페를 주워 그녀의 입에 다정하게 밀어넣으려 했다. 그녀가 입을 다물자 나는 크래커 조각을 그녀의 입 속에 억지로 쑤셔넣기 시작했다.

그녀를 만나는 내내 나는 셋이 될지도 모른다는 두려움에 사로잡혀 있었다. 나는 둘이면 행복하다고 생각했다. 결혼, 원치 않는 아이, 혹은 그 무엇이든 우리 둘 사이에 끼어드는 걸 원치 않았다. 조금만 방심하면, 우리는 무섭게 눈을 부릅뜬 세 번째의 무언가와 함께 새끼줄로 꽁꽁 묶여 나무에 거꾸로 매달리게 될 것 같았다. 영겁의 세월 동안 그 고봉을 견디낼 자신이 내겐 없었다.

그녀는 카나페를 내 얼굴에 뱉어버렸다.

셋

　종업원이 접시 세 개를 차례로 날라왔다.
　병호와 승철 그리고 나. 우리 셋은 이태원의 어느 태국요리 전문점에 앉아 있었다. 칠리소스를 위주로 한 태국 음식의 매운맛은 고추장에서 우러난 한국 음식의 매운맛과는 다르다. 머리를 띵하게 만들고 입천장과 코와 귀를 싸하도록 긁어내기는 하지만 위장 깊은 곳까지 파고들며 묵직한 얼얼함을 주지는 않는다. 나는 타이 칠리를 넣어 매콤하게 볶아낸 국수인 파키마우 면발을 씹으며 생각했다. 내 삶에서 매운맛이 난다면 그건 한국 음식이 아니라 태국 음식처럼 매운 것일지도 모른다, 고. 이따금씩 이 두 친구와 만날 때면 그런 생각이 들곤 했다. 나를 채우고 있는 상념들은 실은 모두 엄살이 아닐까, 삶이라는 것의 실체, 위장까지 파고드는 그 얼얼함을 모른 채 관념에만 천착한 결과가 아닐까.
　인문대 미술 동아리에서 우리 셋은 함께 다니지 않아도 어느 순간부터 늘 함께였다. 지금은 각자 잘 살고 있지만. 병호와 승철은 나는 반드시 화가가 되고야 말겠어, 라고 얼굴에 써놓고 다니는 아이들이었고 둘 다 나보다 훨씬 그림을 잘 그렸다. 어디를 가나 윤곽선이 분명하게 사람들의 기억에 남는 아이들이었다. 언제나 검은 옷만 입고 다니던 나는 그 둘이 내게 술을 마시자고 처음으로 제안했을 때 어안이벙벙해질 수밖에 없었다. 그들은 그리고 싶은 것이 있어 그림을 그렸지만, 나는 단지 내 안에서 들려오는 어둡고 불안한 아우성을 가라앉히기 위해 붓을 잡고 그림을 그려댈 뿐이었다. 내게 캔버스를 하나 완성하는 일은 1회분의 물리치료를 받는 일과 흡사했다.

하지만 세월이 흐른 지금, 그림과 조금이라도 관련된 일을 하고 있는 건 우리 셋 가운데 나뿐이었다. 그래도 좋아하는 일을 하니까 행복하지 않냐? 대학 때보다 적어도 십 킬로그램은 불어난 것처럼 얼굴이 두둑해진 병호가 싱글거리며 물었다. 승철은 계속 걸려오는 업무 관련 전화를 받느라 톰 얌 쿵이 다 식을 때까지 수저를 들지 못했다. 둘은 모두 결혼해서 젖먹이 하나씩을 두고 있었다. 나는 대학 시절 어둑한 동아리방에서 캔버스를 독대할 때면 그들 주위로 흐르곤 했던 그 날카로운 분위기를 떠올렸다. 자신감으로 넘쳤지만 그림을 그릴 때만은 나보다 훨씬 위태로워 보였던 그들이, 결혼을 하고 셋이 되는 일을 그토록 덤덤하게 받아들일 수 있었다는 사실이 놀랍게 느껴졌다. 아이의 백일잔치, 늦게 귀가한 밤이면 집안에서 희미하게 풍기는 아내의 젖 냄새, 집에서 키우는 화분, 자동차 할부금, 휴일수당, 회사 동료와 다퉜다가 화해한 일, 어렵게 이뤄진 승진, 대리와 과장과 계장 같은 직함들. 그들을 만나 이런저런 일과 생활 얘기를 나누면서 나는 내가 보이지 않는 삼각형에 얼마나 단단하게 갇혀 있었는지를 겨우 깨달을 수 있었다. 내게 세계의 모든 사람과 사물들은 셋 중 하나였다. 형을 닮은 것, 누나를 닮은 것, 그리고 아무것도 아닌 것. 두 친구의 옷매무새에선 내가 가질 수 없는 윤기가 났다. 나로서는 세상에 존재하는지도 몰랐던 질감과 색채와 온기를 지닌 옷감들을 가지고, 그들은 애틋한 바늘땀 자국이 보이는 옷을 지어 입고 정성을 담아 다림질을 하고 드라이클리닝을 위해 조심스레 세탁소를 찾아가고 있는 중이었다.

병호와 승철의 사무실은 각각 사당동과 회기동에 있었다. 서울 시내 지도를 프린트해 펼쳐놓고는 내 작업실이 있는 홍대까지 세 개의 점을 연결하고야 만 건 늘 엉뚱한 생각을 하기 좋아했던 승철의 짓이었다. 정확히 중간지점에서 만나야 공평하다는 것이었다. 우리는 삼각형의 무게중심, 그러니까 삼각형의 세 변에서 뻗어나온 중선이 교차하는 점에서 만나고 있었다. 그곳이 이태원이었다. 삼각형의 무게중심이라는 말을 듣자 오랫동안 가까스로 다스려 온 현기증이 순간, 다시 시작될 것만 같았다. 하지만 내 신경은 다행히 그 정도는 극복해낸 모양이었다.

대신 내 머릿속에는 반사적으로 또 한 장의 지도가 떠올랐다. 그리고 그 위에 세 채의 집이 작은 점처럼 돋아났다. 파주에 거의 가까운 일산 끄트머리에 있는 누나의 집, 평창동에 있는 형의 작업실, 그리고 홍대에 있는 내 작은 방. 의도하지 않았는데도 세 개의 점은 머릿속에서 자동적으로 연결되었다. 밑변이 짧아 위태로운 이등변삼각형이 아니라면, 둔각삼각형이 될 것 같았다. 형과 나는 비교적 가까운 곳에 살고 있었지만 누나는 나를 만날 때마다 큰맘을 먹고 서울행 버스에 몸을 실어야 했다. 내 머릿속 지도 위에서 집 모양을 한 세 채의 고독이 견고하게 서로를 의식하며 버티고 있다. 누나는 먼 길을 달려 가끔 나를 만나러 왔고 나는 가끔 형을 만나러 갔다. 형이 누나에게 가는 일은 없었으므로 이 일방향의 흐름은 대책 없는 삼각관계와도 같았다.

내가 작업실 문을 잠그고 나와 있는 지금은 세 채의 집이 다 비어 있었다. 형의 작업실은 불에 탔고, 매형은 누나가 없어진 빈 방을 견딜 수 없어 당분간 고향인 춘천에 내려가 있겠다고 얼마 전 통보해왔다. 형과 누나가 살아 있는 동안 나는 몇 번이고 우리 셋 사이에 존재할 인력과 척력의 방향에 관해 생각하다 그만두곤 했다. 지금 이 순간, 주인 없이 굳게 잠겨 있는 세 채의 고독은 여전히 서로를 밀거나 당기고 있을까.

하나

음표로 만들어진 미친 강아지 한 마리가 작업실 안을 발광하며 뛰어다니고 있다.

보이지 않는 털을 하얗게 날리며 온 방안에 부산을 떨면서. 쇼팽 왈츠 6번 D장조 작품번호 64-1. '강아지 왈츠'라는 별칭으로 더 잘 알려진 이 곡의 러닝타임은 1분 45초에 불과하다. 음악치료사가 말한 대로, 세 박자로 이뤄진 왈츠라는 느낌은 거의 들지 않는다. 그러기엔 너무 정신이 없다. 그저 털이 부숭부숭한 다리로 책상과 의자와 마루와 욕실 문 앞의 러그를 쉴 새 없이 헤집고 빨빨거리면서 돌아다니는 강아지 한 마리가 그려질 뿐이다. 아주 자세히 들어 보니 강아지의 다리는 세 개인 것 같다. 강약약 강약약 강약약 강약약. 저렇게 빨빨거리다간 마룻바닥에 대자로 엎어지고 말 것만 같은데, 음표로 된 강아지는 비칠거리면서도 세 개의 다리로 잘도 춤을 추며 방안을 누빈다. 문득, 형의 없어진 강아지가 생각났다.

형은 작업실에서 강아지 한 마리를 키우고 있었다. 털이 보송보송하고 조금 멍청하지만 착한 표정이 특징인, 하얀 암컷 말티즈. 잿더미가 된 작업실을 여러 번 뒤졌지만 죽은 강아지의 흔적은 발견되지 않았다. 동물의 본능으로 화재를 직감하고 혼자서 집을 뛰쳐나간 것일까. 아무도 놈이 어디로 갔는지 알지 못했다.

형의 사랑스런 강아지는 죽어도 죽어도 다시 살아났다. 병에 걸리거나 트럭에 깔리거나 더 크고 사나운 개에게 물려서, 놈은 몇 번인가 세상을 떴다. 하지만 결코 사라지지는 않았다. 놈이 죽으면, 형은 며칠 지나지 않아 어디선가 똑같이 생긴 개를 구해와서는 똑같은 이름을 붙여 다시 키웠다. 형이 차례로 키웠던 하얀 말티즈들은 종의 특성상 다 똑같아 보였다. 기껏해야 턱선이 좀 더 납작하다거나, 두 눈 사이의 간격이 조금 더 넓다거나 하는, 자세히 들여다보아야 구별할 수 있는 차이를 지니고 있을 뿐이었다. 형은 그런 식으로 자신의 개가 지닌 개별적인 죽음이라는 한계를 무효화하고, 놈에게 영원불멸한 생명을 부여했다. 강아지들은 형의 개라는 유일한 존재로 통합되어 영원히 살아남았다. 형은 그런 사람이었다.

  누나는 동물을 싫어했다. 형이 개를 키운다는 얘기를 나를 통해 전해들었을 때 누나는 그럴 줄 알았다는 듯이 치를 떨었다. 네 형은 사람보다 개를 더 좋아하지. 아마 형의 개가 어떻게 영원한 삶을 살고 있는지 알았다면 누나는 더욱 치를 떨었을 것이다. 하지만 누나가 모르는 게 하나 있었다. 그 강아지가 지닌, 언제나 한결같은 이름이 무엇인지 하는 것이었다. 꼬마. 그건 우리 셋만 아는 누나의 별명이었다. 하루가 다르게 부쩍부쩍 키가 자랐던 형과 내가 백오십 센티미터를 겨우 넘겨 성장이 멈춰버린 누나를 부르며 놀려댔던 이름이었다.

  꼬마는 어디로 가버렸을까.

둘
형이 나를 때린 건 딱 두 번이었다.

첫 번째는 내가 일곱 살인가 여덟 살이었을 때. 중학생이었던 형은 이미 이젤 위에 캔버스를 올려놓고 아이의 선이 아닌 선으로 유화를 그리고 있었다. 햇살이 아주 고왔던 여름날 오후였다. 형도 누나도 여름방학을 지나고 있었다. 거실에서 놀다가 형의 캔버스가 있는 곳으로 갔다. 나는 아직 무서운 일이라고는 아무것도 몰랐다. 캔버스엔 누군지 알 수 없는 예쁜 소녀 하나가 들어앉아 있었다. 팔다리가 길고 머리카락이 노란 소녀였다. 소녀는 다른 데는 다 예뻤지만 머리색은 내 마음에 들지 않았다. 그래서 나는 곁에 있던 검은색 유화 물감 뚜껑을 열고, 물감을 붓에 묻혀 캔버스를 쓱쓱 칠하기 시작했다.

순간, 눈에서 불이 번쩍 튀었다. 나는 허공에 붕 떴다가 오 미터쯤 뒤로 날아가 마룻바닥에 처박혔다. 영문을 몰라 울지도 못했다. 고개를 들어 보니 얼굴이 시뻘게진 형이 보였다. 형이 따귀를 때린 것이었다. 곧이어 누나가 달려왔다. 누나는 멍한 얼굴로 쓰러져 있는 나를 보고 이어서 형의 캔버스를 쳐다보더니, 상황을 이해했다. 저렇게 어린 애가 뭘 알고 그랬겠니? 누나는 주먹으로 형의 가슴을 치려고 했지만, 형이 누나의 팔을 완강하게 붙잡았다. 그날 나는 울지 않았지만 누나는 울었다. 누나가 내 머리를 쓰다듬었지만 나는 누나의 품에 안기지 않았다. 그랬다간 정말이지 끝도 없이 울어버릴 것 같았으니까.

두 번째는 고등학교 2학년이 된 내가 처음으로 같은 학교 여자애와 외박을 했을 때였다. 여관에 가서 무슨 대담한 짓을 했다거나 한 건 아니었다. 그럴 용기도 없었다. 그저 답답해서 밤새 거리를 함께 걷다가 아침 무렵이 되어 학교로 직행했을 뿐이었다. 묵묵히 오전

수업을 듣고 있는데 갑자기 교실 뒷문이 벌컥 열리더니 형이 뚜벅뚜벅 걸어들어왔다. 아이들의 두려운 시선이 집중되어 있는 가운데 형은 말 한 마디 없이 내 멱살을 잡고 나를 복도로 끌어냈다. 철썩. 이번엔 허공을 날아가지는 않았지만 여전히 불꽃이 튀었다. 형의 손바닥과 내 뺨이 만날 때면 특별한 종류의 전기가 흐르는 것 같았다. 워낙 눈에 띄지 않는 아이였던 내 이름을 늘 틀리게 부르곤 했던 담임선생은 그 일이 있고 나서야 나를 제대로 기억하게 됐다. 나는 아무 말도 하지 않았는데, 뭐가 어떻게 소문이 났는지 그 여자애는 며칠 후부터 아이들의 따돌림을 받기 시작했다. 그날 저녁 부은 뺨을 하고 집에 들어가서야 형이 나를 때린 이유를 알았다. 밤새 나를 기다렸을 누나의 얼굴이 퉁퉁 부어 있었다. 형은 누나가 우는 것을 참을 수 없었던 것이다.

그럼에도 결국 내가 그림을 배운 건 누나가 아니라 형에게서였다. 형과 누나가 의절한 뒤 나는 누나 몰래 형의 작업실에 여러 번 찾아갔다. 형은 묵묵히 그림을 그렸고 나는 그를 지켜보았다. 그럴 때면 우리 둘은 아무 말도 주고받지 않았다. 유화 물감 특유의 싸한 향기만 우리를 감싸고 불륜의 냄새처럼 흘러다녔다.

형은 누나를 무심하게 대하면서 자신만의 방식으로 아꼈고, 누나 또한 미워하는 듯 보였지만 자신만의 방식으로 형을 아꼈다. 그 두 에너지는 동등한 질량을 가진 두 개의 강력한 힘이어서 내가 들어갈 틈이라곤 도무지 없었다. 하지만 나 또한 질량을 가지고 이 광활한 우주에서 살아남아야 했기에, 나는 어딘가에 있어야 했다. 나는 누나와 함께 살면서 자꾸만 형을 향해 갔다. 형은 아무것도 가르쳐 주지 않았지만 나는 형처럼 그림을 그리고 싶었다. 하지만 형에게

가기 위해 버스를 탈 때면 매번 집에 있을 누나가 떠올랐다. 나는 그 알 수 없는 죄책감을 끝내 떼어내지 못했다. 형의 작업실에 갔다가 돌아오면 이상하게도 그 몇 시간 사이 누나의 몸엔 상처가 생겨 있었다. 할머니를 도와 찌개거리를 다듬다가 칼에 손가락을 베었다거나, 욕실에서 미끄러져 욕조 가장자리에 이마를 찢겼다거나. 몸 어딘가에 반창고를 붙인 누나를 보고 있으면 무서워졌다. 누나는 내가 형에게 다녀왔다는 걸 다 알고 있는 것 같았다. 그래도 누나는 절대로 어디 갔었느냐고 묻지 않았다. 그게 누나의 복수였다.

셋

우리 셋은 커피숍 난다랑의 낡은 소파에 앉아 있었다.

비가 억수로 쏟아지던 날이었다. 누나는 젖기 시작한 청바지를 정강이까지 걷어올리고 있었다. 원래부터 후줄근했던 형의 면바지는 진흙 얼룩으로 한껏 더럽혀져 있었다. 우리는 동숭아트센터에서 영화 「엑스파일」을 함께 본 다음, 철벅거리는 빗길을 걸어 난다랑에 들어갔다. 우리 셋이 가끔씩 함께 보는 영화는 거의 언제나 SF였다. 외계인이 나오거나 지구에 괴생물체가 출현하거나 하는 얼토당토않은 스토리를 지닌. 작정하고 그런 영화를 고르는 것도 아니었는데, 표를 사고 보면 언제나 그런 유였다. 지금 생각해 보면 멜로나 드라마나 코미디는 우리 셋의 어색한 데이트에 조금도 어울리지 않았을 것 같기도 하다. 영화가 끝나면 대학로에 있는 그 오래된 찻집에 들어가 별나른 말도 하지 않고 가만히 있는 것이 우리들 사이의 묵계였다.

"영화, 웃기네."

누나가 한숨을 쉬며 말했다.

"SF가 다 그렇지 뭐."

하기 싫은 변호를 맡은 변호사처럼 형이 말했다.

"왜? 난 재미있었는데."

내가 발끈하며 끼어들었다.

그리고 우리는 일제히 입을 다물었다. 방금 보고 나온 영화에 대해 딱 한 마디씩, 그것으로 끝이었다.

그때, 형과 누나와 나는 아직 한 집에 살고 있었다. 하지만 우리의 시간은 끝나가고 있었다. 어린시절 내내 공유했던 우리들의 익숙한 중력이 하루가 다르게 옅어지고 있었다. 형이 있으면 누나는 내게 하던 남자친구 얘기를 하지 않았다. 누나가 있으면 형은 내게 하던 미대 시절 친구들 얘기를 하지 않았다. 셋이 함께 방에 있는 일은 많지 않았다. 우리는 밖에서 만나는 것을 선호했다. 한 방에 있다 보면 금방이라도 무슨 일이 벌어질 것처럼 위태로운 긴장이 흘러다녔고, 우리는 각자의 방식으로 동시에 그것을 직감하고 있었던 것이다.

'우리는 곧 정말로 셋이 될 것이다, 지금까지 셋이었던 것과는 또 다르게.' 나는 네모난 스푼으로 아이스크림 덩어리를 지그시 누르며 속으로 그렇게 생각했다. 외계인의 순차적 지구 정복 계획의 일부였던 양 지금은 흔적도 없어져버린 커피숍 난다랑에서, 우리는 커피나 차 대신 언제나 아이스크림을 시키곤 했다. 애들처럼. 세 가지 맛으로 된 난다랑 아이스크림이 맛있었다는 건 아는 사람은 다 안다. 초콜릿, 딸기, 바닐라. 말할 필요 없이 초콜릿은 언제나 내 차지였다. 나는 머리가 띵해질 만큼 빠른 속도로 차갑고 동그란 초콜릿 아이스크림 덩어리를 끝장내고는, 스푼을 들고 형의 바닐라와 누나의 딸기까지 습격하곤 했다. 막내의 특권이었다.

서울에 폭우가 쏟아졌던 그날 내 혀끝에서 차례로 녹던 난다랑 아이스크림의 세 가지 맛은, 완벽했다. 너무 완벽해서 거짓말 같았다.

하나

나는 빗속을 혼자 걷고 있다.

주인 없이 남겨진 누나의 방을 정리하고, 발걸음을 돌려 형의 작업실로 간다. 마지막으로 정리할 일들이 남아 있어서다. 혼자 하기에는 너무 무리한 일이었던 걸까. 갑작스레 온몸에 힘이 빠지고 허리께가 뻐근해온다. 눈도 조금씩 아려온다. 누나의 방에서 나온 물건들 때문인지도 모르겠다.

누나는 그동안 내가 신문과 잡지에 그렸던 일러스트를 한 컷도 빼놓지 않고 스크랩해 앨범에 차곡차곡 모아놓고 있었다. 누나 자신이 그려 모았던 스케치북은 버린 모양인지 한 권도 나오지 않았다. 몇 번 열렸던 형의 개인전에 관한 스크랩도 없었다. 누나를 그림과 잇고 있던 마지막 끈은, 나였다. 누나가 그럴 사람이라고 생각은 했지만, '일러스트 ○○○'이라고 아주 조그맣게 인쇄된 내 이름에 덧입혀진 형광펜 자국을 직접 눈앞에 마주 대하고 있으려니 견딜 수 없는 기분이 되었다. 내 그림을 볼 때마다 그 속에서 형을 보았을 텐데, 누나는 어떻게 견딜 수 있었을까.

사랑일까 증오일까. 파고들려는 것일까 도망치려는 것일까. 나는 그림에 대한 나 자신의 태도를 정의하기가 어려워 늘 비척거렸다. 누나를 볼 때마다 그림과는 전혀 상관이 없는 다른 일을 해야겠다는 생각이 들었다. 하지만 어렵게 들어간 대기업의 답답한 사무실에서 나는 두 달도 채 버티지 못하고 뛰쳐나왔다. 형처럼 이젤 위에 캔버스를 놓고 유화 물감을 쓰기는 죽기보다 싫었다. 하지만 어찌됐든 결국 그림을 그리게 됐다. 컴퓨터로만 작업을 하는 일러스트레이터는 아무도 눈치 채지 못한 내 비틀거림과 애증이 마지막으로 정착한 곳이었다. 나는 여전히, 종이 위에 연필로 밑그림을 그리는 일이 내키지 않았다.

 빗물이 피아노 건반 위의 손가락처럼 버스 차창을 두드린다. 나는 유리 위에 차례로 찍히는 빗방울의 지문들을 바라보다가 나도 모르게 쇼팽의 왈츠를 떠올린다. 왈츠 리듬을 타고 두껍고 포근한 잠이 밀려오고 있다.

 둘

 누군가 나에게 말하고 있다. 내가 누군가에게 대답하고 있다. 우리 둘은 뜬구름 같은 이야기를 계속 주고받고 있다.
 ─지옥을 지키는 개 케르베로스는 왜 머리가 셋일까.
 ─고지라의 평생의 천적, 지구의 위협이었던 킹기도라도 머리가 셋이었잖아. 과거와 미래와 현재를 상징하는 게 아닐까?
 ─왜 꼭 그래야 하지? 너무 상투적이라는 생각, 안 들어?
 ─그러고 보니 한눈이, 두눈이, 세눈이도 있었네. 너 어렸을 때, 그 동화 좋아했잖아.

— 내가?

— 그랬다니까.

— 믿어지지 않는데.

— 머리가 셋인 동물들은 묘한 불면증에 시달렸을 것 같아. 머리가 하나면 베개만 있어도 잠들겠지. 머리가 둘이면 상대방이 자니까, 나도 자야겠다, 하고 잠들면 되고. 그런데 머리가 셋이면, 반드시 제일 늦게 잠드는 머리 하나가 있을 거 아냐? 먼저 잠들어 버린 둘에 대한 생각이 사무쳐서 잠을 잘 수가 없지.

— 재미있는데.

— 셋이라는 건, 결국 모두가 혼자라는 걸 깨닫게 하기 위해 존재하는 수 같아. 밤중에 혼자 깨어, 혼자여서 느끼는 외로움은 어린애의 외로움 같은 거야. 둘이 있어도 외롭다면 그건 처참하지만, 완전한 외로움은 아니지. 둘은 어쨌든 가끔이나마 함께 잠들 수 있으니까. 셋이 되어 나머지 둘이 이미 잠들어 있는 걸 보면서 정말로, 정말로 혼자라는 걸 깨달아야 사람은 완전해져.

— 재미있지만, 궤변이야.

— 그래서 완벽한 거야, 셋은. 삼각형도, 삼각관계도, 삼위일체도, 삼부작도. 그렇지 않아?

누군가가 내게 재미있는 궤변을 늘어놓고 있었다. 꿈속에서도 나는 이런 게 재미있다니, 이상한데…… 라고 생각하고 있었다. 나는 숫자 3이 들어가는 대화는 싫어하는데. 내게 말을 건네는 누군가는 처음에는 형이었다가 다음 순간 누나로 바뀌었다. 그리고 한 번도 본 적 없는 엄마로, 다시 아버지로 바뀌더니, 나를 견디지 못하고 떠난 그녀로 바뀌었다. 마지막에 목소리의 주인공은, 누런 상복을 입고 머리를 한 갈래로 단정하게 묶은 소녀였다. 영안실로 나를 찾아왔던 그 소녀는, 대체 누구였을까.

 버스가 내릴 곳을 커다랗게 방송해, 나는 눈을 떴다.

 셋

 프랜시스 베이컨은 석 장으로 된 그림을 그리기 좋아했던 화가였다.

 십자가에 못박힘에 관한 세 개의 습작. 십자가 아래의 인물들에 관한 세 개의 습작. 방 안에 있는 세 명의 인물. 침대 위의 인물에 관한 세 개의 습작. 교황을 소재로 한 세 편의 연작. 세 개의 머리에 관한 습작. 셋이 아니면 의미가 없다는 듯, 그는 기어코 하나의 얼굴을 셋으로 쪼개고 세 개의 고통을 하나로 묶었다. 미술 평론가들은 그의 작품을 강박적으로 둘러싸고 있는 3의 이미지를 종종 그리스 신화 속 복수의 세 여신, 에리니에스와 연관짓곤 했다. 하지만 나는 그의 그림을 볼 때마다 늘 같은 이미지가 떠오르곤 했다. 셋으로부터 필사적으로 달아나고 싶어 했던, 하지만 그럴 수 없었던 한 남자의 일그러진 얼굴.

 나는 형이 마지막으로 남긴 프랜시스 베이컨의 그림을 들여다보고 있다. 양옆으로 이어져 있던 두 장의 그림은 불타 사라졌는데, 이 가운데 조각은 어떻게 흠 하나 없이 이토록 깨끗하게 남을 수 있었을까. 누런 벽을 휘감으며 바닥까지 깔려 있는 선혈처럼 검붉은 천. 그 위에 작업대 같기도 하고 형틀 같기도 한, 나무로 만들어진 받침대가 있고 양감 있는 하얀 덩어리가 세 개의 다리에 물컹한 육체를 찔린 듯 몸을 뒤틀고 있다. 곡선을 그리며 아래로 추락하고 있는 긴 목 끝엔 머리로 보이는 것이 있지만 눈이나 코는 없다. 축 늘어진 두 개의 귀와, 턱에 주름이 질 정도로 어금니를 꽉 물고 있는 입 하나가 달려 있을 뿐이다.

짙은 갈색으로 그을린 그림의 가장자리가 알 수 없는 환상통처럼 내 눈을 파고든다. 나는 인터넷 아트 사이트에 들어가 나머지 두 장의 그림을 검색해보았다. 맨 왼쪽의 그림엔 연한 핑크빛 천으로 몸을 감싸고, 쪽진 듯한 머리를 한없이 낮춘 덩어리가 쭈그리고 앉아 있다. 석 장의 그림 중 유일하게 입이 없는 이 형체는 어쩐지 앉아 있는 누나를 닮았다. 누나에겐 소리칠 입이 없었다. 반면 맨 오른쪽의 그림 속 덩어리는 형을 떠오르게 했다. 갈빗대가 드러나도록 바싹 마른 몸을 한 그 덩어리는, 검게 타들어가는 입을 커다랗게 벌린 채 테이블 위에서 무언가를 소리 없이 외치고 있다. 형은 자신만의 방식으로 세계를 향해 입을 벌렸지만 정작 그가 사랑했던 사람들은 그가 들려주고 싶어 했던 말을 듣지 못했다.

나는 석 장이 한 묶음으로 된 이 그림이 형과 누나와 나라고 생각하곤 했다. 유일하게 내 손에 남은 가운데 조각은, 누나와 형을 제치고 내가 먼저 '이건 나'라고 찜해두었던 그림이었다. 누군가가 불량감자 같다고 장난삼아 말하기도 했던 그 덩어리는 애처로울 정도로 이를 악물고 있었지만, 내 눈에는 셋 중 제일 귀여워 보였던 것이다. 오랫동안 우리들의 방 벽에 붙어 있었던 이 석 장의 그림에서 우리는 결코 벗어날 수 없었다. 그렇지만 이 그림을 바라보는 동안, 우리는 각자의 일그러짐을 지닌 채로 함께였다.

이 그림은 베이컨이 1944년 〈십자가 아래의 인물들에 관한 세 개의 습작 Three Studies for Figures at the Base of a Crucifixion〉이라는 제목으로 그렸던 원작을, 사십여 년이 흐른 1988년 다시 그린 두 번째 버전이다. 그림의 사이즈는 원작보다 훨씬 커지고 배경의 핏빛 색조도 한층 짙어졌지만, 상대적으로 공간 속에서 오브제가 차지하는 면적은 줄어들고 배경이 더 넓어졌다. 조금 멀리서 바라보는 것, 거리를 두고 자신의 역사를 응시하는 것. 시간이 흐르면 나에게도 그런 일이 가능할까. 말할 수 없었던 것들을 한꺼번에 가슴에 품은 채 한 덩어리로 눌어붙도록 두 손을 꽉 마주잡고서, 형과 누나는 자신들을 소멸시키는 것으로 내게 새로운 역사를 주려 했던 것일까.

폐허가 된 형의 작업실에서 걸어나오는데, 멀리서 하얀 털을 한 조그만 덩어리가 익숙한 몸짓으로 빨빨거리며 뛰어가는 게 보였다. 강아지를 뒤쫓아 종종걸음을 치는 소녀의 얌전히 묶은 머리를 바라보다가 나는 숨을 들이켰다. 나도 모르게 꼬마야, 라고 크게 소리쳤다. 강아지와 소녀가 동시에 내 쪽을 향해 고개를 돌렸다.

하지만 소녀의 얼굴이 눈에 들어왔을 때, 나는 다시 숨을 내쉬었다. 닮았지만 아니었다. 소녀가 다가오자 강아지가 따라와 능청스럽게 내 구두를 핥기 시작했다. 소녀는 동그란 눈을 크게 만들고는 재미있다는 듯 물었다. 아저씨네 강아지예요? 며칠 전부터 동네에서 혼자 놀던데.

나는 강아지를 안고 내 작업실로 돌아왔다. 그리고 한 조각만 남은 베이컨의 그림을 벽에 붙인 다음, 쇼팽의 왈츠를 재생시켰.

왈츠 9번 A장조 작품번호 69-1. 쇼팽이 어렸을 때부터 친구였던 마리아 보젠스카에게 보내는 사랑의 연서로 작곡했다는 곡. 하지만 이 곡의 별칭은 '이별의 왈츠'다. 누구도 누군가를 영원히 사랑하기만 할 수는 없다. 영원히 미워하기만 할 수도 없다. 썰물을 움켜쥐었던 손바닥을 펴듯, 떠나가는 것들을 긍정하듯 느리고 애잔하게 흐르는 멜로디가 방안을 가득 채운다. 이제야 세 박자의 리듬이 아프지 않게 들리는 것 같다.

하나 둘 셋 하나 둘 셋, 나는 눈처럼 하얀 털을 한 강아지를 품에 안은 채 천천히 왈츠 스텝을 밟기 시작한다. 하나 둘 셋 하나 둘 셋, 베이컨의 그림이 우리 둘을 지켜보고 있다. 하나 둘 셋 하나 둘 셋, 이 왈츠가 끝나면 창문을 열어, 세상이 사각대는 소리를 들을 수 있을까. 하나 둘 셋 하나 둘 셋, 비 갠 오후 여린 햇살이 어루만지는 내 방안에서, 우리는 다시 셋이 되었다. ✻

| 작품 평설 |

내부적 초월(in and beyond), 그 금기의 존재방식

개인이 내적인 독립성을 유지하고자 하는 데 있어서 결정적으로 중요한 것이 있다. 바로 다른 사람에게 걱정이나 염려를 끼치지 않으려는 행동들이다. 내면을 들키지 않으면서 항심을 유지할 수 있는 이유는 타인의 걱정으로부터 자신의 욕망을 끝까지 지켜냈기 때문이다. 자아의 내면적인 삶과 존재양식을 유지하기 위해서 필요한 것은 불안전하고, 불길하며 안전하지 않은 불균형을 끝까지 견지하는 것으로부터 시작되는 것이다. 이 땅에 씌어진 수많은 가족사 소설은 가족의 기원을 연대기적인 방식으로 옹호하여 현실적인 고통을 지탱하는 공동체의 의미로 환원하는 경우와 고통을 배가시키면서 넘어서는 안 될 운명의 선을 간당간당하게 지탱하려는 불안의 시원을 찾는 경우 등으로 대략 나누어 볼 수 있을 것 같다. 그리고 본격적으로 완전함을 가장하고 있는 일상적인 체제 중에서 '견딤'이란 비열하고도 자학적인 행위를 가장 합리적인 방식으로 치환할 수 있는 것이 바로 '가족' '핏줄' '혈연' 같은 것으로 호명되는 것이다.

윤이형의 「셋을 위한 왈츠」는 삼(3)이라는 숫자를 중심으로 '만들어진' 균형과 조화의 관념을 심층적인 차원에서 비유적으로 해체하면서, '근친상간'이 개인에게 미치는 사회학적 보고서의 형태를 취하고 있다. 여기서 사회학이라 했으나 이는 개인에 대한 대타적인 개념으로 존재하는 사회적 의미와는 논의 차원이 다른 문제다. 개인과 개인, 그리고 개인을 둘러싼 심리적 자장으로서의 '어떤 것'이라고 부르는 것이 더 정확한 것이라 생각된다. 이 소설은 시작부터가 강렬하다. 저주를 받았다고 생각하는 '나'가 심리치료를 위해 왈츠를 듣는다는 설정이 신선하면서도 두렵다. 왜냐하면 처음부터 '나는 혼자 남았다. 형과 누나가 불에 타 죽었다. 전소되어 천장이 내려앉고 시커멓게 뼈대만 남은 작업실은 내가 한 번도 본적이 없는 이상한 나라의 입구처럼 입을 벌리고 서 있었다.'라는 다소 충격적인 장면이 제시되고 있기 때문이다. 구체적으로 말하면 바로 '그곳에 지옥처럼 타버린 침대의 잔해가 놓여 있었다. 10년도 넘게 서로 말 한마디 나누지 않았던 형과 누나는 그 곳에서 손을 꼭 잡고 나란히 누운 채 발견되었다.'는 것이다.

  이런 상황에 대해서 설명하고 해석할 수 있는 동기는 어떤 것도 분명하지 않으며, 단지 포스터용으로 제작된 불에 그슬린 프랜시스 베이컨의 1988년 작 「세 편의 그림 두 번째 버전(Second Version of Triptych 1944)」에 대해 형은 지대한 관심을 갖고 있었다는 것. 잔인하고 구역질을 나게 하는 그림에 '나'는 자신도 모르는 사이에 이상한 매혹을 느끼고 있었다는 것이다. 대립구조를 초월한 혼돈, 바로 그것의 시작이었던 것이다.

  삼각형을 이루지 않으면 견딜 수 없는 가족의 내력, 예컨대 어머니와 아버지 그리고 할머니 당신이 유지하고 싶어 했던 관계가 깨지면서 가져온 엄청난 불안과 심리적인 초조감이란 착각에 불과한 것이다. 할머니가 아버지를 떠나보내고 마음속에 품은 것은 남은 자에 대한 걷잡을 수 없는 증오감이었다. 어쩌면 할머니가 끝까지 견지하고 싶었던 삼각형의 가족구조는 가족사에 존재하는 증오와 불안감을 감추고 살기 위한 현실적인 장치에 불과한 것인지도 모른다는 것이다. 어차피 관계의 집착이란 자신의 내면에서부터 갈라지는 파열을 견디기 위한 위장이기 때문이다. 그 파열의 근원에 바로 형과 누나가 나누었던 그들만의 감정에 비밀이 숨겨져 있었던 것이다. 이제 금기의 대상이란 상징체제 속에서 의미화 될 수 없는 잉여물이라는 사실이 분명하게 드러나지 않는가. 그러므로 셋이란 둘이라는 대립 구조로는 파악되지 않는 내부적 초월(in and beyond)의 의미를 갖고 있으며, 그 불안전함이 존재방식이라는 사실 말이다. 윤이형 스타일의 미세 서사적 특징과 감각적이고 차분한 문체가 더해져서 한층 심도 있는 자장을 만들어 놓은 소설, 「셋을 위한 왈츠」는 그의 가능성이 잘 드러난 작품이다.

— **선정위원 | 최성실**

2007 젊은 소설

우리는 진화하거나 소멸한다

이 소설은 오이디푸스 콤플렉스를 배면에 깔면서
한 소년의 성장을 탐구한다

조영아

창작 노트 | 언제부턴가 내 일상은 오백원짜리 과자 상자에 그려진 숨은그림찾기만도 못한 게 돼 버렸다. 그 모든 걸 빼앗아 간 건 힘이다. 그까짓 햄버거에 목을 매다는 일을 그르칠 수도 있다. …… 내 삶의 목적은 오로지 힘을 기르는 일이다.

약력 | 강원 정선 출생. 서울여자대학교 국문과 졸업. 2005년 『대구매일신문』에 단편 「마네킹 24호」가 당선되어 등단. 2006년 장편 「여우야 여우야 뭐 하니」로 제 11회 한겨레문학상 수상.
e-mail : 47cya@hanmail.net

2 0 0 7 젊은소설

우리는 진화하거나 소멸한다

밥보다 햇빛이 더 기다려지는 이유

　방바닥에 햇빛이 넘실대기 시작한다. 햇빛은 바싹 붙은 이층집을 간신히 비켜 들어온다. 개미 한 마리를 잡아 앞뒤에서 각각 다리 하나씩을 떼어낸다. 개미는 더 이상 앞으로 나가지 못한다. 돋보기를 꺼내 햇빛을 모은다. 방바닥에 유리알처럼 투명한 동그라미가 생긴다. 동그라미를 개미와 겹쳐지게 한다. 손 높이를 조절해 초점을 맞춘다. 동그라미가 작아지면서 빛이 강해진다. 뒤집힌 개미가 버둥댄다. 발끝과 손끝이 저릿저릿해온다. 나는 이 느낌이 좋다. 너는 결코 죽는 게 아니야. 내 힘의 원천으로 새로 태어나는 거라고. 다시 말하면 너는 진화하는 거지. 파워풀한 변신이야. 나는 한 발로 방바닥을 가볍게 두드리며 장단을 맞춘다. 개미 움직임이 차츰 무뎌진다. 내 발장단도 느려진다. 가느다란 연기가 피어오르며 노린내가 진동한다. 몸에 힘이 솟는다. 내가 살아 있음을 가장 절절하게 느끼는 순간, 행복이란 이런 것이 아닐까.

밖에서 분절기 소리가 난다. 손님이 온 모양이다. 그는 털이 말끔히 뽑힌 닭을 분절기에 들이댔을 것이다. 날카로운 칼날이 배를 가르고 날갯죽지를 자른다. 분절기 소리가 금방 그친다. 이런 경우 백숙이나 삼계탕에 쓸 닭을 사러 온 게 분명하다. 삼계탕용은 배를 가르고 똥구멍에 붙은 기름 덩어리만 떼어내면 된다. 반면에 도리탕용은 여러 조각을 낸다. 분절기 소리가 길게 이어질수록 그 닭은 잘게 토막내진다. 개미 여덟 마리를 태우는 동안 닭 세 마리가 팔렸다. 비교적 손님이 많은 날이다.

아홉 번째 개미가 타고 있다. 타고 있는 개미 옆으로 다른 개미들이 연신 왔다 갔다 한다. 판자로 칸막이를 한 방은 곳곳이 개미통로다. 개미는 오로지 죽기 위해서 살고 있는 것처럼 보인다. 서로 먼저 죽기 위해서 바삐 움직인다. 적어도 이곳의 개미들에게는 죽음이 삶 그 자체다. 나보다 개미들이 그걸 즐긴다. 삶을 즐기는 방식, 그것이 곧 죽음이다. 개미들은 이곳에서 가장 현명한 삶의 방식을 체득했다. 저들에게도 기억이나 추억 따위가 존재한다면 상황은 달라질지도 모른다. 삶을 즐기는 방식을 결정짓는 요소가 지혜나 용기 따위보다는 아주 오래된 낡은 기억 한 조각일 수도 있다는 걸 개미들은 모르는 눈치다. 오래 전 그들에게 무슨 일이 일어났을까. 기억이나 추억 따위는 결코 우호적인 게 아니다. 개미를 태우다 가끔 이런 생각들을 떠올린다. 간혹 문 저 너머 그가 즐기는 삶의 방식에 대해서도 의혹의 눈초리를 보내면서 말이다. 이것이 내가 살아있음, 즉 삶을 즐기는 방식이다. 나는 아침부터 방구석에 쪼그려 앉아 밥보다 햇빛을 더 기다린다.

문이 열리고 그가 쟁반을 디밀어 놓는다. 문이 다시 철컥하고 닫힌다. 쟁반에는 밥 한 주걱과 삶은 닭발 서너 개가 전부다. 밥그릇을 보면 그 날 바깥 상황을 알 수 있다. 오늘 같이 닭발이나 닭똥집이 나오는 날은 장사가 잘 됐거나 그에게 다른 기분 좋은 일이 있다는 증거다. 한 끼 밥을 제대로 넣어주는 것만도 다행이다. 어느 땐 반나절이 지나도록 아무 것도 주지 않는다. 그래도 나는 함부로 나가지 못한다. 방 밖에는 분절기가 지키고 있다. 분절기는 그의 영역을 지키는 파수꾼이다. 분절기에 눈코입이 달린 것도 아닌데 어쩐지 그 앞을 지나치려면 발이 떨어지지 않는다. 그가 무서운 이유는 다름 아닌 분절기 때문이다. 나는 종종 분절기에 디밀어지는 닭들이 사람처럼 악을 쓰는 꿈을 꾸곤 한다. 닭들은 "살려줘" 혹은 "너 같으면 이렇게 죽고 싶겠니?"하고 털이 매끈하게 뽑힌 몸을 버둥대며 앙칼지게 외쳤다. 문 밖으로 발을 내딛는 순간 닭 대신 내 목이 분절기에 디밀어질지도 모른다.

　누가 닭을 사러왔나 보다. 요란한 기계음이 오래 이어진다. 이번에는 도리탕이군. 분절기 소리가 그치지 않는다. 웬 닭을 저렇게 많이 사. 그는 능숙한 솜씨로 배를 가른다. 분절기의 날카로운 칼날이 살 속을 파고든다. 사지가 토막토막 잘려나가는 것 같다. 나는 쟁반 위의 그릇을 집어던진다. 방바닥에 밥과 닭발이 흩어진다. 눈을 감고 벽에 몸을 기댄다. 이제 닭발이라면 신물이 난다. 햄버거, 아이스크림, 초콜릿, 고로케. 어렴풋한 기억들을 더듬는다. 비참하게도 이제는 더 이상 그 기막힌 맛들을 재생시킬 수 없다. 햄버거와 고로케의 구별도 분명치 않다. 엄마가 곧잘 사주던 버섯 모양의 과자상자에는 숨은그림찾기가 그려져 있었다. 방바닥에 배를 깔고 초콜릿이 묻어 있는 버섯 모양의 과자를 천천히 주워 먹으며 모자와 숟가락, 압정 따위를 하나하나 찾던 재미는 먹는 것 이상의 즐거움이었다. 매번 뻔한 그림이었지만 항상 찾지 못하는 그림이 하나씩 있었다. 그래서 더 재미있었다.

언제부턴가 내 일상은 오백원짜리 과자 상자에 그려진 숨은그림 찾기만도 못한 게 돼 버렸다. 그 모든 걸 빼앗아 간 건 힘이다. 그렇다. 힘이다. 힘이라는 말에 퍼뜩 정신이 난다. 고작 먹는 투정이라니. 나는 다시 의연해지기로 한다. 그까짓 햄버거에 목을 매다가는 일을 그릇 칠 수도 있다. 내 삶의 목적은 오로지 힘을 기르는 일이다. 언젠가는 유유하게 이곳을 빠져 나갈 것이다. 뱃속에서 요란한 소리와 함께 참을 수 없는 시장기가 몰려온다. 이런 일로 투정을 부릴 때가 아니지. 힘을 축척해야 해. 밥과 닭발에 금세 개미가 꼬였다. 손으로 밥을 집어먹기 시작한다. 닭발에 붙은 개미를 털어 내고 오도독오도독 씹어 순식간에 먹어치운다. 그의 굵은 팔뚝을 떠올리면서 질긴 닭발을 꼭꼭 씹어 삼킨다.

슬슬 가려움증이 도진다. 이곳에선 가려움증마저 무서운 적이다. 손으로 정강이를 긁는다. 허벅지로, 목덜미로 가려움이 번진다. 손톱을 세워 닥치는 대로 긁어댄다. 온몸이 벌겋게 물든다. 마침내 몸을 웅크리고 구르기 시작한다. 점점 더 격렬하게 움직인다. 방바닥에 몸을 비벼대다 옷장 모서리에 머리를 부딪친다. 눈물이 찔끔 난다. 좁은 방에 옷장이 있다는 사실을 자주 잊어버린다. 부딪치지 않는 방법은 가려움증이 사라지든지 옷장을 치워버리든지 둘 중의 하나다. 그러나 둘 다 불가능하다. 작고 검은 옷장은 아무리 봐도 기분이 별로다. 내가 이곳에 갇혀 지내는 것과 저 옷장하고 무슨 연관이 있을 것도 같은데. 저런 크기의 옷장이 어떻게 이 방에 존재하는지. 방문이나 창문이나 옷장이 들어오기에는 어림도 없는 크기다. 옷장은 굳게 잠겨 있다. 단 한 번도 속을 들여다본 적이 없다. 내가 죽기만을 기다리는 저승사자 같은 옷장을 내 힘으론 도저히 어찌해 볼 수 없다. 애꿎은 머리만 찧어대는, 아무튼 재수 없는 옷장이다.

그의 방에서 여자 웃음소리가 난다. 엄마가 있을 때에는 들어본 적이 없는 소리다. 벽에 귀를 바싹 대고 숨을 죽인다. 간드러지는 여자 목소리가 벽을 타고 넘어온다. 가늘고 알록달록한 뱀 한 마리가 품안으로 미끄러져 들어온다. 여자가 고양이 앓는 소리를 낸다. 여자의 야들야들한 허벅지에 내 뺨을 대고 있는 기분이다. 불기둥을 품고 있는 것처럼 온몸에 열이 오른다. 뱀이 성기 주위를 맴돈다. 바람을 불어넣듯 성기가 자꾸 커진다. 뱀이 성기를 감는다. 이번에는 내 입에서 여자가 내던 신음 소리가 흘러나온다. 성기를 감고 있던 뱀이 스르륵 몸을 풀고 빠져나간다. 성기를 이불에 쓱 닦고 돌아눕는다. 여자와 요상한 자세로 얽혀 있는 그를 상상한다. 검은 옷장이 나를 내려다본다.

똥개를 동경하다

밖이 시끄럽다. 아침인가 보다. 아침이래야 딱히 할 일도 없다. 이불을 다시 뒤집어쓴다. 그가 밥을 디밀고 가면 그때 그거나 주워 먹으면 된다. 잠은 더 이상 오지 않는다. 몸 여기저기가 따갑고 근질거린다. 이불 속에서 빠져 나온다. 개미 한 마리가 옷 속으로 기어 들어온다. 옷을 벗어 턴다. 방바닥에 개미가 떨어진다. 바지도 벗는다. 엉덩이가 따끔하다. 팬티를 벗어 살핀다.

옆방에서 어젯밤 그 여자 소리가 또 들린다. 오늘은 첫째 아니면 셋째 화요일이다. 닭집의 정기휴일이다. 그는 아직도 여자하고 이불 속에 있다. 아침밥을 먹긴 틀렸다. 여자가 간 후에야 찬밥 한 덩어리를 내줄 것이다. 여자가 또 뱀을 풀어놓는다. 여자의 입에서, 배꼽에서, 사타구니에서 뱀이 쏘옥쏙 빠져 나온다. 빠져 나온 뱀이 얇은 벽을 뚫고 내게로 온다. 바라만 보고 있는데, 난 아무 짓도 하고 싶지 않은데, 성기가 또 자란다. 뱀이 붉은 혀를 날름거리며 다리를 타고 올라온다. 앉을 수도 누울 수도 없다. 성기를 감아 조인다. 갑자기 흉터로 얼룩진 다리가 눈에 들어온다. 나는 창밖으로 시선을 옮긴다. 이층집 계집애가 내려다보고 있다. 계집애와 눈이 마주친다. 제기랄. 후다닥 방구석으로 피한다.

"그거 재미있니?"

또랑또랑한 계집애 목소리가 들린다. 그가 들으면 큰일이다. 이불로 대충 몸을 가리고 창가로 간다. 조용히 하라고 손가락을 입에 대 보인다.

"그거 재밌냐구. 심심해 죽겠어."

계집애가 목소리를 낮춘다. 얼굴에 온통 허연 살덩어리가 흔들거린다. 살집에 파묻힌 눈은 제대로 보이지도 않는다. 나는 고개를 끄덕해 보인다.

"어떻게 하는 건데?"

웃기는 계집애다. 별걸 다 가르쳐 달라니.

"뱀이 있어야 돼."

"뱀?"

"그래. 그러니까 지금은 가르쳐 줄 수 없어."

"뱀이 왜 필요한데?"
"아무튼 그런 게 있어."
"난 어때?"
"안 돼. 넌 뱀이 아니잖아."
계집애가 넘어오지 못 하도록 손사래를 친다.
"잠깐, 누가 왔나봐!"
갑자기 계집애 머리가 담 밑으로 쏙 들어간다. 이 때다. 얼른 창문을 닫고 돌아선다. 뱀은 어느새 사라지고 없다. 팬티를 집어 든다. 그새 개미가 붙었다. 털어 보지만 잘 떨어지지 않는다. 손으로 일일이 집어 뜯는다. 옷을 입고 방구석에 숨겨둔 석유통을 꺼내온다. 햇빛이 들지 않는 날은 개미들의 화형식을 할 수 없다. 종일 잡아도 끝이 없다. 그럴 때는 개미통로에 석유를 살짝 흘려놓는다. 석유 냄새를 맡은 개미들은 당분간 그 길로 다니지 않는다. 석유통을 기울여 개미통로에 뿌린다. 길을 잃어버린 개미들이 사방으로 흩어진다. 알싸한 석유냄새가 좋다.

분절기 소리가 금방 그친다. 반나절이 다 갔는데 겨우 두 마리 팔렸다. 누군가 창문을 두드린다. 계집애다. 비좁은 창문으로 계집애가 넘어온다. 사람이 드나들기에는 너무 작아서 나는 엄두도 못내는 창문이다. 뚱뚱한 계집애의 몸은 신기할 정도로 유연하다. 마치 젤리처럼 줄어들었다 늘어났다 한다. 벌써 두 번째다. 계집애는 나를 보고도 놀라거나 무서워하지 않는다. 계집애는 텔레비전처럼 시끄럽고 수다스럽다.
"이러다 들키면 어쩌려고."

"괜찮아. 도망가면 돼."

계집애는 얕은 뒷담을 타고 몰래 드나든다.

"그럼 심심해 죽겠는걸. 우리 엄마는 나한테 관심도 없어. 학교를 가든지 말든지. 매일 나갈 때마다 그냥 집이나 잘 보래. 차라리 똥개를 한 마리 기르지."

똥개, 계집애 말대로 차라리 똥개였으면 좋겠다. 더러운 몰골로 어슬렁어슬렁 골목을 쏘다니는 똥개. 사람이 똥개를 동경할 수도 있다는 걸 그는 알까. 희한하게도 계집애는 그걸 아는 눈치다. 어쩌면 계집애와 통하는 구석이 있을지도 모른다. 이 사실을 기뻐해야 하나, 슬퍼해야 하나.

"디지몬이 우리 엄마였으면 좋겠어."

계집애가 호주머니에서 사과를 꺼낸다. 한 입 베어 먹고 내게 들이민다. 계집애가 먹은 반대편으로 잇자국을 낸다.

"디지몬?"

"그것도 몰라? 엄청 재미난 만화영화데. 난 매일 디지몬만 봐. 한 백 번은 봤을 걸. 엄마보다 디지몬이 백배는 더 좋거든."

계집애가 바닥에 드러눕자 뱃속에서 출렁 물소리가 난다. 나는 계집애 옆에 모로 눕는다. 계집애가 잇자국을 낼 차례다.

"그런데 꼭 뱀이 있어야 돼?"

햇빛이 들기 시작한다. 계집애 뺨에 햇볕이 내려앉는다. 복숭아털 같은 솜털이 바르르 떨린다.

"앗 따가워."

계집애가 놀래서 일어난다. 옷 속에 손을 집어넣고 턴다. 개미가 떨어진다. 먹던 사과로 개미를 누른다.

"그렇게 죽이면 재미없어."

나는 돋보기를 가져와 개미한테 초점을 맞춘다. 개미가 도망간다. 개미 다리 두 개를 떼어내고 다시 초점을 맞춘다. 남은 개미 다리가 요란하게 움직인다. 거대한 개미 위에 올라탄 느낌이다. 저릿저릿한 쾌감이 온몸을 관통한다. 개미 움직임이 차츰 둔해진다. 연기가 피어오르며 노린내가 난다. 계집애는 신기한 듯 숨을 죽이고 쳐다본다. 어깨가 저절로 으쓱해진다. 계집애가 바싹 내 곁으로 다가앉는다.

새우깡으로도 달래지 못한 슬픔

가게 뒤에서 덜거덕거리는 소리가 들린다. 문 틈새로 내다본다. 그가 화로를 내다놓고 그 위에 커다란 솥을 올린다. 닭을 삶는 모양이다. 점심때는 오랜만에 백숙을 먹겠군. 가끔 그는 화로를 내다놓고 닭을 삶는다. 팍팍한 가슴살에 어쩌다 날갯죽지 하나가 디밀어지지만 그래도 닭발이나 똥집보다는 별미다. 저렇게 큰 솥에 닭 세 마리는 들어갔을 텐데. 하긴 구십 킬로그램이 다 되는 거구를 지탱하려면 그 만큼은 먹어야겠지. 그가 솥뚜껑 위에 커다란 돌 두 개를 올려놓는다. 아직 삼월인데 반소매 차림이다. 팔뚝에 불거진 시퍼런 심줄이 실뱀 같다. 닭 모가지를 자르면 자를수록 그의 팔뚝은 굵어졌다.

엄마는 전생에 닭이었을지도 모른다. 이 세상에서 닭 잡는 걸 제일 싫어했다. 먹고 사는 일인데, 엄마는 마지못해 가게를 지켰다. 칼을 잡은 손이 덜덜 떨렸고 닭을 놓치기 일쑤였다. 차라리 굶어죽으면 죽었지 이 짓은 못하겠다며 칼을 내려놓았다. 요런 맹추 같으니라고. 다 죽은 걸 가지고. 그는 그런 엄마를 때렸다. 모가지를 콱 비틀어버린다고 으름장을 놓았다. 그런 일이 아니어도 엄마 얼굴에는 멍이 가실 날이 없었다.

그는 가끔 산 닭을 사왔다. 닭을 즉석에서 잡아주기를 고집하는 손님들이 있기도 했지만, 그의 목적은 딴 데 있었다. 산 닭을 잡아서 손질하는 것은 늘 엄마 몫이었다. 콩알만 한 엄마 심장을 황소간만하게 부풀려 놓는다는 명목에서였다. 엄마는 파닥거리는 날갯죽지를 잡는 데만도 시간을 꽤 소비했다. 그렇게 잡혀온 닭은 그와 손님이 보는 앞에서 공개처형을 당했다. 아니, 거기 말고 좀 더 아래. 그렇지. 거길 정확하게 기입쑤욱히 찔러. 단숨에 끝내야 돼. 그는 무술을 전수하는 사람처럼 진지하게 코치를 했다. 엄마는 시퍼렇게 날이 선 칼로 닭의 목을 겨냥했다. 칼을 잡은 손이 부들부들 떨렸다. 칼이 번번이 빗나갔다. 상처만 입고 숨이 끊어지지 않은 닭은 피를 흘리며 몸부림을 쳐댔다. 얼굴이 하얗게 질린 엄마는 다시 닭 모가지에 칼을 꽂았다. 김이 설설 나는 피가 쏟아졌다. 피를 뽑은 닭을 끓는 물에 담갔다 꺼냈다. 뜨거운 물에 데쳐낸 닭은 털이 숭숭 뽑혔다. 엄마 얼굴은 석고상처럼 굳어졌다. 옆에서 지켜보던 그는 야릇한 미소를 흘렸다. 엄마의 닭 잡는 솜씨는 날로 익숙해졌다. 거봐. 자꾸 하니까 재미있지? 그가 낄낄거렸다. 엄마는 밤마다 헛소리를 지르며 깨어났다.

누워서 천장을 본다. 개미 두 마리가 약속이나 한 것처럼 양쪽에서 기어온다. 중간 지점에서 서로 엇갈릴 것 같다. 반도 못 가서 그 중 한 마리가 떨어진다. 나는 얼른 몸을 피한다. 떨어진 개미는 비즐비즐 일어나더니 벽을 향해 기어간다. 벽을 오르기 시작한다. 서

너 번을 떨어지고 오르기를 반복한다. 개미는 필사적으로 기어오른다. 그새 반대편에서 오던 다른 한 마리는 복판을 가로질러 내려오고 있다. 바보 같은 놈. 나는 필사적으로 기어오르는 개미를 발로 쳐 떨어뜨린다. 아직 빛이 들어오지 않는다. 어느 땐 종일토록 들어오지 않을 때도 있다. 흐리거나 비가 오는 날이다. 그런 날은 개미들의 화형식을 할 수 없다. 힘을 축적할 수 없다. 그가 가게에서 닭 모가지를 잘라 힘을 기르는 동안 나는 방구석에서 개미를 죽여 힘을 기른다. 개미는 내 힘의 원천이다. 엄마가 이 사실을 일찍 터득했더라면 이를 악물고 닭 모가지를 비틀었을 텐데. 그를 이기기에 엄마의 힘은 역부족이었다.

비릿한 냄새가 방안으로 스며든다. 문틈에 눈을 갖다 댄다. 솥이 아직도 끓고 있다. 그가 솥뚜껑을 연다. 뿌연 김과 함께 비릿한 냄새가 진동한다. 커다란 체에다 내용물을 쏟아 붓는다. 형체를 알아볼 수 없는 건더기가 체에 걸러진다. 닭이 아닌가 보다. 그는 다 걸러진 뽀얀 국물을 사발 가득 담아 후후 불어가며 마신다. 붉게 상기된 얼굴에 기름기가 번질거린다. 툭 불거진 관자놀이와 팔뚝에서 뱀이 꿈틀거린다. 국물을 마시던 그가 멈칫거린다. 이쪽을 쏘아본다. 나는 방문에서 움찔 물러난다. 발자국 소리가 들리고 문이 열린다.

"먹어봐."

그가 국물이 담긴 사발을 디민다.

"어서!"

마지못해 사발을 받아든다. 기름이 떠 있다. 역한 냄새 때문에 구역질이 난다. 사발을 방바닥에 내려놓는다.

"왜? 독약이라도 탔을까봐?"

그는 비아냥거리며 국물을 마셔 보인다. 독약이라는 말에 기가 눌린 나는 사발을 마지못해 받아든다. 천천히 국물을 마시기 시작한다. 역한 냄새에 속이 뒤집힌다.

눈만 뜨면 이 세상 모든 게 불행하게 느껴졌다. 밥을 먹고 새우깡 한 봉지를 다 먹어도 즐겁지 않았다. 어쩌다 갖고 싶던 미니카가 수중에 들어와도 도무지 행복하지 않았다. 그런 어느 날 내게도 깨달음의 시간이 찾아왔다. 모든 건 아빠라는 자리를 차지하고 있는 그 때문이었다. 나는 그 자리가 원래 그런 자리려니하고 아홉 해를 살았다. 그러나 세상에는 그렇지 않은 아빠가 더 많이 널렸다는 사실을 알고부터 나는 말할 수 없이 슬퍼졌다. 새우깡도 미니카도 나의 슬픔을 막지 못했다. 그것은 엄마도 마찬가지인 것 같았다. 놀랍게도 내가 내린 결론은 아주 간단했다. 그만 없어지면 되었다. 그가 아빠 자리를 내놓거나 아주 사라지거나. 그러면 새우깡을 안 먹어도 미니카를 안 가져도 눈만 뜨면 행복이 밀려올 것 같았다. 밥을 먹다가 밥상이 뒤집히는 일도 없을 것이고, 잠자다가 별안간 엄마 손에 잡혀 맨발로 도망가지 않아도 될 것이다. 마침내 나는 모의를 꾸미기 시작했다. 틈틈이 닭 잡는 칼을 노렸지만 그의 포위망을 뚫을 수가 없었다. 칼은 그에게 밥숟가락처럼 보였다. 별것 아니면서도 막상 없어지면 큰일 나는 거였다. 일단 칼을 이용한 거사는 포기하기로 했다.

이 지구상에서 그가 사라지기를 기다리는 건 하루아침에 지구가 폭발해버리기를 기대하는 것만큼 무모한 일이었다. 그를 힘껏 밀고 또 밀어 이 지구 밖으로 떨어뜨리기 위해선 내가 직접 나서야 될 것 같았다. 그건 내 행복을 위해서 내가 당연히 해야 할 일이었다. 그가 끓이는 백숙에 내가 구할 수 있는 온갖 나쁜 것은 다 집어넣었다. 바퀴벌레며 이름도 모르는 벌레들을 잡아다 넣었다. 엄마가 가끔 먹는 알약을 몽땅 털어 넣기도 했다. 마지막으로 솥에 대고 오줌도 갈겼다. 이 모든 게 독이 되어 그를 지구 밖으로 서서히 밀어내리라. 어느 순간 그는 중심을 잃고 지구 밖으로 떨어지리라. 영원히. 나는 마지막 한 방울까지 살뜰하게 털었다. 볼 일을 다 보고 바지를 올리는데 별로 유쾌하지 않은 기척이 느껴졌다. 묵직한 손이 뒷덜미를 잡아 올렸다. 그였다. 순간 그를 지구 밖으로 몰아내는 것보다 아프리카 밀림에서 콜라병을 찾는 게 더 쉬울지도 모른다는 생각이 스쳤다.

다 마시고 빈 그릇을 내려놓자 그의 입가에 기이한 미소가 걸린다. 그의 입에서 뱀 대가리가 쏟아져 나올 것만 같다.

툭, 압정이 떨어지다
그의 손에 가위가 들렸다.
"머리를 잘라야겠어."
나도 모르게 두 손으로 머리를 움켜잡는다. 머리 자르는 것은 정말 싫다. 다시 말해 그는 좋아한다는 뜻이다. 그는 누군가의 얼굴이 일그러지는 걸 일부러 즐긴다. 머리 자를 때 일그러지는 내 얼굴이나 닭 잡을 때 하얗게 질리던 엄마 얼굴이나 그에게는 심심풀이 오락 같은 것이다. 그가 삶을 즐기는 방식은 늘 이런 식이다. 목에 보자기를 둘러주고는 뒷머리부터 자르기 시작한다. 날 스치는 소리와 함께 머리카락이 떨어진다. 예리한 가윗날이 목 언저리를 배회한다. 가윗날이 목에 닿을 때마다 온몸에 소름이 돋는다. 그는 언제고 마음만 먹으면 내 목에 가윗날을 푹 박을 수 있다. 그의 얼굴을 힐 끗거린다. 뱃속에서 조금 전에 마신 국물이 올라온다. 목에 힘을 준 다. 순간 귀 끝이 아리다. 손으로 귀를 움켜쥔다. 피다.
"가위가 왜 이 모양이야!"
그가 숫돌에 가위를 간다. 나는 귀를 움켜쥐고 방안으로 뛰어 들 어온다. 온몸에 불이 붙었는데도 용케 머리카락은 타지 않았다. 머 리카락은 내 몸 중에서 유일하게 성한 부분이다. 내가 살아 있다는 것을 느끼게 해준다. 그는 길게 자라는 내 머리를 그냥 두지 않는 다. 그가 키우는 건 내가 아니라 머리카락이다. 오로지 자르기 위해 서 키우는 머리카락이다. 그는 그것을 즐긴다. 가위질을 하는 그의 눈빛은 오래전 닭 모가지에 칼을 꽂던 엄마를 바라볼 때처럼 희열 로 가득 차 있다. 언젠가 그의 손끝에 두 귀가 잘려 나갈지도 모른 다.
조금 더 크자, 밥을 다 먹고 새우깡 한 봉지를 다 먹어도 결코 행 복해질 수 없다는 진리를 알아버리자, 더 이상 새우깡 따위에 손이 가지 않았다. 그 대신 위험하고 아슬아슬한 것들에 자꾸 손이 갔다. 가스 밸브가 눈에 들어왔다. 그가 엄마를 협박하는데 여러 번 써먹 은 수법이었다. 식칼을 손에 움켜쥐었다. 그의 배를 가르듯이 힘을 주어 가스 밸브를 그었다. 쉬익, 가스 냄새가 새나왔다. 선반에 있 는 라이터를 움켜쥐고 밖으로 나왔다. 이제는 새우깡을 안 먹어도 행복해지는 날이 올 것이다. 라이터 불을 켜 부엌을 향해 힘껏 던졌 다. 폭음과 함께 불기둥이 치솟았다. 그 때 불길을 헤치고 튀어나오 는 허연 물체가 보였다. 엄마였다. 그 순간 느닷없이 숨은그림찾기의 단골 메뉴, 압정이 떠올랐다. 숨은그림찾기를 할 때 가장 먼저 찾는 것도, 가장 늦게 찾는 것도 압정이었다. 어느 땐 한눈에 쏙 들어왔다가 어느 땐 아무리 눈을 비비고 찾아도 보이지 않았다. 찾기를 포기하고 방구석에 밀어 놓았다가 우연히 거꾸로 본 그림 속에서 압정이 툭 떨어지곤 했다. 엄마는 위험하고 아슬아슬한 배경 속에 압정처럼 숨어 있었다.

날 가는 소리가 그쳤다. 문틈으로 내다본다. 그가 날이 선 가위를 손바닥으로 쓸어본다. 이쪽을 잠시 쏘아보고 일어선다. 나는 짧아진 머리를 두 손으로 감싸 잡는다. 몸속의 기운이 빠져나간 것 같이 나른하고 속이 메스껍다. 그가 노리는 게 이것인지도 모른다. 잠시 후 밖을 엿본다. 그가 사라진 자리에 가위가 놓였다. 살그머니 나가 가위를 가지고 들어온다. 가위는 생각보다 날렵하고 가볍다. 한 손으로 머리를 더듬어본다. 머리카락을 다 잘라버리면 그의 즐거움도 사라질 것이다. 가위를 머리카락 가까이 가져간다. 그런데 내가 살아 있다는 느낌은 어떻게 되는 거지. 나는 가위를 든 채로 한참을 서 있다.

우리들의 문장이 빛날 때

방에 햇볕이 들어올 무렵 계집애가 왔다. 또 개미만 열 마리째 죽이고 있다. 그 표정이 사뭇 비장하기까지 하다. 마치 무슨 의식을 치르는 것 같다. 뱀 얘기는 꺼내지도 않는다. 드러난 목덜미에 하얀 솜털이 보송보송하다. 계집애한테서 알록달록하고 매끈매끈한 뱀이 빠져나올 것 같아서 조마조마하다. 계집애가 오면 좁은 방이 천국처럼 변한다. 여기서 천 년 만 년을 살라고 해도 좋을 듯 계집애는 내가 모르는 곳으로 자꾸 나를 끌고 간다. 계집애는 개미보다 더 강한 그 무엇을 가지고 있다. 그게 힘인지 아닌지는 아직 잘 모르겠지만 아무튼 계집애가 싫지는 않다.

해가 기울자 계집애는 집에 돌아갔다. 계집애가 먹다만 사과에 개미가 우글거린다. 사과를 집어 들자 개미가 흩어진다. 남은 개미를 손으로 털어버리고 마저 먹는다. 사과속까지 말끔히 먹고 뱃속에 사과씨를 심는다. 뱃속에서 사과나무가 자라면 좋겠다. 사과나무가 자라 가려움꽃 대신 사과꽃이 피면 좋겠다. 계집애가 매일 내게로 와 사과를 따먹으면 좋겠다.

지루한 밤이다. 방구석에 굴러다니는 유리병에 개미를 잡아넣는다. 개미가 병 속을 뱅글뱅글 돈다. 병 바닥이 까매지도록 개미를 채운다. 계집애가 좋아할 것이다. 계집애가 개미 한 마리를 꺼내 태울 때마다 계집애한테서 가늘고 긴 뱀이 빠져나올지도 모른다. 밖에서 인기척이 난다. 얼른 유리병을 이불 속에 숨긴다. 그가 그릇을 디밀어 놓고 간다. 이불 속에 숨겼던 유리병을 꺼내 흔든다. 영양제 캡슐이 든 약병을 흔들어 대는 기분이다. 개미는 내게 영양제와 같다. 힘을 솟아나게 하는 영양제. 밥을 먹지 않아도 힘이 절로 난다. 이층집을 올려다본다. 불이 꺼져 있다. 이불을 뒤집어쓰고 누워버린다.

사방이 어둠으로 고요하다. 벌떡 일어나 달려 나가면 세상이 끝없이 펼쳐질 것만 같다. 비로소 나는 자유로워진다. 안과 밖의 구분이 없어지고 갇혀 있음에서 풀려난다. 암흑은 보이는 것을 보이지 않게 하고, 보이지 않는 것을 보이게도 한다. 어둠 속에서 나는 상처 없는 온전한 몸이다. 눈을 감고 어둠 속에 안긴다. 그 때 그의 방에서 여자 소리가 난다. 두 손으로 귀를 틀어막는다. 아늑함이 깨지려 한다. 나는 개미가 든 병을 마구 흔든다.

 다섯 번째 개미가 다 타도록 계집애는 오지 않는다. 돋보기를 내려놓고 벽에 기댄다. 재미가 없다. 방바닥에 둥근 모양의 빛이 어른거린다. 빛은 사방으로 움직인다. 창가로 가 이층집을 올려다본다. 눈이 부시다. 계집애가 거울로 빛을 반사시켜 비추고 있다. 계집애가 웃으며 손짓을 한다. 나는 바깥 동정을 살피기 위해 귀를 기울인다. 날카로운 분절기 소리가 난다. 계집애가 왔다. 계집애 손에 들린 비닐봉지를 낚아챈다. 콜라와 빵이 들었다. 계집애한테 유리병을 던져주고 빵을 먹는다. 계집애는 유리병에서 개미를 꺼내 태운다. 개미 두 마리를 태우고 난 계집애가 하품을 해댄다.
 "아, 심심해."
 주위를 둘러보던 계집애가 벌떡 일어난다.
 "우리 여기 들어가 보자."
 계집애가 옷장 문을 잡아당긴다. 꼼짝도 하지 않는다.
 "잠겼어."
 내 말을 무시한 계집애가 머리핀을 빼 옷장 열쇠 구멍에 넣고 돌린다. 딸깍 옷장 문이 열린다. 그것도 너무 싱겁게. 신기하기도 하고 기가 차기도 하다. 내가 열지 못한 옷장 문을 열다니. 계집애는 나보다 힘이 더 센 것 같다. 옷장 문을 활짝 열어젖힌다. 퀴퀴한 냄새가 쏟아진다. 검은 박쥐들이 무더기로 쏟아져 나올 것 같다. 옷장 안쪽에 커다란 거울이 붙어 있다. 무덤 속에서 걸어 나온듯한 흉측한 형상이 거울 속에 서 있다. 벌겋게 속살이 내비치는 얼굴. 심하게 일그러진 눈두덩. 간신히 흔적만 남은 뭉개진 코. 여지없는 괴물의 몰골이다. 구부정한 허리 때문에 키는 십여 센티미터나 작아 보인다. 나는 옷장 속에서 후다닥 뛰쳐나와 가위를 찾아 집어 들고 머리를 자르기 시작한다. 바닥으로 머리카락 뭉치가 뭉텅 떨어진다.

"왜 그래?"

영문을 모르는 계집애가 다그친다. 손에 잡히는 대로 머리카락을 잘라댄다. 방바닥에 머리카락이 흩어져 쌓인다.

"왜 그러는데?"

가위질을 하던 손을 멈추고 계집애를 노려본다.

"너도 내가 무섭지? 솔직히 말해 봐."

"아니. 하나도 안 무서워. 난 혼자 있는 게 제일 무서워."

"이래도?"

나는 바지를 올려 뼈가 허옇게 드러날 정도로 뒤틀린 정강이를 계집애에게 들이민다.

"이건 진화하고 있는 거야. 디지몬처럼. 진화할 때는 모습이 변해. 어떤 힘이 변하게 해. 그런데 그 힘이 뭔지는 나도 잘 몰라."

"디지몬?"

"그래. 진화하면서 힘이 점점 세져. 나도 진화하고 싶어. 아주 힘이 센 디지몬처럼 절대완전체, 아니 그것보다 더 센 초특급절대완전체가 될 거야."

계집애는 신이 나서 떠든다.

"지금 나한테 만화영화를 믿으라는 거니? 난 얼마 못 살고 죽을 거야."

"넌 죽지 않아. 힘이 더 세질 거야. 진화하고 있는 거라구. 그래서 난 니가 좋아."

"아니야. 난 곧 죽을지도 몰라. 그는 나를 밖에 나오지도 못하게 해. 사람들이 나를 보면 닭을 사러 안 올 거래. 그래도 어쩔 수 없어. 그는 나보다 힘이 아주 세거든."

"그가 누군데?"

"응, 그런 게 있어."

나는 옷을 벗어 맨몸을 계집애에게 들이댄다.

"이것 봐. 온통 흉터투성이야. 이래도 힘이 세진단 말이야?"

"넌 절대로 안 죽어!"

한참을 들여다보던 계집애의 눈에 눈물이 고인다. 넘쳐나는 눈물이 볼을 타고 뚝뚝 떨어진다. 서럽게 우는 계집애를 품에 안는다. 순전히 나 때문에 누군가가 우는 모습은 처음 본다. 계집애를 더 꼭 끌어안는다. 미지근한 눈물이 내 얼굴에 묻는다. 내가 사과나무면 좋을 텐데. 사과 하나 뚝 따주면 울음을 그칠 텐데. 계집애의 목덜미에 가만히 입술을 갖다 댄다. 울음을 그친다. 목덜미에서 입술을 뗀다. 계집애가 나를 보며 씽긋 웃는다. 젖은 눈매가 더 작아 보인다. 별안간 계집애가 옷을 벗는다. 통통한 살이 뽀얗다. 팬티만 남기고 옷을 홀랑 벗은 계집애가 이번에는 내 옷을 벗긴다. 그리고 옷장 속으로 들어간다. 나도 따라 들어간다.

"디지몬은 다섯 단계로 진화해. 유년기, 성장기, 성숙기, 완전체, 절대완전체."

"그럼, 어떻게 하면 진화하는데?"

"문장이 빛날 때."

"문장?"

"니가 제일 소중하게 생각하는 거. 그게 니 문장이야. 밥이나 사탕 같은 거 말고 음, 눈에 보이지 않는 거. 누구랑 같이 있고 싶은 마음 같은 거."
"그럼, 니 문장은 뭔데?"
"그건 비밀이야!"
계집애는 고개를 가로 젓는다. 겹겹이 늘어진 턱살이 흔들린다. 잠시 후 계집애가 슬그머니 팬티를 내린다.
"지금 뭐 해?"
"쉿, 조용히 해. 여기 디지몬 세계로 가는 문이 있을지도 몰라."
계집애가 속삭인다. 나는 모른 척한다. 옷장 틈새로 희미한 빛이 들어온다. 손바닥으로 빛이 들어오는 곳을 가린다. 희끄무레하게 보이던 형체가 까맣게 지워진다. 계집애의 뜨거운 숨결이 가까이에서 느껴진다. 계집애의 손이 내 성기에 닿는다. 갑자기 힘이 불끈 솟는다. 뜨거운 불기둥이 치솟는다. 나는 계집애를 끌어안는다.

계집애가 주머니에서 비스킷을 꺼내놓는다. 계집애는 이틀이 멀다하고 손거울로 신호를 보냈다. 그럴 적마다 나는 분절기 소리를 확인했다. 우린 초특급절대완전체가 되기 위해 옷을 벗고 옷장에 들어가 앉아 있었다. 정말로 힘이 세지는 느낌이 났다. 옷장 속에서 풍기는 야릇한 냄새에 취해 아물아물 깜박 잠이 들었다 깨보면 계집애가 포동한 손으로 내 몸 이곳저곳을 만지고 있었다. 우린 거울 앞에 나란히 서서 서로 변해 가는 몸을 보고 키득거렸다. 계집애는 나날이 뚱뚱해졌고 내 모습은 더 흉측하게 바뀌었다.
계집애가 개미를 태운다. 나는 비스킷을 먹는다. 노린내와 비스킷 냄새가 섞여 이상한 냄새가 난다. 꼭 개미를 먹고 있는 기분이다. 요즘 들어 계집애 때문에 개미를 태울 수 없다. 한 번 돋보기를 잡으면 해질 때까지 놓지 않았다. 이러다가 계집애의 힘이 더 세지는 게 아닐까. 계집애는 이제 더 이상 옷장 속에 들어갈 수 없다. 살이 너무 많이 찐 탓이다. 먹던 비스킷을 방바닥에 내려놓고 계집애 손에서 돋보기를 빼앗는다. 돋보기를 빼앗긴 계집애가 눈을 치켜뜨고 쳐다보다가 나가버린다.

오래간만에 계집애가 왔다. 얼른 귀를 벽에 댄다. 다행히 분절기 소리가 들린다. 계집애는 그새 더 뚱뚱해졌다. 계집애가 봉지에서 오렌지를 꺼낸다. 긴 손톱을 껍데기 속에 푹 박더니 훌렁훌렁 껍질을 벗긴다. 그동안 나는 방에서 열심히 개미만 죽였다. 힘이 얼마큼 더 세졌는지 시험해 보고 싶다. 계집애에게 달려들어 오렌지 껍질 벗기듯이 옷을 벗긴다. 투들투들 삐져나온 허연 살점을 입술로 덥석 문다. 시큼한 오렌지 국물이 입안에 고이면서 힘이 치솟는다. 계집애는 계속 오렌지를 먹는다. 한 입 베어 물 때마다 오렌지 국물이 사방으로 튄다. 터질 듯이 부푼 성기를 계집애 속에 집어넣으려는데 방문이 벌컥 열린다. 그가 문을 가로막고 서 있다. 놀란 계집애가 옷으로 얼른 몸을 가린다. 그가 묘한 미소를 흘리며 닭기름 묻은 손으로 부푼 성기를 툭툭 친다.

"원 없이 하게 해주지."

나는 계집애를 밖으로 힘껏 밀어낸다. 문이 먼저 닫힌다. 자물쇠 채우는 소리가 들린다. 창문에 널빤지를 대고 못질을 한다. 계집애는 악을 쓰며 오렌지를 집어던진다. 터진 오렌지 알맹이가 벽과 바닥에 널린다. 방안에서 오렌지 냄새가 진동한다. 구역질이 치민다. 사방이 컴컴하다. 엄마는 숨어서 무슨 생각을 했을까. 초특급절대완전체를 꿈꾸었을까.

 오후 내내 먹은 게 없다. 가끔 분절기 돌아가는 소리가 들린다. 울다 지친 계집애는 잠이 들었다. 어둑한 방안에 가늘고 희미한 빛줄기가 그어진다. 널빤지 한 옆으로 틈새가 보인다. 그는 절대완전체쯤 될 것 같다. 절대완전체를 이기려면 초특급절대완전체가 되어야 한다. 힘을 모아야 된다. 돋보기를 찾기 위해 방안을 둘러본다. 거울이 눈에 띈다. 거울을 들어 빛을 창밖으로 반사시킨다. 빛 무늬가 창틀과 널빤지 위에 걸쳐 생긴다. 거울을 이리저리 움직여 보지만 틈새가 너무 작다.

 옆방에서 간간이 여자 소리가 들리는 것 같기도 하다. 그의 문장은 뭘까. 여자와 뱀? 내 문장은 그를 이기는 것이다. 거울을 유심히 들여다본다. 누구의 얼굴인지 모르겠다. 저 두껍고 우글쭈글한 껍데기 속에 힘센 아이가 숨어 있다. 그가 닭 모가지를 자른 것보다 내가 개미를 더 많이 죽였다. 그 사실만은 틀림이 없다. 드디어 문장이 빛난다. 거울을 내려놓고 방구석에 숨겨둔 석유통을 가져온다. 뚜껑을 열고 판자 틈새로 석유를 흘려 옆방으로 보낸다. 옷장이며 방 가장자리에도 석유를 뿌린다. 돋보기로 빛을 모은다. 석유가 묻은 방바닥에 초점을 맞춘다. 초특급절대완전체가 되기 위한 의식이 시작된다. 이제 우리는 진화하려 한다. ✻

| 작품 평설 |

복수는 나의 힘

　「우리는 진화하거나 소멸한다」를 읽으면서 내내 이상의 소설「날개」를 떠올렸다. 소설 속의 주인공은 문 밖에는 나가지 못하도록 감금된 채 방바닥을 기어다니는 개미의 다리를 떼어 놓고 돋보기를 꺼내 태워 죽이는 일을 유일한 재미로 삼고 있는 한 남자아이이다. 그는 33번지 18가구가 살고 있는 유곽에서 아내가 외출하면 조그만 돋보기를 꺼내들고 '아내만이 사용하는 지리가미를 그을려 가면서 불장난을 하'는 「날개」의 주인공을 닮았다. 그리고 아내로 상징되는 권태롭고 무료한 일상적 현실에서 벗어나기 위해 지난한 노력을 펼치는 「날개」의 주인공처럼 아버지를 죽이고 '유유하게 이곳을 빠져' 나가기 위해 힘을 기르는 일을 유일한 '삶의 목적'으로 설정하고 있다는 점도 유사하다.
　아버지를 죽이고 자기의 세계를 건설하려는 욕망은 주인공이 세상을 살아가는 유일한 동력이다. 아버지는 '콩알만한 엄마 심장을 황소 간만하게 부풀려 놓는다는 명목' 하에 살아있는 닭의 모가지를 비틀고, 다시 모가지에 칼을 꽂아서 손질하도록 강요했다. '엄마에게 닭집은 지옥이었다.' 지옥에서 살아가는 엄마를 보는 '나' 역시 지옥에서 살기는 마찬가지이다. 아버지는 지옥을 관장하는 염라대왕이었던 것이다.

"머리를 잘라야겠어."
 나도 모르게 두 손으로 머리를 움켜잡는다. 머리 자르는 것은 정말 싫다. 다시 말해 그는 좋아한다는 뜻이다. 그는 누군가의 얼굴이 일그러지는 걸 일부러 즐긴다. 머리 자를 때 일그러지는 내 얼굴이나 닭 잡을 때 하얗게 질리던 엄마 얼굴이나 그에게는 심심풀이 오락 같은 것이다. 그가 삶을 즐기는 방식은 늘 이런 식이다.

 결국 '나'는 아버지에 대한 복수를 감행한다. 가스밸브를 자르고, 라이터에 불을 붙여 부엌을 향해 던진다. 하지만 불길을 헤치고 튀어나오는 것은 복수의 대상이었던 아버지가 아니었다. '나'는 불길 속으로 뛰어들지만, 끝내 엄마를 구하지 못한 채 '지 에미 잡아먹은' 패륜아로 전락한다. 아버지에 대한 복수의 열망은 이처럼 참혹한 결과를 초래한다. 어머니의 죽음이라는 비극적인 결말뿐만 아니라 '나' 역시 세상에서 유폐되는 상황을 맞이한다. 그리고 방 한 구석에 비밀스럽게 자리잡고 있던 옷장을 열어제친 순간 알게 된 것처럼 흉터 투성이의 몸으로 겨우 살아남는다. '벌겋게 속살이 내비치는 얼굴. 심하게 일그러진 눈두덩. 간신히 흔적만 남은 뭉개진 코'를 가진 모습으로 망가뜨렸던 것이다.
 소설 「우리는 진화하거나 소멸한다」는 이처럼 오이디푸스 콤플렉스를 배면에 깔면서 한 소년의 성장을 탐구한다. 전통적인 성장소설은 기존의 사회 질서에 대한 동화를 전제로 한다. 동화의 구심력이 일탈의 원심력을 제압했을 때, 한 인간은 정상적인 존재로 아버지의 추인을 받게 되는 것이다. 그것은 아버지의 권력에 맞서는 힘의 열세, 그리고 그것이 초래할 소멸에의 두려움 때문이다. 복수가 죽음을 초래할지도 모른다는 두려움에 굴복하여 아버지의 권능에 몸을 낮추는 것이 전통적인 의미의 성장이었던 것이다.

　하지만, '무덤 속에서 걸어나온 듯한 흉측한 형상'의 괴물은 아버지의 질서에 순응하는 것을 거부한다. 소멸의 두려움에서 벗어난 자리에서 탄생한 괴물은 아버지에 대한 복수극을 멈추지 않는다. 날개가 돋아 지상의 현실에서 비상하기를 꿈꾸는 대신, 괴물이 되어서도 복수를 멈추지 않는다. '초특급절대완전체'로 진화하여 '절대완전체'를 제압하려는 열망은 마침내 초신성이 되어 폭발한다. 이제 아버지를 닮은 아들을 재생산하는 전통적인 성장소설의 문법은 완전히 사라졌다. 이 낯선 괴물은 우리 눈 앞에 있지만, 어떻게 길들여질지 알 수가 없다. 어쩌면 영원히 길들여지지 않을지도 모른다. 우리가 지금까지 만나지 않았던 이 낯선 괴물의 정체를 들여다보는 일이 두렵기만 하다.

―선정위원 | 김종욱

2007 젊은 소설

아냐

그녀의 소설들은 독특한 풍경을 지니고 있다

허혜란

창작 노트 | 쉬지 않고 말을 걸었고 끊임없이 말을 들었지만, 진실로 나를 나 되게 하는 말은 드물었다. 함께 말을 나눌 사람이 없을 때가 나를 가장 나 되게 한다고 생각될 때면, 말 때문에 긴 세월을 서성거려 온 이들이 생각나서 또한 불편해졌다. 나의 말들을 함께 나눌 이가 없을 때, 무리 중에 있는 듯 없는 듯 섞여 살던 키 작은 그를 만났다. 나와 그는 태생이 달랐으므로 말이 달랐고, 그와 그의 이웃은 태생이 같음에도 불구하고 말이 달랐다. 말이 다른 아버지를 둔 자식이었기 때문이었다.

작년 늦은 여름, 넓적하고 얄팍해서 잘 넘어가지 않는 거무스름한 종이를 침 묻혀 넘기다가 그의 부고를 발견했다. 나는 여기의 사람도 아니고, 저기의 사람도 아니요, 다만 이 땅의 사람이지. 그렇게 중얼거렸던 그의 말이 얼굴보다 먼저 떠올랐다. 색깔로 밖에는 말할 줄 몰라 긴 세월 동안 붓을 든 채 노쇠해버린 그가 말한 '여기'와 '저기'가 반드시 국가의 이름이거나 인종의 분류일 필요는 없다. 그의 '땅'이 밤같이 어둡고 광활한 그의 그림 앞에 선 나를 안심시켰고 서글프게 했을 뿐이다.

일상에 널려 있는 수많은 '여기'와 '저기'를 경계 짓는 것이 '말' 이외에 무엇이 더 있는지 나는 잘 모르겠다. 그것이 어떠한 말이든지 간에. 겉이 다른 말이거나 혹은, 겉이 같다고 해서 속까지 같아지지 않는 말이거나.

약력 | 1970년 출생. 2004년 『동아일보』에 「독」과 『경향신문』에 「내 아버지는 서울에 계십니다」가 당선되어 등단. e-mail : hhrrrh@hanmail.net

2 0 0 7 젊은소설

아냐

번역을 맡아 달라는 연락을 받은 것은 한 달 전쯤이다. 시민단체를 통해서였다. 신 니꼴라이 세르게이비치, 라는 화가를 아십니까? 수화기를 쥔 그의 손에 힘이 들어갔다. 아는 이름이어서가 아니다. 러시아 이름 앞에 붙은 신, 이라는 한국의 성씨. 언제 어디서고 떠올리는 것만으로도 그의 앉은 자리가 불편해지는, 그런 이름을 지닌 한 가족 때문이다. 배가 고픈 이 순간에도 닭고기와 흰밥을 맛도 모르고 먹게 하는, 그런 사람 때문이다. 그는 식사를 대충 끝내고 고개를 들어 시간을 확인했다. 현재 시간과 떠나온 시간과 기내에서 보내야 할 남겨진 시간까지 차근차근 짚어보았다. 자야겠다고 마음먹은 지 사십분이 지났고 착륙시간까지는 여섯 시간 이십분 이상이 남았는데 도무지 잠이 들 것 같지 않다. 마른세수를 몇 차례 하던 그는 지나가는 승무원과 눈이 마주쳤다. 눈이 마주쳤으므로 무언가를 요구해야 할 것만 같아서 그는 얼떨결에 오른손을 들어

올렸다.

　무엇을 도와드릴까요, 손님.

　매일 들르는 집 앞의 카페에서 일상적인 주문을 건네듯 건조한 목소리로, 그러나 어딘지 들뜬 기색을 숨길 수 없는 말투로 그는 말했다.

　차가운 물과 보드카 한잔 줘요.

　그곳에서 팔 년을 살았지만 보드카를 마셔본 적이 없다. 길가의 아이스크림과 샤슬릭(꼬챙이 양고기)만을 줄기차게 먹었다. 서울에 다시 와서도 마찬가지였다. 초등학교까지만 다닌 한국에서 대학을 다니자니 모든 것이 서툴고 낯설었다. 더욱이 학점과 군대와 취업에서 자유롭지 못한 대한민국 청년에게 소주도 맥주도 아닌 보드카를 마실 기회는 흔하지 않았다. 이국의 술을 채우지 못한 호기심과 그리움만으로 찾아 마실 만큼의 여유와 열정은 그에게 더욱 없었다. 매사가 그는 그랬다. 특별히 좋은 것도 없고 진저리 날만큼 싫은 것도 없이 모든 일들이 그저 그랬다.

　그는 무릎 위에 펼쳐져 있는 화보집을 넘겨보기 시작했다. 시민단체로부터 얄팍한 두 권의 화보집과 여러 자료들을 건네받고서야 그는 화가를 기억해냈다. 그런 그림을 그린, 그런 화가가 있다고 했지 하는 정도의 허술한 기억이었다. 화가가 그린 그림을 모르고서 화가를 '안다'고 할 수는 없는 노릇이었다. 그는 페이지를 한 장 한 장 넘겼다. 오십여 년 동안 그림만 그려온 화가의 작품과 명성을 생각하면 너무 단순하고 엉성한 책자였다. 화가가 그린 그림의 삼분의 일 정도나 수록되었을까 싶을 만큼 내용이 빈약했다. 고속도로의 휴게실에서 흔히 볼 수 있는 관광 안내 책자보다도 모든 면에서 떨어졌다. 하지만 그림들은, 그림을 볼 줄 모르는 그가 보기에도 독특했다.
 페이지를 넘기던 그는 손길을 멈추었다. 하나의 그림이 눈에 들어왔다. 푸르스름한 연인들. 도형처럼 반듯하고 단순한 남자와 여자의 모습이다. 얼룩덜룩한 푸른빛만으로 어우러진 단순한 그림이, 매우 몽환적이다. 고전적인 옷차림을 한 남자의 머리에는 나비 모양의 커다란 장식이 상투처럼 얹혀 있다. 길고 넓적한 여자의 머리카락은 얼핏 보면 커다란 새의 날개 같고 기묘하게 부풀어 오른 번데기 같다. 이마에 얇고 섬세한 왕관을 쓰고서 길게 흘러내리는 스커트를 입은 여자의 모습이 어렸을 적 텔레비전에서 보았던 천년여왕을 닮았다. 남자는 여자의 허리와 무릎을 들어 올려 꼭 안고 있다. 여자는 갸름한 얼굴을 남자의 뺨에 대고 두 팔로 남자의 목을 감고 있다. 남자의 얼굴은 코만 있고 여자에게는 커다랗고 푸른 눈동자만 박혀 있다. 제대로 그려지지도 않은 얼굴인데도 표정이 있다. 웃는 것도 같고 우는 것도 같은 묘하고도 생생한 표정이. 그 표정이 그를 멈칫하게 했다. 그림 옆에 짤막한 글귀가 적혀 있다.

 Поближе я. (내가 더 가까이 다가가겠다)
 Выбран Меня. (나를 택하여라)
 Я буду любить тебя. (내가 너를 사랑하겠다)

 의미를 되새기며 반복해서 읽던 그는 책장을 툭, 덮었다. 푸르스름한 연인들의 모습과 글이 그를 이상하게 초조하게 했다. 평생을 다해 찾고 있던 파랑새가 문득 돌아보니 깃털이 다 빠진 모습으로 그의 발치에 떨어져 있는 듯한 낭패감과 상실감.
　아냐.
　짧고 톤이 높은 여자의 목소리가 뒤쪽에서 들렸다. 그는 자기도 모르게 재빨리 고개를 돌리고 말소리가 난 곳을 살펴보았다. 썬글라스를 머리 위로 치켜 올린 젊은 여자가 아냐, 하고 부르며 누군가와 이야기를 나누고 있다. 그는 아냐, 라고 불리는 여자를 보기 위해서 상체를 올리고 기웃거렸다. 그러나 곧이어 풀썩 앉아 다시 무릎 위의 화보집을 펼쳤다. 그가 아는 얼굴이 아니다. 번들거리는 황금이빨을 내비치며 껌을 씹는 저 '아냐'가 아니다. 그가 아는 아냐는 비행기의 좁은 의자에서 저렇게 다리를 넓게 벌려 앉지 않는다. 그가 아는 아냐는 멋을 내기 위해 함부로 앞니를 두 개씩이나 빼다 박지도 않는다. 그가 아는 아냐는 껌을 씹을 때 저렇게 입술을 사납게 일그러뜨리지도 않는다. 그가 아는 아냐는, 신아냐는······. 문득 정신을 차린 그는 몇 차례 고개를 흔들었다. 손님. 그를 부르는 상냥한 목소리가 머리 위에서 들렸다. 승무원은 맑은 물이 든 두 잔의 컵을 그의 오른손과 왼손에 건네주었다. 그는 양 손에 들린 두 개의 컵을 번갈아 보았다. 작은 컵에 든 맑은 물부터 훅 들이켰다. 색깔도 없고 냄새도 없고 맛도 없는 것이 목구멍을 타고 식도를 내려갈 때는 따끔거리더니 순식간에 알싸한 기운이 올라와 콧속을 통해 머리끝으로 슈웅, 바람처럼 날아갔다. 불덩이를 삼킨 듯 얼얼한 입안에서 그는 긴 호흡을 뱉어냈다. 그녀가, 아냐가 그곳에 있을까. 알록달록한 얇은 치마를 몇 겹으로 두르고 머리에는 치렁치렁하게 천을 뒤집어쓰고 있는, 집시 여인과 모슬렘 여인의 뒤섞인 차림새를 한 여자의 뒷모습이 떠올랐다.

공항을 빠져나온 것은 밤 열시가 넘어서였다. 화장실이 끔찍이도 지저분하다,는 기억밖에 없던 공항은 이제 말끔하다. 그러나 건물은 바뀌었지만 더디고 지루한 행정 절차는 여전했다. 탑승객이 대부분 외국인인데도 러시아어로 질문하고 못 알아들으면 한쪽으로 세워둔 채 무작정 기다리게 하는 풍경도 그대로다. 그러나 그 모든 불편한 것들조차 그는 불쾌하지 않았다. 짐꾼과 택시들, 마중 나온 사람들로 어수선한 공항 입구를 빠져나온 그는 제자리에 멈춰 섰다. 어디로 향해야 할지, 무엇을 먼저 해야 할지 판단되지 않는 멍한 상태가 그를 우두커니 서 있게 했다.

택시 안 타오?

어색한 한국말을 건네는 사내는 40대 가량의 고려인 남자다. 그는 자기도 모르게 남자를 향해 활짝, 멜로 영화 속의 남자주인공처럼 그야말로 환하게 웃었다. 그러자 콧수염이 거뭇한 남자도 얼떨결에 웃었다. 남자가 가리키는 지굴리, 라는 이 나라에서 가장 흔하고 낡은 차 안에는 이미 사람이 타고 있었다. 조수석에는 노인이, 뒷자리에는 열 살 정도로 보이는 소년이 앉아 있다. 그들을 발견한 그가 어리둥절한 표정으로 발걸음을 멈추자 조수석에 앉은 노인이 그에게 손짓을 했다. 괜찮소, 괜찮소, 우린 식구요, 말하면서. 택시보다, 택시 아닌 차들이 영업을 더 많이 하는 것도 예나 지금이나 여전했다. 옆에 앉은 소년은 창밖만 바라보고 있다. 손님이 탔는데 인사도 안 한다면서 노인은 소년을 나무랐다. 교회에서 한국말을 배우지 않았느냐고, 한국말로 인사해보라고 노인과 남자가 요란하게 재촉했다. 소년은 여전히 시큰둥한 얼굴이었고, 좀처럼 입을 열지 않았다. 그가 먼저 러시아어로 소년에게 말을 걸었다. 자연스럽게 흘러나오는 그의 러시아어를 듣자 소년은 고개를 돌려 흘긋 그를 바라보았다. 메마르고 건조한 소년의 눈동자가 그의 얼굴을 물끄러미 바라보았다. 그러더니 뜬금없이

헬로우.

한 마디 던지고는 다시 고개를 돌렸다. 노인은 그런 소년을 보며 어쩔 수 없다는 듯, 포기했다는 듯 어깨를 으쓱해 보였다. 그에게 이해를 구하는 눈빛을 던지면서. 그 역시 지나간 한 순간이 떠올라 웃었다. 처음 이곳에 왔던 열두 살 때, 낯설기만 한 사람들 앞에서 아버지는 어린 그에게 인사를 시켰다. 러시아 말로 안녕하세요, 배웠지? 자, 인사해 보거라. 그때 그도 이 소년처럼 헬로우, 하고 말했다. 드라스트브이찌, 하자니 어눌하게 흘러나올 그 단어가 싫었고 그렇다고 안녕하세요, 하면 기대를 품은 많은 눈들을 배반하는 것만 같았던 것이다. 어린 그가 그랬듯이 지금의 이 소년에게도 참 편리한 '헬로우'다.

그들 한 가족은 세대가 각자 다른 언어로 그에게 말을 걸었는데 노인은 이북 사투리가 배어 있는 어설픈 한국어로, 남자는 아무리 유창해도 현지인과는 구별되는 러시아어로, 소년은 그리 자연스럽지도 않은 영어를 썼다. 십년이 성큼 지나갔지만 한 집안의 삼 대가 각기 다른 말을 하는 것도 여전했다. 그들과 이야기를 주고받으면서도 그는 창밖에서 시선을 떼지 않았다. 안개가 감도는 밤의 타쉬켄트는 산골에 파묻힌 인가처럼 고요하다. 거리는 그때나 지금이나 여전히 불빛도 적고 걸어 다니는 사람도 드물었다. 공항 근처에는 촘촘히 늘어서 있던 가로등도 점차 듬성듬성해지더니 꾸일륙 시장을 지나자 빛이라고는 숫제 하늘의 별뿐이다.

여기엔 처음이냐고 남자가 물었다. 예전에 머물렀던 적이 있다고 그는 답했다. 그게 언제였냐고 남자는 연거푸 물었다. 열세 살부터 스물한 살까지 팔년 동안. 그가 덧붙이자 남자는 핸들을 잡은 채 고개를 획 돌려 그의 얼굴을 바라보았다. 노골적인 호기심을 드러낸 남자의 표정에 그는 머쓱해졌다. 서로가 부자연스러운 말 때문에 그들은 어쩔 수없이 틈틈이 침묵하였다. 그는 그들에게 그가 방문하려는 노화가의 이름을 대면서 아느냐고 물었다. 남자와 노인은 서로 마주보며 어깨를 으쓱였다. 전시회와 언론을 통해 서울에서는 꽤 알려진 고려인 화가를 그들은 가까운 곳에 살면서도 모르고 있다. 노인은 변명하듯 말을 이었다.

학교에서 러시아 역사, 우즈벡 역사, 세계의 역사는 배워도 한국이나 고려인에 대한 것은 배우지 않으니 알 도리가 없소. 작년에도 한국서 온 손님이 조 발렌치나를 찾던데 아는 사람이 없었지. 조명희 선생이라나, 그 딸이라는데 얼마 전에 세상을 떴지만 옆집 사는 고려인도 몰랐소.

노인의 말을 듣던 그는 그래도 어쩌면 그렇게 모를까, 하고 생각했다. 핸들만 돌리던 남자가 느닷없이 중얼거렸다.

말을 모르는데 역사는 어찌 알아.

그는 괜히 무안해졌다. 한민족이면서 그런 것도 모른다는 스스로들을 향한 힐난이거나, 좀 더 구체적인 대책을 마련해주길 바라는 한국 정부를 향한 서운함이겠지만, 속으로 이들을 타박하던 자신에게 하는 말인 것만 같다. 남자는 말없이 운전에 열중했고 노인은 고개를 꺾고 잠이 들었다. 정작 옆에 있을 때는 그의 얼굴도 보지 않고 말도 안 섞던 소년은 내릴 때가 되어서야 그에게 시선을 주었다.

두 손을 가지런히 허벅지 사이에 끼우고서 그의 얼굴과 안경과 옷차림과 시계와 신발과 가방을 차근차근 훑어보았다. 소년의 시선이 너무 정직해서 그는 난감했다. 소년은 콧등을 유리창에 박고서 집요하게 그를 바라보았다. 차가 커브를 돌아 사라질 때까지. 그는 소년을 향해 오래오래 손을 흔들었다.

해가 많은 나라, 우즈베키스탄. 그는 호텔의 커튼을 젖히고 거리를 내려다보았다. 깜깜하던 하늘은 빠른 속도로 헤아릴 수 없는 색깔들의 경계를 지나더니 금세 아침을 몰고 왔다. 아직 문을 열지 않은 상점들, 드문드문 걸어가는 사람들, 간밤에 발효된 키슬리말라꼬(요구르트)를 들고 집집마다 방문 판매하는 두건 쓴 여인, 철로를 따라 철커덕, 철커덕 달리며 거리를 가르는 뜨람바이(전차). 그 모든 것들이 오래된 사진기로 찍어둔 풍경처럼 그대로였다.

그는 옷을 입고 호텔을 빠져나와 시장으로 갔다. 달러를 필요한 만큼의 숨(현지 화폐)으로 바꾸는 일부터 했다. 첫 손님이 되어 갓 구운 빵과 샤슬릭(꼬챙이 양고기)도 거리에 서서 먹었다. 맛있다, 정말 맛있다, 중얼거리며 혼자서도 너무 맛있게 먹는 그를 사람들은 웃으며 바라보았다. 그는 걸어가다가 멈춰 서기를 반복하며 온 도시를 돌아 다녔다. 걷다가 지치면 아무 곳에나 앉아서 지나가는 사람들을 바라보았다. 어느 곳에나 그녀가 있다. 차이코프스키의 백조들을 숨죽여 바라보던 극장에도. 사지도 않을 기념품을 고르던 백화점에도. 눈부시게 흩어지던 물줄기를 움켜쥐고 젖은 몸으로 춤추던 광장에도. 점을 쳐주겠다며 시커먼 손을 내밀고 몰려드는 집시들에게 단호히 고개를 젓던 시장에도. 불그스름한 이파리를 부서뜨리며 또박또박 걷던 거리에도. 눈을 감으면 볼 수 있고 눈을 뜨면 볼 수 없는 그녀였다.

　예술인들이 모여 사는 오래된 아파트라던데 택시를 운전하는 남자도 잘 알지 못했다. 그가 적어온 주소를 몇 번이나 들여다보고 갔던 길을 다시 되돌아오기를 반복했다. 서울에서라면 한쪽은 미안해하고 다른 한쪽은 초조할 상황이지만 사람 좋아 보이는 모슬렘 운전사는 느긋하기만 하다. 조수석에 앉은 그가 나서서 지나가는 사람을 향해 세브자르, 라는 동네를 아느냐고 연거푸 물었다. 근처에 가서는 41번 거리의 21번 아파트가 어딘지 헤매야 했다. Дом 17-18, 이라고 적힌 아파트 앞에 그들이 도착한 때는 해질녘이었다. 낡은 건물의 현관 위에 1951 г , 라고 새겨져 있다. 반세기를 지나온 허름한 아파트는, 물과 채소만 먹으며 소소하게 늙어온 할머니 얼굴 같다. 현관에 들어서자 칙칙한 계단에서 젖은 벽돌 냄새가 났다.

　둥글고 검은 모양의 초인종이 빤히 그를 바라보았다. 그는 초인종 앞에서 계단을 오르며 눌러왔던 긴 호흡을 뱉어냈다. 화가가 괴짜에다 성격이 심하게 외곬수여서 만나주지 않을 수도 있다고 하니 조심스러웠다. 거절당할까봐 미리 전화하지도 않고 불쑥 방문해야 하는 처지가 궁색했다. 당신의 책을 만들게 되었노라고, 당당하게 말하고 허락을 구할 수도 없는 입장이라 더욱 난감했다. 그는 눈동자처럼 박힌 흰색 버튼을 길게 눌렀다. 크또 에따, 누구냐고 묻는 여자의 목소리가 안에서 들려왔다. 그는 화가의 이름을 대면서 서울에서 왔다고 말했다. 안쪽에서 두런거리는 소리가 들려왔다. 불과 몇 초에 지나지 않는 데도 그에게는 몹시 길게 느껴졌다. 문이 열렸다. 중년의 고려인 여자와 그 뒤로 키 작은 노인의 모습이 드러났다. 노화가였다. 자리에 누워 있었던 듯 희끗한 머리카락은 약간 헝클어져 있고 작은 얼굴에는 굵은 주름이 깊은 골짜기처럼 움푹움푹 패어 있다. 그들은 그를 맞아들였다. 그는 이 나라의 방문객이 의례히 그러하듯 백화점에서 산 초콜릿과 보드카를 여인에게 건네주었다.

화가와 그는 어느 집에서나 비슷한 구조의 거실에 들어가 비슷한 소파에 앉았다. 여인은 간단한 다과를 준비해왔다. 주둥이의 끄트머리가 깨진 찻주전자와 누런 비스킷 몇 조각이 전부인 상이었다. 대형 벽화를 비롯하여 수십 개의 그림을 조국에 무상으로 기증한 화가의, 그것도 얼마 전 한국의 대통령이 방문했을 때 만나기까지 했다는 고려인 인사의 손님 접대치고는 민망할 정도로 초라했다. 화가의 양복은 팔꿈치에 천을 대었고 소매는 닳아지고 해졌다. 바지는 복사뼈에서 한참 올라와 있고 양말은 투박했다. 집안 곳곳에는 가난이 곰팡이처럼 피어 있다.

내, 한국말 잘 못하오.

부끄럽고 미안하다는 듯, 쑥스러워 하는 노화가의 얼굴이 소년 같다. 그가 러시아어를 할 줄 안다, 고 그들의 언어로 대답하니 화가의 얼굴에 반가운 기색이 역력하다. 녹차 이파리의 가라앉은 찌꺼기를 들여다보며 그는 있는 그대로를 말하기로 결심했다. 작은 시민단체가 당신의 그림과 글을 엮어 책으로 내고자 한다, 허락을 구하러 왔다, 남은 행정적인 절차가 남았지만 책이 좋은 모습으로 완성되도록 최선을 다하겠다, 라고 말했다. 한국어와 러시아어로 이루어진 두 권의 책을 만들기 위해서는 적지않은 예산이 필요하고 정부로부터 재정적인 지원을 받을 수 있을지 어떨지를 지금으로서는 알 수 없다는 말은, 차마 하지 못했다. 노화가는 한쪽으로 고개를 비스듬히 젖힌 상태로 조용히 이야기를 들었다.

예전의 그림과 너무 달라서 놀랍다고 그가 말하니 화가는 빙그레 웃기만 했다. 검고 붉은 색만으로 그려진 어두운 침묵의 세계가 예전의 작품들이라면 최근의 그림들은 밝고 동화 같은 환상이 가득했던 것이다. 화가는 이따금씩 한 손을 들어 심장 언저리에 가져다 댔다. 웃고 있으나 검버섯이 핀 낯빛은 창백했다. 노화가의 건강 상태가 썩 좋지 않다는 것을 그는 눈치 챘다. 그러나 그림을 이야기하는 화가는, 아이처럼 즐거워 보였다. 말이 드문 화가에게서 새나오는 그림 이야기를 그는 새겨들었다.

화가의 작업실은 아파트 지하에 따로 있었다. 햇빛이 들지 않는 세 평 남짓한 공간이었다. 바닥부터 착착 쌓여 있는 책과 초등학생이 앉을 법한 엉성하고도 작은 나무 의자와 수십 점의 그림이 전부였다. 겹겹이 포개진 벽화의 토막들과 여러 개의 그림들이 사방의 벽에 기대어 있다. 화보에서 보았던 푸르스름한 연인도, 커다래서 더욱 처연한 모습으로 그곳에 있었다. 새의 날개처럼 부풀어 오른 여자의 머리카락 때문에 그들은 그렇게 꼭 안은 채 하늘을 날고 있는 것 같다. 남자의 품에 안긴 여자의 먹처럼 번진 눈동자가 너무 크고 푸르러서, 그 눈동자만 박힌 여자의 얼굴이 그를 향해 웃고 있는 것 같아서 그는 자기도 모르게 화가의 손을 꼭 잡았다. 화가의 굵은 뼈마디가 그의 두 손을 힘 있게 붙잡아주었다. 그는 화가의 손을 바라보았다. 손등에는 시퍼런 힘줄이 도드라지고 손바닥에는 잔손금이 거미줄처럼 새겨져 있다. 굵직한 손가락 끝에 보이는 짧게

깎인 손톱은, 어리고 선한 인상을 주었다. 따로 살아 있는 생물체 같은 그 손을 그는 한참동안 들여다보았다. 칠십이 넘은 노화가가 그 곳, 그 손 안에 있다. 강한 자의 말과 무기에서 자신을 떼어낼 줄 아는, 그리하여 제 영혼의 부름에 응답할 줄 아는 그런 힘을 지닌 손이었다.

  그는 화가에게 그가 지닌 가장 좋은 선물을 하고 싶었으나 가진 것은 얼마의 돈밖에 없었다. 민망한 얼굴로, 그러나 마음이 담긴 봉투를 탁자에 올려놓았다. 화가는 고개를 저었고 그는 고개를 숙였다. 아무라도 건넬 수 있는 몇 푼의 돈을 화가의 앞에 꺼낼 수밖에 없는 상황이 송구했다. 그러나 이 나라의 화가에게 필요한 것이, 또한 돈인 것을 그는 너무 잘 알고 있다.

  저녁의 한기가 지하 작업실에 스며들 무렵 그들은 화실을 나섰다. 그는 화가의 주머니 위로 삐죽이 드러난 연필을 가리키며 만져봐도 되냐고 물었다. 화가는 웃는 얼굴로 연필을 건네주었다. 약간 긴 정도의 몽당연필이다. 보통의 연필보다 좀 더 두껍다. 검은 색인데 칠이 벗겨져 새겨진 글자를 알아볼 수는 없었다. 그는 반들반들하고 뭉툭한 연필 끝의 심지를 손끝으로 만져보았다. 갓 태어난 양의 목덜미처럼 부드럽다. 갖고 싶다고, 그가 뻔뻔하게 말했더니 화가는 고개를 끄덕였다. 그는 연필을 받고, 매우 기분이 좋았다.

  백 여 족속이 넘는 가난한 나라의 대중교통에 찾아드는 다채롭고도 나른한 침묵이 편안하게 느껴졌다. 그는 뜨람바이(전차)의 맨 뒤에 앉아서 화가의 그림을 들춰보았다. 몇 번씩 본 그림인데도 다시 보니 매번 새로웠다. 맨 첫 장부터 그랬다. 깃발 아래 한 남자가

서 있다. 희끗한 보라색의 깃발. 나비 모양의 머리를 지닌 남자. 펄럭이는 깃발의 구석에 적힌 申, 이라는 흰 글씨. 신, 의 깃발 아래선 남자가 오른손을 가슴에 올리고 푸르스름한 배경 속에 서 있는 그림이다. 그는 책장을 넘겨 푸른 연인들을 찾았다. 남자의 모습이 똑같다. 申(신), 이라는 글자가 새겨진 깃발 아래 서 있는 이 남자가, 푸른 눈동자가 박힌 여자를 두 팔로 안고 있는 그 남자였던 것이다.

  그는 어둠 속에 가라앉기 시작하는 거리를 바라보았다. 화가에게 천년여왕 같은 이 여자는, 37년의 기차 안에서 죽은 어린 누이동생이거나 그를 두고 떠난 그의 어머니이거나 어둠속에서만 살아 있던 그림들이 빛을 보기도 전에 죽은 그의 아내이거나 오랜 세월 그에게 유일한 가족이었던 할머니이거나 또는, 그의 몸을 묻고 싶은 고향 경주가 있는 땅이거나 아무 곳에도 없어서 그에게도 절실한 유토피아이거나 할 것이다. 그런데, 노화가의 이 푸르스름한 연인들이 왜 그의 마음을 이렇게 불편하게 하는 건지 그는 도무지 알지 못하겠다. 그는 그녀에게 아무런 약속도 한 적이 없고, 그녀가 그에게 어떠한 바람을 나타낸 적도 없는데. 거리에는 뜨롤리버스(전기로 가는 버스) 한 대가 멈춰 서 있다. 두 명의 남자가 기다란 장대로 버스 위로 매달린 굵은 전선을 건들고 있고, 사람들은 무표정하게 창밖을 쳐다보았다. 언제 고쳐질지 알 수 없는 뜨롤리버스를 지나면서 그는 아까부터 자꾸만 입안에 감도는 낯선 말들을 중얼거렸다. 빠블리줴 야(Поближе я), 브이브라이 미냐(Выбра n Меня), 야 부두 류비치 찌뱌(Я буду любнть тебя). 몇 번씩 봐서 어느새 외워버린 세 마디의 말들이 같은 뜻으로, 그러나 조금씩 뒤틀린 표정을 짓고 그를 비웃었다. 네가 바싹 다가섰다면, 그래서 그녀가 너를 선택했다면, 너는 영원히 그녀를 사랑할 수 있을까.

그는 고개를 흔들며 중얼거렸다.

아냐!

침대에서도, 세면대 앞에서도, 아침 식사를 앞에 두고서도, 호텔을 나서서 길을 걸으면서도, 그는 줄곧 망설였다. 그러나 갈피를 잡지 못하면서도 그의 두 발은 목적지를 향해 멈추지 않았다. 늘 그 앞에 서기를 꿈꾸어 왔던 바로 그 대문이 보이자 그는 오히려 마음이 담담해졌다. 맨 끝 골목에서도 가장 끝 집. 대문에는 빗장이 걸려 있다. 낮은 담 너머 마당에는 풀이 쑥쑥 자라 있다. 아이들도, 우수리스크에서 돌아왔을 그녀의 어머니도 없다. 한동안 빈집을 들여다본 그는 발길을 돌렸다. 한 블록 떨어진 골목을 향하여 느릿느릿 걸어갔다. 그녀를 포함해 네 명의 아내를 데리고 사는 남자의 집은 그 골목에 있다.

변하지 않은 도시보다도 마을은, 더욱 그대로였다. 헝클어진 잎사귀를 늘어뜨리며 길게 늘어선 키 작은 뽕나무들. 사람 없는 길가에 쭈그려 앉아 해바라기 씨와 싸구려 초콜렛이며 과자를 파는 소년. 91년 우즈베키스탄이 구소련으로부터 독립하자마자 가족을 이끌고 온 그의 아버지를 따라와 1학년부터 12학년까지 다녔던 19학교, 마을에서 제일 맛있다고 소문난 개장국 집 '사샤네'. 커다란 자루를 들고 가을 학기마다 달려갔던 목화밭. 그가 살았던 집. 그 모든 것이 그대로다. 그런데도 낯설다. 왜 그럴까. 그는 걸음을 멈추고 주위를 둘러보았다. 환한 대낮인데도 지나가는 사람이 한 명도 없다. 골목에 줄 지어 늘어선 집들은 세 집 건너 한 집씩 빗장이 잠겨 있다. 길가에 선 과실수들도 엉성하다. 지난 오월에 독재자에게 반기를 들고 일어선 유혈 사태는 한 시간이나 떨어진 '안디쟌'인데 전쟁은 이곳을 휩쓸고 지나간 것 같다. 계절과 상관없이 마을은, 크리스마스가 영영 오지 않을 겨울 밤처럼 스산했다.

현악기들이 어우러진 연주가 수십 마리의 고양이 떼 울음소리같이 높고 길게 울려 퍼졌다. 그 소리가 마을의 정적을 더욱 느끼게 했다. 또 잔치인가. 며칠씩 이어지는 결혼식부터 그냥 지나가는 법이 없는 생일, 각종 명절 등의 잔치들. 대문이 활짝 열려 있고 기름 냄새가 물씬 풍기는 집 앞에서 그는 멈췄다. 시끌벅적하다. 집시들도 몇 어슬렁거렸고 악사들도 보였다. 그 남자가 또 다른 아내를 들인 건가, 하는 생각부터 들었다. 서너 사람이 마당으로 들어설 때 그도 어물어물 대문을 넘었다. 지나가는 나그네도 그저 보내지 않는 게 이들의 잔치다. 아무도 그를 돌아보지 않았다. 그는 소음과 사람들 속에 몸을 사리고 조심스럽게 주위를 둘러보았다. 온 동네 사람들은 다 이곳에 모인 듯하다. 아이들도 노인들도 먹고 마시고 춤추고 이야기하고 있다. 대부분이 이 나라의 주류를 이루는 우즈백 족속이었다. 큰 케이크가 올려져 있는 테이블이 맨 앞에 있고 그곳에는 열 살 쯤 되는 여자 아이를 사이에 두고, 콧수염과 귀밑머리가 희끗한 낯익은 그 남자와 치렁하게 목걸이를 두른 뚱뚱한 여자가 앉아 있다. 말은 달라도 생일잔치는 다 거기서 거기군, 그는 생각했다. 한 여자가 부엌에서 나왔다. 그는 반사적으로 앞 사람 뒤에 몸을 가렸다. 발등까지 닿는 스커트 위로 하얀 앞치마를 두르고 고개를 약간 숙인 여자, 그녀였다. 변한 것이 분명하지만 변한 것이 없는 그녀였다. 그녀는 기름밥이 가득 쌓인 커다란 쟁반을 두 손으로 들고 마당을 걸었다. 주인공답게 화려했던 그날의 잔치 때와 사뭇 다른, 지치고 수수한 차림새다. 뒤에서 하나로 묶어 올린 긴 머리카락이 몇 가닥 흘러내려 뺨에 가늘고 긴 선을 긋고 있다.
아냐.
바둑판 무늬로 이루어진 사각형 전통 모자를 정수리에 얹어 쓴 노인들이 그녀를 불렀다. 그들의 족속어를 알아듣지 못했지만 접시를 가리키며 말하는 것이 음식을 더 달라는 말인 것 같다. 그들의 요구를 확인하는 그녀의 목소리가 들렸다. 그 순간 자기도 모르게 그가 어깨를 움찔했다. 그의 몸짓이 옆 사람을 툭 건드렸으면서도 그 사실을 알아채지 못할 만큼 그는 멍해졌다. 그녀의 입에서 흘러나온 말이, 그로서는 전혀 알아들을 수 없는 그 말이, 그 음성조차도 너무나 생소한 그런 말이 그로 하여금 그녀의 얼굴에서 눈을 떼지 못하게 했다. 그는 비로소 그녀가, 낯설었다. 표정, 걸음걸이, 키, 목소리, 분위기, 모두가 다 그가 너무 잘 아는 그녀의 것인데 지금 그의 눈앞에서 분주히 오가는 그녀는, 그가 알던 그녀가 아니었다. '말' 한 마디가 사람을 이처럼 다르게 하다니. 테이블을 짚은 그의 손에 힘이 들어갔다. 그의 몸이 그의 의지를 거스르고 일어나지 않게 하기 위하여, 자기도 모르게 그녀를 향해 소리치지 않기 위하여. 소리를 이루지 못한 탄식이 그의 속에서 넘실대었다. 너, 왜 이러고 사니. 빙신아, 그냥 네 말로 살아! 태어날 때부터 네 것인 말. 한글 같은 거 못해도 되니까 그냥 네 입에 붙은 러시아말 하면서 편하게 살라고. 그러나 그는 쉴 틈 없이 분주한 그녀를 지켜보기만 했다. 온 동네의 말과 웃음을 모아놓은 이 집 구석구석에 가득한 오후의 황금빛 태양 아래에 조용히 앉은 채. 우즈베키스탄의 대중 가수인 샤흐조다의 '무하밧'이 온 동네에 울려 퍼졌다.

  사람들이 하나씩 둘씩 빠져나갈 무렵 그도 그 집을 나왔다. 혹시라도 어린 시절의 그를 알아보는 사람이 있을지 몰라서 고개를 숙이고 걸었다. 그녀의 옛 집으로 다시 갔다. 잠겨 있는 빗장을 풀고 대문을 열었다. 흰 먼지가 덮인 마루에 앉았다. 그는 예전에도 이 마루에 앉는 것을 좋아했다. 저 멀리로 양쪽에 펼쳐진 밀밭과 목화밭이 다 보이기 때문이었다. 밀밭에 앉아 있던 수많은 까마귀 떼들이 일제히 하늘로 날아올랐다. 사사사사, 먼 거리에 있는 새들의 깃털들이 부딪히는 소리가 귓속에서 울렸다. 그날도 이렇게 마루에 앉아 잔치를 준비하느라 분주한 그녀를 지켜보았다. 그녀는 한 무더기의 당근을 수돗가에서 씻고 있었다. 그녀의 세 동생들은 오래된 러시아 민요를 큰 소리로 부르며 집안을 뛰어 다녔다. 그녀는 평소와 달리 하하하, 크게 웃었다. 그녀의 웃음소리가 때마침 한꺼번에 날아오르는 새들의 날개 소리 같다. 그는 날아오르는 새들에게서 시선을 떼지 않고 물었다.

  그렇게 좋아?

  그녀는 그를 바라보았다. 날개를 퍼덕이며 멀어지는 새들을 눈으로 좇으며 그는 다시 말했다.

  시집가는 거 말이야. 날아오를 것 같냐구. 훨, 훨…….

  그녀는 말없이 당근만 씻었다. 대문 밖에는 동물들이 지나가는 소리가 들렸다. 초원에서 풀을 뜯어먹던 동물들이 돌아올 시간이었다. 양떼와 얼룩한 젖소, 시커먼 염소가 듬성듬성 지나갔다.
　왜, 하필!
　그는 말을 잇지 못했다. 대문 밖을 지나는 양들만 바라보았다. 양들은 온통 털에 휩싸여 있는데다 포동포동 살이 올라 금방이라도 뒹굴어 갈 것 같다. 그는 비아냥거리기 시작했다.
　그래. 돈도 있고 지위도 있고 나이도 많고 그리고…….
　그가 더 이상 말을 잇지 않자 그녀가 그의 말을 받아 담담하게 이었다.
　그리고, 그는 나와 동생들에겐 없는 것을 가지고 있지.
　그는 그녀를 쏘아보았다.
　뭔데, 그것이!
　그는 그것이 정말 궁금했다. 그가 아는 그녀는 강한 여자다. 돈이 없어도, 지위가 낮아도 고개를 숙일 여자가 아니다. 그녀는 수도꼭지를 비틀었다. 거세게 흐르던 물이 멈추자 마당에는 정적이 감돌았다. 뜨거운 햇살을 가리느라 손바닥을 이마에 드리운 그녀가 그를 바라보았다.
　말.
　말이라니. 그는 그 순간 정말 말을 떠올렸다. 발바닥에 쇠를 박고 또그닥 또그닥 걷는 튼튼한 말. 갈퀴를 휘날리며 등에 사람을 태우고 햇살을 부서뜨리며 달리는 날쌘 말. 아무리 비싸도 그가 그녀에게 사줄 수 있는 귀한 말. 그러나 그녀가 말한 말은 그 말(馬)이 아니었다. 그의 것이기도 하고 그녀의 것이기도 한, 그러나 결코 그녀의 것이 될 수 없고 그의 것이 될 수 없는, 그리하여 죽기 전까지 일생 동안 살처럼 뒤집어쓰고 살아야 하는 그런 말(言)이었다. 아스라하게 잦아드는 심연을 박차고 그는 버럭 소리를 질렀다.

그렇다고 그렇게 팔려가듯 시집가니? 이 나라 고려인 처녀들은, 백여 개가 훨씬 넘는다는 이 나라 소수민족들은 다 너처럼 그렇게 생각하니?

벌떡 일어나 마당을 서성거리는 그를 그녀는 물끄러미 바라보았다. 그녀가 조용히 말했다.

그리고, 어머니를 하루 빨리 모셔 와야 해.

그렇게 말하는 그녀는, 그가 그렇게 봐서 그런지 어딘지 초조해 보였다. 과녁을 찌를 수 없는 분노의 막대기들이 그의 속을 사정없이 휘저었다. 그 모든 것에 맹렬한 부아가 났다. 그녀를 데리고 갈 후산인지 핫산인지 하는 나이든 남자에게도. 아무것도 모르고 노래를 부르는 그녀의 망나니 같은 동생들에게도. 오래전에 우크라이나로 농사지으러 떠난, 지금은 여권도 없고 돈도 없는데다가 병까지 깊어 오도 가도 못하고 난민촌에 방치되어 있다는 소문만 들려오는 그녀의 어머니에게도. 그리고 아무 도움도 못 되는 분노밖에는 가진 게 없는 자기 자신에게도.

그들은 첫날밤 피 묻은 이부자리도 여러 사람 앞에서 내보인다면서.

홧김에 엉겁결에 밀려 나온 말이었다. 아차, 싶었지만 한번 내뱉으니 절대 사라질 수 없는 게 말이라서 그는 혀만 깨문 채 다만 씩씩거렸다. 말, 말, 말, 항상 그것이 문제다. 그는 기분이 나빴다. 막상 입 밖에 꺼내놓고 보니 그야말로 기분이 몹시 더러워지는 그 말 때문에. 그깟 말 좀 심하게 했다고 당황해야 하는 상황 때문에. 그러나 거리에서 마주칠 때마다 그녀에게 웃음을 보내던 중년의 모습렘 남자가 그녀의 몸을 만진다고 생각하니 그는, 울고 싶었다. 그녀는 그를 쏘아보았다. 수도꼭지만 틀었다. 콸, 콸 거센 물이 그녀의 손등으로 쏟아져내렸고 그녀는 다시 당근을 씻기 시작했다. 그녀 앞에 무더기로 쌓여 있는 당근을 모조리 집어 던지고 부러뜨리고 싶은 충동과 싸우느라 그는 진땀이 났다. 얼마나 씻었을까. 얼마 남지 않은 당근을 묵묵히 씻으며 그녀가 말했다.

그들의 언어로 살아가야 해, 우리는.

그는 맥이 빠졌다. 그들의 언어, 라는 이유에 앞서 그녀의 입에서 흘러나온 '우리'라는 말이 그를 바보로 만들었다. 아무리 기를 써도 그가 들어갈 수 없는 그녀의 '우리'였다. 그 '우리'를 구분하는 기준이 시집가서라도 얻겠다는 그런, 말(言)인가보다 생각하니 더욱 할 말이 없었다. 대문 앞을 지나가는 양들의 기척이 태평스럽게 들려왔다. 엉덩이에 제 똥을 덕지덕지 묻히고 느리게 움직이는 양들의 궁둥이만 그는 오래오래 노려보았다.

나름대로 살아가는 거야. 너도, 나도. 제대로 섞여 살면 거기가 가족이고 민족이야.

다 씻은 당근을 소쿠리에 담으며 그녀가 말했다. 늙어버린 누이가 막둥이 동생을 타이르듯, 유창한 변호사가 흠잡을 수 없는 변론을 펼치고 판결까지 내리듯 그녀는 그렇게 제 스스로 매듭을 지어버렸다. '나름대로'와 '제대로'라는 부사어로. 그녀가 스물한 살짜리 치고 참으로 지혜로운 사람이라고, 지혜로운 사람은 저렇게 서늘한 말을 할 줄 알아야 하나보다,고 생각하면서 그는 그녀의 눈과 코와 입술을 조목조목 뜯어보았다. 웃는 것도 같고 우는 것도 같은 그 얼굴이 그녀의 것이 아닌 것만 같다. 마흔두 살 된 이교도 남자에게 네 번째 아내로 시집가기 위해 스물한 살 고려인 처녀로 변장한, 슬픈 마녀 같다.

　옛날 옛날에 태초의 그들이 연인이 될 수 있었던 것은 책상을 보고 '책상'이라고 부르는 말이 단 하나 뿐이었기 때문이다. 따사로운 마루에 앉아 그는 생각했다. 눈에 보이는 여자가 단 한 명뿐이었던 태초의 남자는 제 옆구리를 시리게 한 그녀가 도대체 누구인지에 대하여 헛갈려할 필요가 없었다. 어지러운 선택을 강요받거나 같은 실수를 두 번 세 번 할 필요가 없으니 다만 시절을 기다려 서로에게 속하면 되었다. 벌거벗었지만 부끄러워하지 않은 것도 하나의 방향을 향해 나란히 서 있었기 때문이었다. 하나, 인 것은 틈이 없어서 낭비도 없다. 마루 끝에 앉은 그는 벽에 몸을 기대었다. 노화가가 그린 그림 속의 푸르스름한 연인들이 떠올랐다. 그들이 슬퍼 보였던 것은 완전한 퍼즐처럼 서로의 몸에 착 달라붙어 있어도 그들이 꿈꾸는 하나,가 될 수 없어서인가. 새의 날개 같은 커다란 머리카락을 지녔어도, 나비 모양의 상투를 머리에 얹었어도 책상을 '책상'이라고 부르는 세계로 다시는 돌아갈 수 없어서인가. 늦은 오후의 햇빛이 먼 이야기를 부르는 그의 온 몸을 노곤하게 했다. 이 세상에서 가장 무거운 것은 눈꺼풀이다. 그는 그것이 너무 무거워서 치켜 올리기가 버거웠다.
　문득 이상한 기운이 느껴졌다. 그는 퍼뜩 눈을 떴다. 그녀가 눈앞에 서 있다. 앞치마를 돌돌 말아서 손에 쥔 채 그를 물끄러미 내려다보았다. 언젠가 보았던 그녀의 집 선반 위에 올려져 있던 낡은 턴테이블처럼. 그렇게 잊혀져버린 장식품처럼. 그 모습이 꿈처럼 황망하고 아련해서 그도 그녀를 물끄러미 올려다보았다.

나 봤어?

그가 묻자 그녀는 고개를 끄덕였다. 그들은 나란히 앉았다. 오후의 햇살이 그녀의 무릎과 그의 다리를 지나가고 있다. 그는 그녀의 가족에 대하여 물었다. 우수리스크에 가서 모셔온 어머니는 이미 병이 깊어 이곳에 도착하자마자 돌아가셨다고 한다. 동생들에 대해서도 말을 주고받는다. 한 명은 모스크바에서, 둘은 알마아타에서 공부하고 있다고 한다. 오고가는 몇 마디 말이 지나고 침묵이 주저주저하며 그들을 에워쌌다. 절대로 익숙해질 수 없고, 그렇다고 전혀 낯선 것만도 아닌 그런 침묵이. 그는 아무 것도 아닌 것에 대하여 하릴없이 이야기하듯, 그렇게 느껴지도록 애쓰는 기색조차 전혀 묻어나지 않기를 바라며 입을 열었다.

아이는, 몇 살이야?

동그랗게 눈을 뜬 그녀는 아아, 무슨 말인지 그제야 알겠다는 표정이다. 말없이 웃기만 했다. 웃음밖에는 대꾸가 없는 그녀 때문에 그도 더 이상 묻지 않았다. 그들의 무릎과 다리를 지나가던 햇살은 이제 그녀의 투박하고 검은 슬리퍼에 간당간당 걸려 있다. 어느 집에선가 아냐, 아냐, 부르는 소리가 들렸다. 그도 그녀도 가만히 있었다. 어떤 '아냐'일까, 그는 생각했다. 이 동네만 해도 몇 명의 나타샤와 까츄샤와 사샤와 아냐가 있을 것이므로. 그러나 누구의 것인지는 모르지만 부르면 돌아볼 수밖에 없는 이름이어서 그도 그녀도 모른 척 할 수는 없었다. 일어나자는 말을 주고받지 않고서도 그들은 동시에 일어섰다. 대문에 빗장을 대기 위해 그들은 나란히 대문 앞에 섰다. 어귀가 맞지 않은 대문을 그녀가 힘주어 눌렀고 그는 두 짝의 대문에 달린 두개의 구멍 속으로 길고 뭉툭한 빗장을 통과시켰다. 제대로 닫힌 대문 앞에서 그들은 마주보며 웃었다. 열세 살 때처럼. 검은 새떼가 그들의 머리 위를 지나 밀밭을 향해 낮게, 아주 낮게 날아갔다. 그녀는 뒤돌아 걸었다. 한참 걸어가더니 손을 휘휘 저으며

하이르.

또랑또랑하고 맑은 목소리로 소리쳤다. 그 단어가 이 나라의 대다수를 차지하는 족속의 현지어라는 것쯤은, 하루에도 몇 번씩 주고받는 작별 인사라는 것도 그는 물론 안다. 자신의 집을 향해 걸어가는 그녀를 그는 오래오래 바라보았다. 지금까지 그랬듯이 앞으로도 눈을 감아야 볼 수 있는 그녀의 뒷모습이었다. 고개를 숙이거나 다리를 끌거나 하지 않고 그녀는 반듯하게 걸어갔다. 책상을 보고 '책상'이라고 부르는 말이 단 하나였던 세상을 뒤로 하고. 그녀의 것인 '스톨'도 아니고 듣는 것만으로도 힘을 발휘하는 '데스크'도 아닌, 이십년 넘게 이웃집에 살아도 터득하지 못했고 최신형 컴퓨터의 문자판에서도 찾을 수 없으며 그로서는 도무지 알 길이 없는 그녀의 또 다른 그것을 향하여. 무수한 그 '말'들의 고향이 되기 위해서.

아냐.

그는 그녀의 이름을 힘껏 불렀다. 그녀는 뒤돌아섰고 한 손을 높이 들어 흔들었다. 그렇게 잠시 그를 바라보고서 다시 뒤돌아 걸었다. 앞모습을 갖지 못한 여자처럼 그렇게 뒷모습만으로, 그녀는 점점 작아졌다. 모퉁이를 돌아간 그녀의 모습은 더 이상 보이지 않았다. 뭐가 이렇게 복잡해, 너랑 나랑 한 마을에 살고 있는데. 그녀를

쫓아다녔던 열세 살 사내아이의 목소리가 그의 속에서 툭, 튀어 나왔다. 그는 천천히 몸을 돌렸다. 여기 저기 잠긴 집들을 세며 긴 골목을 걸었다. 성인이 된다는 것은 슬픈 일이다. 벗어날 수도 없고 무시할 수도 없는 타인의 말(言) 갈퀴를 붙들고, 제 발에 쇠 굽을 박고 달려야 하므로.

기내에 앉아서 그는 손바닥만한 창문을 밀어 올렸다. 택시 안의 소년이 유리창 너머의 그를 빤히 바라본 것처럼 그도 보이는 것이라고는 뿌연 대기뿐인 창 너머를 유심히 바라보았다. 새의 날개처럼 긴 머리를 흐트러뜨린 그녀가 보일까 싶어서. 칠년 동안 스물한 살 이상 나이를 먹지 못했지만 이제는 어제 본 그 얼굴 이상으로는 늙지 못할 그녀가. 그러나 그녀의 모습보다 먼저 되살아나는 것은, 이제는 그녀의 것이라고 불러줄 수밖에 없는 한 마디의 말이었다. 하이르. 그 소리가 그의 귓속에 단단히 박혀 떠나질 않는다. 시계를 보았다. 9시 40분. 큰 바늘을 네 시간 당겨놓아야 한다는 생각이 들었지만 그는, 그러지 않았다. ✤

| 작품 평설 |

'그들' 과 '우리' 사이

　허혜란의 소설들은 자기만의 독특한 풍경을 지니고 있다. 그의 소설은 바로 '우즈베키스탄'이라고 불리는 중앙아시아의 한 나라를 무대로 펼쳐지기 때문이다. 우즈베키스탄의 '고려인'들은 「아냐」와 함께 연작관계를 이루고 있는 「소녀 수 콕으로 가다」에서도 소설적 탐구의 대상이 된 적이 있다. 그들은 아픈 역사를 지니고 있다. 제2차세계대전의 전운이 세계를 음울하게 뒤덮던 1937년, 일본제국주의의 앞잡이라는 누명을 쓴 채 연해주에서 쫓겨나 중앙아시아로 강제 이주를 당하게 된다. 1920년대 중반 사상의 조국을 찾아 소련으로 망명했던 소설가 조명희가 총살을 당했던 것도 그 무렵이다.
　그렇듯 우즈베키스탄에 살고 있는 고려인들은 우리 민족에게 있어 아픈 유랑의 역사를 상기시킨다. 소설이 낯선 나라 우즈베키스탄을 무대로 삼고 있음에도 불구하고 결코 이국적이고 낭만적인 정취로 물들지 않은 것은 이 때문이다. 더욱이 작가 자신의 실제적인 경험과 맞물리면서 매우 깊은 현실감을 획득하고 있는 것이다. 소설 속에 등장하는 '신 니콜라이 세르게이비치'라는 인물의 실존성 역시 소설의 사실감을 더욱 높여주는 역할을 한다.

1928년 연해주에서 출생한 신 니콜라이 세르게이비치(신순남, 1928~2006)는 아홉 살이었던 1937년 스탈린의 강제 이주 정책이 시행되면서 아홉 살의 나이에 할머니와 함께 중앙아시아 행 이주열차에 올라 참혹한 비극의 현장을 직접 목격했다. 그래서 우즈베키스탄의 벤코프 미술학교와 아스트롭스키 미술학교를 졸업한 후, 그는 사회주의리얼리즘의 유행과 정치적 탄압의 위협을 무릅쓰고 낯선 땅에서 살아남은 고려인들의 이야기를 거대한 화폭에 담는다. 그는 우즈베키스탄의 고려인들이 겪었던 수난과 박해의 역사를 대변하는 존재인 셈이다.

소설은 신 니콜라이 세르게이비치를 인터뷰하기 위해 우즈베키스탄의 수도 타슈켄트를 방문한 이야기이다. 주인공은 한국에서 초등학교 마치고 아버지와 함께 이곳으로 건너와서 스물 한 살까지 8년 동안 살았기 때문에 낯설지 만은 않은 곳이다. 그런데, 신 니콜라이 세르게이비치가 증언하고 있는 수난과 박해의 역사는 이곳 고려인들의 관심을 끌지 못한다. 그들은 과거의 역사, 민족의 운명 따위에 관심을 잃은 지 오래이다. 그들은 자신들의 근원을 헤아리지 않은 채 오직 생존을 위해 살아갈 뿐이다.

그가 처음 이곳에 왔을 때 '그들 한 가족은 세대가 각자 다른 언어로 그에게 말을 걸었는데, 노인은 이북 사투리가 배어 있는 어설픈 한국어로, 남자는 러시아어로, 소년은 그리 유창하지도 않은 영어를 썼'던 풍경은 우즈베키스탄의 고려인이 처해 있는 상황을 압축적으로 보여준다. 그들은 모국어를 잃은 지 오래이다. 연해주에서 강제이주 된 고려인 1세대가 모국어를 통해서 자신의 뿌리를 지키려 했다면, 2세, 3세 들은 그러한 당위적 명제에서 멀리 벗어나고 있는 것이다. 한민족 수난사를 대변하고 있는 신 니콜라이 세르게이비치라든가 조 발렌치아에 대한 무관심은 그것을 잘 보여준다. 결국 '말을 모르는데 역사는 어찌 알아'라는 택시운전사의 푸념처럼 모국어가 사라진 상태에서 민족의식의 약화는 불을 보듯 명확한 일이다.

그런데 작가는 여기에서 모국어의 회복이나 민족의식의 고취와 같은 당위적인 명제를 반복하지 않는다. 대신 마흔 두 살 된 이교도 남자에게 네 번째 아내로 시집가는 스물한 살의 고려인 처녀 '신 아냐'를 등장시킨다. 그녀는 죽어가고 있는 어머니를 구하기 위해 '돈도 있고 지위도 있고 나이도 많은' 무슬림 남자와 결혼하여 '그들의 언어로 살아가'는 길을 선택한다. 어머니를 구하기 위해 모국어를 버려야 하는 역설적인 상황 앞에서 누구랴 떳떳하게 그녀를 비난할 수 있겠는가. 그들의 땅에 살아가는 한 그들의 언어로 사고하고 그들의 방식대로 행동해야만 살아남을 수 있는 것을.

한국인의 피가 흐르면서도 러시아 말을 쓰고, 우즈베키스탄의 무슬림과 결혼한 아냐를 디아스포라, 하이브리드 등과 같은 말로 손쉽게 규정해서는 안될 것이다. 그것은 그녀의 고통어린 삶의 흔적들이다. 스탈린에 의해서 자행된 한민족의 유랑의 역사를 화폭에 기록한 노화가가 러시아어로 자신을 표현할 수밖에 없는 것 또한 우리가 눈 돌릴 수 없는 진실이다. 삶이 내포하는 모순과 역설 속에서 지난한 싸움을 벌일 때에만 '우리'는 '강한 자의 말과 무기에서 자신을 떼어낼 줄 아는, 그리하여 제 영혼의 부름에 응답할 줄 아는 그런 힘'을 가진 존재로 다시 태어날 수 있을 것이다.

— 선정위원 | 김종욱

2007 젊은 소설

문

현실의 인과성 너머에 있는 판타지를 끌어들인 소설이다

황정은

창작 노트 | 그런데 그걸
뭐라고 하지 크고 번들거리는
젖지 않으려고 입는
외투 같은 것을

약력 | 2005년 『경향신문』 신춘문예 당선. 「무지개풀」 「일곱시삼십이분코끼리열차」 등 발표.
2006년 문예진흥기금 수혜. e-mail : aamudo@empal.com

2007 젊은소설

문

 m의 등 뒤에는 남이 볼 수 없는 문이 하나 있었다. 때때로 이 문이 열렸다.
 첫 번째로 열린 것은 m이 열다섯 살 때였다. 하지만 그 이전에 벌써 열렸던 적이 있을지도 모르겠다. m의 기억이 아직 시작되지 않은 곳에서 서너 번쯤은. 그런 것을 열외로 하고 보면 분명 첫 번째로 문이 열렸던 것은 열다섯 살 때였다.
 m은 열다섯 살 때까지 할머니와 살았다. 할머니는 조그맣고 조용한 사람이었다. 할머니는 커피를 좋아했다. 천을 덧대서 양말을 기워 신고 큰 옷을 얻어다 작게 줄여 입거나 직접 만들어 입었지만 커피만은 언제나 고급으로 마셨다. 할머니의 큰 즐거움이었다. 백화점에서 가장 좋은 원두를 사다가 다람쥐처럼 선반에 저장해두고, 매번 작은 스푼으로 원두 알을 세어서, 그라인더에 넣고 직접 갈아 먹었다. 할머니는 언제나 흡족한 표정으로 그라인더의 손잡이를 돌

렸다. 드르륵. 드르륵. 나도 줘, 라고 m이 말하면 할머니는 커피로 착색된 갈색 이를 보이면서 조그맣게 웃었다. 할머니의 커피는 보리차처럼 연하고 맛이 좋았다.

할머니는 심장마비로 죽었다. m이 학교에 가 있을 때 발작이 일어났다. 할머니는 몸의 왼쪽에서 시작된 극심한 고통을 견디려고, 고통을 돌돌 말아버린 듯한 자세로 동그랗게 엎드려서 숨이 끊어져 있었다. m이 보기에 선반에서 커피를 꺼내다 발작을 일으킨 것 같았는데, 늘 사용하던 스푼이 할머니의 왼쪽 정강이 아래 눌려 있었다. 장례절차가 모두 끝난 뒤 m은 혼자 집으로 돌아왔다. 토끼 똥처럼 원두가 바닥에 흩어져 있었다. 원두를 주워 그라인더에 넣으면서, m은 생각했다.

할머니가 원두를 갈러 오지 않을까.

왜냐하면 늘 원두를 갈아 왔으니까. 하루에도 몇 번씩 원두를 갈았으니까. 이제 와서 원두를 갈지 않는다고 하면 할머니나 자신에게 너무 이상하니까. 그런 생각을 하면서 그라인더를 한동안 바라보고 있었는데, 등 뒤의 문이 슥 열리더니 할머니가 나왔다.

*

m은 깜짝 놀랐다.
열리기도 하는구나.
그것은 상아색의 무늬가 없는 문으로, 양파처럼 둥근 구리손잡이가 하나 달려 있었는데 그것을 비틀어 열려면 그 문을 향해 돌아서야 했으므로 m의 입장에서는 결코 열 수 없는 문이었다. 왜냐하면,

그 문은 언제나 m의 등 뒤에, 한두 발짝 떨어진 곳에 있었기 때문이었다. m이 그 문을 좀 자세히 보려고 뒤로 돌아서면 문도 돌아서 m의 등 뒤로 갔다. 언제나 닫혀 있는 문을 두 개의 거울을 통해서나 볼 수 있었던 m은 문이 열리는 것을 느꼈고, 사실을 말하자면, 할머니의 출현에 앞서 그것이 열렸다는 것에 먼저 놀랐다. 저게 열리기도 하는구나.

할머니는 별로 달라진 것이 없어 보였다. 덧신을 신은 발로 소리 없이 걸어서 싱크대로 다가서더니, 그라인더의 손잡이를 쥐고 돌리기 시작했다. m은 말했다.

할머니. 거기선 어때. 지내기가.

나쁘지 않다. 눈이 내린다.

눈이 내려?

눈만 내린다. 다른 건 없어.

춥겠네.

춥지 않다. 일단은 죽었으니까.

거기서 뭘 해. 할머니.

서 있지.

그냥?

그냥.

심심하겠어. 할머니.

그래서 가끔 걷는다.

뭐가 있어?

없다. 그러니까 조금 더 걸어볼 생각이다.

할머니가 갈은 원두로 보리차처럼 연한 커피를 내려서 둘이 마셨다. 할머니의 찻잔에는 커피가 거의 그대로 남았다. 향으로 충분해. 할머니가 말했다. 그리고 가버렸다. 새벽쯤에, 만족했다는 듯 웃더니 조용히 일어나 m의 등 뒤로 사라졌다.

다시 오지 않을까 싶었는데 몇 달이 흘러도 할머니는 찾아오지 않았다. m은 그라인더를 치우지 않고 싱크대에 놔두었다.

혼자 살게 된 이후로 m은 학교를 자주 결석했다. 어떤 주에는 학교에 가지 않은 날이 간 날보다 많았다. 학교에 있을 때 문이 열려 할머니가 나온다면, 그라인더도 드리퍼도 없으니까, 곤란할 것이라고 생각했기 때문이었다. m은 등굣길에 발길을 돌려 집으로 돌아갔다. 교문을 넘어 운동장을 가로지르다가도 몸을 돌려 집으로 돌아갔다. m의 담임이 제본소를 하는 m의 삼촌에게 전화를 걸어 그 문제를 상의했다.

넌 뭐가 되고 싶냐. 삼촌이 m에게 말했다. 뭐든, 제대로 학교를 졸업하는 편이 도움이 될 거다.

m은 뭐가 되고 싶다고 생각한 적은 없었지만, 학교를 제대로 다니지 않을 거라면 자기 집에 데려다 놓겠다는 삼촌의 말을 듣고 타협을 보았다. m은 친구도 사귀지 않고 음악도 별로 듣지 않으면서 중학교와 고등학교 시절을 보냈다. 고등과정을 마치고 난 뒤엔 대학 입시를 치르지 않고 집에 틀어박혔다. m은 영화도 보러 가지 않고 산책도 하지 않았다. m은 그냥 날짜가 가는 것을 들여다보고 한두 시간쯤 낮잠을 자고 텔레비전을 보고 이따금씩 현관 밖으로 나와 햇볕을 쬐다가, 해가 지면 잠을 자러 집으로 들어갔다. 아무것도 하지 않는 시간엔 삼촌에게 얻은 낡은 컴퓨터로 오프라인 게임을 했다. 자판을 달각달각 눌러서 고양이를 움직여주면 고양이가 장애

물을 뛰어넘었다. 한 개를 넘으면 다시 한 개가 나타나고 또 한 개, 또는 두 개나 세 개가 한 쌍이 된 한 개가 다시 나타났다. 고양이가 뛰어넘을 장애물은 얼마든지 있었기 때문에, 시간은 잘 갔다. 아무리 시간을 보내도 시간은 얼마든지 되돌아와서 견디기 어려울 때도 있었지만 그런 시간도 결국은 흘러갔다. m은 오래 전에 선박사고로 숨진 부모님의 보상금을 조금씩 헐어내며 살았다. 꼭 필요한 정도만 먹을 것과 입을 것을 갖추고 지내서 지출은 그다지 많지 않았다.

그런 식으로 몇 년이 흘러도 할머니는 찾아오지 않았다. 할머니가 눈 속을 너무 많이 걸어서, 이제 완전히 멀어졌나 보다. m은 생각했다. m은 신문지를 뭉쳐서 종이박스를 채우고, 그 속에 할머니의 그라인더를 묻어 넣었다.

*

겨울에 m은 삼촌으로부터 전화 한 통을 받았다. 뭐하냐. 삼촌이 말했다.

그냥 있어.

나 좀 도와줘라.

겨울부터 m은 제본소에서 일하기 시작했다. 제본소는 시의 동쪽 구석에 박힌 사립대학 근처에 있었다. m은 한 달에 두 번을 쉬고 오전 열한 시부터 오후 여덟 시까지 일했다. 졸업 시즌에는 논문을 제본하고 신학기에는 교재들을 불법으로 복사해서 제본했다. m은 제본소까지 대개 전철을 타고 다녔다. 제본소에서 일하는 것은 나쁘지 않다고 m은 생각했다. 그곳에는 여러 대의 컴퓨터와 모니터와 복합기와 코끼리처럼 거대한 프린터들이 비좁은 공간에 꽉 들어차 있었는데, 어느 정도로 비좁았냐면 순서대로 그것들이 그 공간 안으로 들어간 다음에는 다시는 그것들을 다른 위치로 재배치할 엄두를 내지 못할 만큼이었다. 왜냐하면 거대한 프린터 같은 것들은 그걸 거기 넣는 것만으로도 상당히 힘든 과정을 거쳐야했으니까. 그런 기계들은 제본소의 문을 통과한 다음엔 어딘가에 놓였고 그런 다음엔 언제까지고 그 자리에 놓여 있었다. 그런 것들이 웅웅거리고 다닥거리고 지직거리며 열을 발산하는데다, 뜨겁게 달궈진 종이 뭉치들을 만지작거리는 바람에 종이독이 올라서 머리와 손에 늘 미열이 있다는 느낌이었지만, 그래도 나쁘지 않다고 m은 생각했다. 토너나 잉크를 먹어 빳빳해진 종이를 만지는 것이 마음에 들었기 때문이었다.

화요일에 m은 평소보다 십 분쯤 일찍 집을 나섰다. 전철역에 이르기 전에 편의점에 들러 주먹밥을 두 개 사고 물도 한 병 샀다. m이 플랫폼으로 내려갔을 때는 전철이 막 문을 닫고 출발하는 참이었다. 그 시간대엔 배차간격이 상당히 길다는 것을 알고 있었으므로 m은 벤치에 앉아서 다음 전철을 기다리기로 했다. m은 포장을 벗겨내고 주먹밥을 천천히 먹었다. 열차의 도착을 알리는 전광판에 조간신문을 광고하는 문장이 흐르고 있었다. m은 광고문이 세 번 바뀔 때까지 입에 든 것을 씹었다가 다시 한 입을 먹었다. 그때 누군가 말했다.

그런 건 어디서 삽니까.

m은 고개를 들었다. 작고 마른 몸집의 남자가 서 있었다. 모자가

달린 카키색 셔츠를 입고 있었는데, 캥거루의 육아낭처럼 생긴 주머니가 배 부분에 달려 있었다. 그는 그 주머니에 두 손을 넣은 채 대답을 기다리며 m을 진지하게 바라보고 있었다.
  편의점에서 샀습니다.
  m은 말했다.
  아.
  그가 짤막하게 대꾸했다. 그는 주머니 속에서 한쪽 손을 빼더니 관자놀이를 검지 끝으로 긁었다. 닳아빠진 소매에 다갈색 얼룩이 여기저기 묻어 있었다. 오랫동안 빨아 입지 않은 듯 몹시 구겨진 청바지에서 상한 양배추 냄새가 풍겼다. 그는 잠시 서서 고개를 끄덕이다가 아주 느린 댄스 스텝을 밟듯 m에게서 물러났다. 열차가 들어오고 있었다. m은 주먹밥을 입에 물고 서둘러 가방을 어깨에 걸친 다음, 벤치에서 일어났다. 카키색 셔츠를 입은 남자가 안전선에 바짝 다가서 있는 것이 보였다. 그는 열차가 오는 방향을 지켜보고 있다가, 먼 곳을 살피는 사람처럼 뒤꿈치를 조금 들더니, 레일 위로 툭 떨어져버렸다.

*

  m은 삼십분 늦게 제본소에 도착했다. 전날 마치지 못한 일감을 쌓아두고 있던 제본소 사장이 투덜거렸지만, m은 자기가 본 것에 대해 말하지 않았다. 사실 말할 수 있는 것도 별로 없었다. 사람들이 모여들고 역무원이 달려오고 기관사가 시키면 레일 위로 내려갔다. 역무원과 기관사가 마비된 듯한 얼굴로 몇 번이나 차체 밑을 들

락날락하며 무언가를 줍고, 그것을 재킷으로 덮은 채 레일 사이의 홈에 내려놓았다. 다른 역무원이 달려와 그것들 위에 방수포를 덮었다. 그들은 그런 식으로 무언가를 빼내고, 방수포 밑에 밀어 넣었다.

m은 횟수를 세었다. 네 번째로 방수포가 펄럭였을 때, 또 다른 역무원이 플랫폼에 모인 여남은 명의 사람들을 뒤쪽으로 밀어냈다. m이 선 자리에서는 파란 방수포의 끝자락이 조금 보였다. 그 뿐이었다.

m은 제본소에 도착하자마자 열역학과 항공학 전공서적을 세 권씩 복사해서 무선으로 제본했다. 점심으로 탕면을 조금 먹고 제본소 사장이 입구에서 담배를 피우는 모습을 지켜보았다. 간단한 출력물을 얻기 위해 제본소에 들른 학생들의 작업을 돕고 바닥과 책상에 흩어진 파지들을 주워 모았다. m이 집에 갈 생각을 하고 가방을 집어 들었을 때는 평소보다 한 시간 반쯤 이른 시각이었다.

삼촌. 나 집에 간다.

제본소 사장이 담배를 입에 물다 말고 m을 보았다. 어디 아프냐.

아니.

그럼.

그런 것 같아.

아니라며.

기분이 좋지 않아.

기분이라.

등이 무거워.

내일은 늦지 마라.

응.

m은 왔을 때처럼 전철을 타고 집으로 돌아갔다.

집까지 이르는 완만한 비탈길을 천천히 올라가서 공동주택의 현관문을 통과해 삼층까지 계단을 오르고 자기가 사는 집의 현관 앞에 이르렀을 때, m은 등 뒤의 문이 왠지 무거워지고 짙어졌다고 생각했다. 보지 않아도 m은 그것을 알 수 있었다. 과연 m이 현관에서 운동화를 벗기 위해 뒤꿈치를 비비고 있을 때였다. 문이 열리고 그가 걸어 나왔다.

*

m보다 먼저 집안으로 들어간 그는 별다른 말도 없이 냉장고 앞에 무릎을 구부리고 앉았다.

전철역에서 봤을 때보다 전체적으로 파랗다는 것이 그의 인상이었다. 처음에 m은 그가 무슨 말이든 해올 것 같아 기다렸지만, 시간이 지나도 왠지 말라버린 해조류 같은 분위기만 풍길 뿐이어서 m은 혼자 텔레비전을 보고 밥도 먹고 문턱에 앉은 그를 내버려둔 채로 욕실에서 샤워도 했다.

m이 수건으로 젖은 배를 닦으며 방으로 들어가자 그도 조용히 방으로 들어왔다. 늘 머리를 두고 눕던 자리에 그가 앉아서 움직이지 않았으므로 m은 책상 밑에 머리를 넣고 잤다. 두세 가지 꿈들이 모호한 경계에서 뒤섞이거나 분리되며 이어졌다. 잿빛 털을 가진 토끼들이 두 발로 서서 만화주제가를 부르며 비탈길을 열심히 올라가고 m은 그들의 행렬에 머리가 짓밟히면서 자기 머리가 딱딱한

빵이 되어버렸다고 생각하고 있었다. 토끼들의 합창은 굉장히 시끄러워서 m은 꿈속에서도 힘껏 찡그린 자기 얼굴을 느꼈다. 시끄러워. m은 그렇게 말했고, 자기 목소리를 들으면서 잠에서 깼다.

책상 밑의 어둠은 책상 바깥의 어둠보다 진했다. m은 한동안 관처럼 자기 머리를 둘러싼 공간을 두리번거리다가, 자기가 빠르게 흐르는 말의 물살 속에 드러누워 있는 것을 깨달았다. m의 발치 쪽에서 그가 말하고 있었다. 언제부터 말하기 시작했는지, m이 잠에서 깼을 때는 상당한 시간이 경과한 듯 가속이 붙어서, 팽글팽글 도는 팽이처럼 빠른 속도로 말이 이어지고 있었다. 얼핏 듣기에 타일로 덮인 부엌에 대한 얘기를 하고 있었는데, 정신이 좀 더 또렷해지고 보니 거리에서 장난감 자동차를 팔았던 일에 대해 말하고 있었다. 꽈배기 모양으로 꼬인 플라스틱 레일 위를 그 장난감 자동차가 하루 종일 빙글빙글 돌았다는 것이었다. 몇 번이고. 몇 번이고.

m이 부스럭거리며 일어나자 그가 문득 말을 끊고 잠잠해졌다. 맞은편 벽 쪽에 거대한 죽순처럼 솟은 그의 윤곽이 보였다. 골목을 지나는 자동차 불빛 때문에 천장이 잠깐 노랗게 밝아졌다가 어두워졌다. 그가 말했다.

내가 죽은 것 같아.

응. m은 고개를 끄덕였다.

그런가. 죽었나. 발치 쪽에서 그런 대꾸가 들려왔다. 그런가. 그런가. 몇 번이나 그렇게 말하더니 그는 왠지 안심했다는 느낌으로 가볍게 한숨을 쉬었다.

말해봐. 내가 거기서 어떤 식으로 떨어졌는지.

거기라니.

역에서.

글쎄. 그건.

…….

……사과 같았어.

사과.

m은 사과 한 알을 쥔 것처럼 손을 오므렸다가 그것을 허공에 놓았다.

이런 식으로, 떨어졌으니까. 중력 때문에 툭 하고.

그렇군. 사과 식으로. 하지만 그럴 계획은 아니었어. 나는 몸을 조금 앞으로 내밀었을 뿐이었는데. 아무런 생각도 하지 않으면서. 아니야. 사실을 말하자면, 두리안이라는 과일이 어떤 맛인지 영원히 알 수 없게 되었다는 생각을, 어딘가에서 아주 작게 하고 있었던 것 같아.

두리안?

두리안. 죽기 바로 전에 어딘가에서 나는 꽤 오랫동안 그것을 들여다보았어. 그런 걸 처음 보았거든.

나는 본 적이 없어.

파랗고 둥글고 삐죽삐죽해. 그걸 보면서 예전에 내가 본 무엇과 닮았다는 생각을 했는데 그게 뭔지 지금은 떠오르지 않아. 모르겠어. 왠지 나는 지금 이렇고 저런 기억과 감정들의 덩어리라는 느낌이 들어. 그리고 말(言)과 말(言)과 말(言)과, 말(言). 나는 지금 꽤 많은 말을 하고 있는데, 이것은 아주 오랜만의 일이야. 오랫동안 입을 다물고 살았으니까. 말을 건네지도 말을 건네받지도 못하면서 내가 누구에게 대답하는 일도 없이 누군가 내게 대답하는 일도 없이. 역에서 네가 나를 제대로 바라보며 대답해주었을 때는 좋았어. 그렇게 내가 말하고, 누군가 내게 대답하는 상황은, 정말, 오랜만이었어. 그래서, 그러고 보니, 아, 그때 조금 기뻤던 기억도 남아 있어. 여기, 오른쪽 어깨 밑에. 하지만 이름을 비롯해 몇 가지 기억과 느낌은 영영 사라져버렸어. 여기저기 이상한 공동 같은 것이 있는데, 내 얼굴과 등뼈가 쪼개졌을 때 그런 것들이 어딘가로 튕겨나가고 남은 구멍 같아. 나는 거기에 있던 것들이 어떤 것들인지 아무래도 알 수가 없어. 완전히 사라져버렸어. 모르겠어. 이름을 기억할 수 없는 것은 최근에 좀처럼 불린 적이 없기 때문일지도 몰라.

뭐를 불린 적이 없다고?

이름. 그가 말했다.

그러니까 사과라고 불러도 좋아.

사과.

두리안이라도 상관없어.

그 말을 끝으로 그는 입을 다물어버렸다. m은 다시 말이 이어지지 않을까 싶어서 기다렸지만, 아무리 기다려도 아무런 말도 나오지 않아서 동이 틀 무렵엔 이불 속으로 다리를 뻗고 다시 잠이 들었다.

*

아침에 일어나고 보니 그가 보이지 않았다. 그래서 m은 그가 어딘가로 가버렸다고 생각했다. 하지만 그것은 아니고 다만 흐릿해졌을 뿐이었는데, 너무 흐릿했기 때문에 m은 여러 번 그의 앞을 지나가고도 그를 알아보지 못했다.

  바닥에 늘어진 그의 팔이 펄럭이는 바람에 m은 간신히 그를 알아보았다. m은 냉장고 문을 열다말고 그를 향해 말했다.

  두리안.

  응.

  왜 그렇게 흐릿해.

  죽었기 때문 아닐까.

  너무 흐릿한데.

  m이 말하자 두리안은 손을 펼쳐서 손바닥을 들여다보았다. 왼쪽 손바닥이 얇은 기름종이처럼 펄럭였다. 두리안이 입술을 조금 움직였다. 뭔가를 말하는 것 같았는데 제대로 들리지 않아서 m은 그의 흐릿한 얼굴이 있는 쪽으로 몸을 구부렸다. 두리안은 입을 다물고 귀찮다는 듯 흐릿한 팔을 저었다. m은 냉장고 선반 안쪽에서 요구르트를 찾아냈다. 이틀이나 유통기한이 지나 있었지만 밀봉필름을 벗겨 냄새를 맡아보니 괜찮은 것 같았다. 바나나를 조금 잘라 넣고 스푼으로 떠먹었다. 먹을래? 하고 물어도 두리안이 대답하지 않아서 m은 그것을 혼자 먹었다. 바나나도 이게 마지막이구나. m은 용기 바닥에 남은 요구르트를 긁으며 생각했다. 저녁에 먹을 것을 좀 사와야겠다고 생각하고, 메모지와 볼펜을 가져다 몇 가지를 적어 넣었다. m은 그것을 여러 번 접어 주머니에 넣고 벽시계를 보았다. 집을 나설 시간이었다.

  m은 집안에 두리안을 남겨둔 채로 문을 잠갔다.

  삼층에서 일층까지 계단을 내려가는데, 어느새 m의 등 뒤로 바짝 따라붙은 두리안이 어느 순간부터 m을 앞질러 계단을 내려가기 시작했다. 계단 아래쪽의 벽이 비쳐 보이는 등을 바라보며 m은 천천히 발을 내려놓았다. 다음 계단. 그 다음 계단.

새벽에 비가 내린 듯 포석에 물기가 배어 있었다. 두 블록 정도를 걸어 전철역으로 가는 길이었다. 두리안이 m의 옷자락에 달라붙었다.

저걸 타자.

두리안은 첫 번째 마디가 거의 사라진 집게손가락으로 버스 정류장을 가리켰다. 뭐? 하고 바라보자 흐릿한 주제에 단호한 표정으로 고개를 끄덕이며 m을 보았다.

저걸 타.

이 녀석은 제멋대로군. 생각하면서도 m은 두리안이 이끄는 대로 버스 정류장 쪽으로 걸어갔다. 노선도를 살필 여유도 없이 버스가 도착했고, 두리안이 m의 소매를 잡아당겼다. 똑같은 번호의 버스가 두 대 연달아 와서 m은 잠깐 망설이다가 뒤쪽 것을 택했다. 늘 사용하던 교통카드가 읽히지 않아 주머니를 뒤져서 동전을 찾아냈다. 두리안의 것까지 두 사람 몫을 내야할까 생각하다가 동전이 모자라 한 사람 몫만 지불했다. 요금함 속으로 찰랑찰랑 동전이 떨어졌다. 커다란 버클이 달린 백을 멘 여학생이 m의 뒤를 따라 버스에 올랐다. 탑승객이 많지 않아서 m과 두리안은 곧장 빈자리를 발견하고 앉을 수 있었다.

은행나무와 플라타너스 가지들이 탁탁 차창에 부딪혔다. 따뜻하고 포근한 날이었다. 햇빛을 받은 쪽의 무릎이 따끈해져서 졸음이 쏟아졌다. 삼촌에게 연락을 해야 한다고 생각했지만, 햇빛과 버스의 진동 때문에 찰떡 안에 든 앙꼬처럼 머릿속이 바슬바슬해져서,

m은 곧 그것을 잊어버리고 말았다.
 두리안. m은 중얼중얼 말했다.
 버스를 왜 탄 거야.
 그냥. 타고 싶었어.
 이 버스, 지금 어디로 가는 걸까.
 모르지.
 두리안.
 응.
 저길 나오기 전에. m은 어깨 너머를 손가락으로 가리키며 말했다.
 네가 있었던 곳은 어땠어?
 ……그건 그냥 방이었어. 하얀 방. 천장이 너무 높아서 아예 보이지도 않았어.
 m은 그것을 생각해보았다. 하얀 벽으로 둘러싸인 방과 그 곳에 우두커니 선 두리안. 끝이 없는 천장을 올려다보는, 파란 얼굴의 두리안. 두리안이 말했다.
 탁자와 의자가 하나씩 있었고 높다란 곳에 창도 하나 있었어. 창 밖은 아주 밝아 보였는데, 파도소리 같은 것이 계속 들려왔어.
 파도소리?
 응. 싸아아아아아, 아아아아, 하고. 하지만 줄곧 듣다 보니 파도소리라기보다는 바람소리에 가까워서, 어딘가로 끊임없이 바람이 새고 있구나, 생각했어. 그게 그 방에서 맨 처음 들었던 생각이야. 두 번째 든 생각은 말을 하고 싶다는 것이었어.
 말?

말. 말을 하고 싶다. 말을 하고 싶다. 뭘 말하고 싶은지도 모르면서 그런 식으로 생각이 반복되어서 괴로웠어. 하지만 그 방에는 나 말고 다른 사람은 없었으니까, 들어줄 사람이 없잖아. 들어줄 누군가가 있으면 좋겠다고 생각했어. 그게 세 번째 생각이야. 어느 순간 고개를 들고 보니 위쪽에 문이 하나 달려 있었어. 저기까지 걸어서 올라갈 수 있을까 생각하면서 발을 움직였더니 정말 걸어 올라갈 수 있어서, 이런 식으로 뚜벅뚜벅하고, 거기까지 걸어서 그것을 열고 나왔어. 그랬더니 네가 있었어.

그랬구나.

그랬어.

뒤쪽에서 누군가 떨어뜨린 동전이 m의 발치까지 데굴데굴 굴러왔다. m은 허리를 구부려서 그것을 줍고 뒤를 돌아보았다. 약간 오른쪽으로 옮겨간 m의 문 너머로 구불구불한 파마머리를 늘어뜨린 여자가 난처하다는 듯한 얼굴을 하고 있었다. m이 동전을 건네주자 그녀는 그것을 손바닥에 받아서 손가락을 오므렸다. 고맙습니다. m은 여자의 인사에 목례로 답하고 다시 앞을 돌아보았다.

이전에도 저 문이 열렸던 적이 있어. m은 따뜻하게 달궈진 무릎을 손가락으로 감싸고 말했다.

그땐 할머니였어. 할머니는 눈이 내린댔어.

눈?

눈이 내리는데 혼자 서 있었다고 했어. 그래서 계속 걸어볼 생각이라고 했는데 그 뒤로 문을 열고 나온 적이 없어서 상당히 멀어졌구나, 하고 생각했어. 그라인더도 치우지 않고 놔두었는데. 할머니는 커피를 굉장히 좋아해서, 그 날도 저 문을 열고 나와서 그라인더를 돌리고 커피를 만들었거든.

　커피 때문만은 아닐 수도 있지.

　무슨 말이야.

　네가 걱정되었을지도 몰라. 할머니는.

　그랬을까.

　쓸쓸하다. 그 얘기.

　그런가.

　그렇지 않아?

　나는 잘 모르겠어.

　m은 머리를 저었다.

　잘 모르겠어. 아주 전부터 그랬어. 희로애락이 희박해.

　희박하다고?

　희박해. 그 밖의 다른 감정도. 그건 그러니까.

　m은 생각에 잠겼다가 입을 열었다.

　엔터가 없다는 느낌이야. 전동식 타자기나 키보드를 보면 ㄱ자나 ㄴ자로 구부러진 자판이 있잖아. 그 부분의 블록이 없다는 느낌이야. 이렇게 말하고 보니 그건 꼭 그렇게 생겼어. 그 한 조각이 없어.

　결정적으로.

　응. 결정적으로.

　하지만 네겐 문이 있잖아.

　버스가 덜컹, 튀어 올랐다.

　m은 창밖으로 눈을 옮겼다. 보도의 물기는 이제 거의 다 말라서 그늘진 곳만 얼룩이 조금 남아 있었다. 버스가 다시 한 번 정차하고 사람들을 실었다. 가로수가 창에 바짝 다가와 있었다. 껍질이 벗겨

진 회백색 줄기에 여러 개의 옹이가 패어 있었다.
 두리안이 m을 돌아보고 히죽 웃었다. 입술 근처가 묘하게 진해졌다.
 무서운 얘기 해 줄까. 두리안이 말했다.
 무서운 얘기?
 그래. 있잖아, 나는 배가 고팠어.

*

 아마도 삼일 정도는 아무것도 먹지 못했을 거야. 그래도 구걸은 하지 않았어. 자발적으로 구걸하지 않는 한 걸인은 아니다, 라고 생각하는 마음이 있어서. 하지만 얻고자 하는 사람에게도 별로 주는 것이 없는 세계에서, 그런 마음으로는 그냥 굶고 돌아다니는 수밖에 없는 거야. 어느 순간엔가 자기 자신에 대한 의무도 버리고 말(言)도 버리고 의욕도 버린 채로.
 그 날은 밤부터 비가 내렸어. 배고픔도 추위도 한계에 도달해서 나는 머릿속이 멍한 채 어딘가로 걸어가고 있었어. 고가도로 밑에 포장마차가 하나 있었는데, 그것은 꼭 썩어버린 오렌지 같은 느낌으로 불빛을 밝히고 있었어. 구겨진 포장을 들추고 누군가 바깥으로 나왔어. 커다란 냄비를 양손으로 들고 있었어. 그는 그것을 근처에 있는 하수구에 쏟아 부었어. 팔다 남은 어묵국물인 것 같았어. 김이 피어오르고 짭짤한 냄새가 났는데, 그건 아주 맛이 좋을 것 같은 냄새였어. 거기 버릴 거라면 내가 한 모금쯤 먹는다고 나쁠 것은 없을을 거야. 어쩌면 두 모금쯤. 아니 다섯 모금쯤. 하지만 나는 그냥 입을 다물고 있었어. 수치심 같은 것이 아직도 남아 있었다니. 그건 정말 이상한 기분이었어. 어묵 몇 조각이 하수구를 덮은 철망 위에 얹혀 있었어. 젖어서 풀어진 담배꽁초도 몇 개 섞여 있었어. 나는 뭘 어쩌겠다는 생각도 없이 그걸 보고 있었어. 그런데 그걸 입은 여자가, 그런데 그걸 뭐라고 하지, 크고 번들거리는, 젖지 않으려고 입는 외투 같은 것을.

방수복.

방수복.

우비.

우비. 검은 우비. 그것을 입은 여자가 나타나더니 하수구에 얹힌 어묵들을 줍기 시작했어. 그녀는 그것들을 검은 비닐봉지에 넣었어. 그녀는 약간 제정신이 아닌 것 같아 보였어. 왜냐하면, 다 주워버려서 주울만한 것이 남아 있지 않은 하수구 위에서, 몇 번이나 헛손질을 하며 무언가를 쓸어 담는 듯한 행동을 했으니까. 나는 그녀를 따라갔어. 그녀는 모퉁이에서 멈춰서기도 하고 무언가를 골똘히 들여다보다가 비닐봉지에 주워 담기도 하면서, 계속 걸어갔어. 그녀는 낡은 지하도로 내려갔어. 노란색 타일들 위로 녹물이 흐르고 아주 나쁜 냄새가 났어. 그곳이 그녀의 집이었어. 그녀는 기둥과 벽 사이의 모퉁이를 플라스틱박스로 막아서 아주 작은 공간을 만들어놓았어. 거기 그녀의 모든 것이 다 들어 있었어. 그녀는 그 안으로 들어가서 얼마쯤 혼잣말을 하다가 비닐봉지에 담긴 것들을 먹기 시작했어. 나는 계단 근처의 모퉁이에서 그녀가 그것을 다 먹고 우비를 입은 채로 잠들 때까지 기다렸어. 충분히 시간이 흘렀을 때 나는 가까이 가서 그녀의 얼굴을 들여다보았고, 그녀가 아주 늙었다는 것을 알 수 있었어. 그녀의 모퉁이엔 여러 가지 것들이 있었어. 래커가 벗겨진 미니포트와 녹슨 손수레와 낡은 운동화 끈 같은 것들을 한데 묶어놓은 꾸러미. 살이 부러진 우산과 찌그러진 박스들. 쓸 만한 것은 별로 없어보였어. 옷가지를 잔뜩 넣어서 팽팽해진 배낭이 그녀의 발치에 있었는데, 지퍼가 열려서 맨 위쪽의 셔츠가 바깥으로 빠져나와 있었어. 그것은 곧 배낭 밖으로 흘러내릴 것처럼 보였어. 나는 아무 생각 없이 그것을 집어 들고 그곳을 빠져나왔어.

나는 불빛이 있는 쪽으로 걸어갔어. 새벽 내내 영업을 하는 대형 쇼핑몰의 불빛이었어. 입구 근처에 화장실이 있어서, 나는 거기서 몸을 좀 말리고 셔츠를 갈아입었어. 그 카키색 셔츠는 썩 괜찮았어. 소매가 지저분하고 닳아 있었지만 그거야 주머니에 손을 넣으면 거의 눈에 띄지 않았고, 다른 부분은 멀쩡했거든. 어쨌든 전에 입던 것보다는 나아보였어. 나는 배에 달린 커다란 주머니 속으로 손을 넣었어. 작게 접힌 종이조각이 하나 잡혔어. 꺼내서 펼쳐보았더니, 그것은 상품권이었어. 십만원짜리 상품권. 나는 화장실 문을 열고 나와서, 제일 처음 만난 사람에게 그것을 보이고 물어보았어. 여기서 이것을 쓸 수 있습니까. 사용할 수 있습니까. 그는 나를 의심스러워하는 기색이었지만, 상품권을 이리저리 뒤집어보더니 그렇다고 대답했어. 나는 그것을 도로 주머니에 넣고 매장 안으로 들어갔어. 그건 간단하지 않은 일이었어. 많은 사람들. 적지 않은 사람들이 입구를 통과해 안으로, 안으로 들어가고 있었지만 누구도 그 입구에 겁을 먹는 것 같지는 않았어. 그 입구를 지금부터 내가 통과한다고 생각하니 가슴이 뛰었어. 양복을 입은 파수꾼이 서 있었으니까. 입구에 겁을 먹지 않는 사람들이 꾸준히 그곳을 통과해 안으로 들어가고 있었으니까. 나는 두려웠어. 아무도 나를 눈여겨보지 않는 것 같았는데, 다음 순간엔 누구나 나를 바라보고 있는 것 같았어. 입구를 통과해 몇 걸음 걷기도 전에 누군가에게 목을 잡힐 것 같았어. 최악의 경우엔 내 주머니를 뒤져서 그것을 빼앗아갈 것 같았어. 더 최악의 경우, 그들은 나를 감옥에 가두지도 않고 오직 그것만 빼앗아서 다시 바깥으로 내쫓을 수도 있었어. 하지만 나는 해냈어. 아무도 나를 잡지 않았어. 그래서 나는 점점 더 안쪽으로 들어갈 수 있었어. 나는 천천히 걸으며 매대를 둘러보았어. 주머니에 이따금씩 손을 넣어 상품권을 만지작거리면서, 매대에 놓인 물건들을 진지하게 들여다보고, 먹을 수 있는 것과 먹을 수 없는 것을 구분했어. 밀가루. 이건 먹을 수 있어. 식용기름. 이것도 먹을 수 있어. 고무장갑. 이건 먹을 수 없어. 가루 세제와 욕실용 선반. 기타 등등. 생각으로는, 모조리 둘러본 뒤에 마지막에 먹을 것이 있는 곳으로 가자는 것이었지만, 차츰 견딜 수가 없어서, 나는 빠르게 움직였어. 먹을 것들이 진열된 매대를 둘러보고, 두리안을 본 것도 그때쯤이었는데, 이것저것을 손에 쥐었다가 놓았다 하면서, 마침내 소시지와 우유를 먹기로 하고 우유를 먼저 집어 들었어. 소시지를 가지러 가기 위해 걸어가면서 나는 다시 한 번 주머니에 손을 집어넣었고, 그게 거기 없다는 것을 알게 되었어. 상품권 말이야. 훔친 셔츠 안에 들어 있었던 상품권. 머릿속이 순식간에 깨끗해졌어. 어딘가에 형편없이 영혼을 흘려버려서, 생각할 만한 것이 남아 있지 않다는 느낌이었어. 그때부터 나는 바닥을 훑으며 돌아다녔어. 내가 오갔던 동선을 짚어가며 몇 번이나 오갔는데도, 그건 없었어. 나는 내가 가지 않았던 곳까지 가보았어. 몇 번이나. 몇 번이나. 필사적으로 바닥을 살피는데 바닥에 떨어진 것은 상품권 한 장이 아니라 그보다 더 무거운 것이라는 생각이 들었어. 뭔가가 바닥에 떨어졌는데, 그게 꼭 나 같았어. 그런데 이제 나는 상품권 한 장보다 더 가벼워져서 쇼핑몰 통로를 지나고 있었어. 그보다 더 나쁜 상황도 얼마든지 있었지만 그보다 더 나쁜 상황은 사실 없을 것 같다는 생각이 들었어. 누가 주웠건, 마침내 그것이 내가 아닌 다른 사람의 손에 넘어갔다는 것을 납득하고 나서는, 아무것도 생각할 수 없었어. 나는 아침이 올 때까지 이런저런 모퉁이에 멍하니 서 있다가, 파수꾼들에게 떠밀려 그곳을 빠져나왔어. 한동안 걸어 다니다가 전철역으로 내려갔어. 무슨 생각이 있었던 것은 아니었어. 정말 그랬어.

*

버스가 박물관 앞을 지나고 있었다. 시내로 진입할수록 속도가 떨어진다 싶었는데, 거기부터 다시 빨라져 창 밖의 풍경이 빠르게 뒤편으로 흐르기 시작했다. 팔을 뻗어서 창문을 조금 열자 연료 타는 냄새가 섞인 마른 바람이 불어왔다. m은 눈을 감았다가 떴다.
무섭지.
두리안이 말했다.
무섭지, 무섭지, 라며 흐릿한 머리를 몇 번이나 끄덕이고 나서 말했다.
아. 이거야. 바로 이거야. 다 말해버렸다.
흘러내릴 것처럼 의자에 몸을 푹 가라앉힌 채, 두리안은 미소를 짓고 있었다. 조금 전보다도 더 흐릿해져서, 머리와 가슴 일부를 제외하고 벌써 많은 부분이 눈에 보이지 않았다. m은 그것을 지적했다.

상관없어. 두리안이 말했다. 이제 가장 무겁고 무서운 말들이 사라졌으니까, 얼마든지 흐릿해져도 괜찮아.

그들은 완만한 커브를 그리며 교차로 모퉁이를 돌고 있었다. 교차로를 지난 지 얼마 되지 않은 지점에서 버스가 다시 한 번 정차했다. 빨간 우체통 곁에 사람들이 서 있었다. 낚시조끼를 입은 남자가 담배를 던지고 버스에 올라탔다. 정류장에 남아 있던 그의 일행들이 그에게 작별인사를 건넸다. 창을 사이에 두고 버스 안팎이 떠들썩해졌다.

할머니에겐 손수 갈아서 내린 커피 같은 것. 두리안에겐 말(言) 같은 것. 그리고 그 밖의 것들.

m은 생각에 잠겼다가 거의 다 사라져가는 두리안을 향해 말했다.

두리안.

응.

결정적이지 않은 상태로 살아간다는 건 나쁜 걸까.

그렇지 않아. 두리안이 말했다. 그대로도 좋아.

그건 그거대로 좋아. 왜냐하면.

두리안의 목소리도 이제 너무 흐릿해서, 집중해서 듣지 않으면 잘 들리지 않았다.

마지막 남은 부분이 아지랑이처럼 흔들리며 풀어졌을 때였다. 두리안의 정수리가 있던 부근에서 무언가 데굴데굴 굴러서 의자 위로 툭 떨어졌다. m은 그것을 집어 들었다. 손바닥에 올리고 보니 ㄱ자로 구부러진 작은 조각이었다. 아무것도 쓰이지 않은, 엔터 모양의 조각.

  그것을 쥐었다 놓았다 하면서 m은 창 밖을 보았다. 더는 말이 없었지만 두리안의 상태가 괜찮다는 것을 알 수 있었다. 문을 열고 나와서 두리안이 되었던 것처럼 두리안은 이제 다른 것이 되어 있었다. m은 손바닥 속의 엔터를 달각달각 눌러보다가 그것을 호주머니에 넣었다.

  버스가 덜컹덜컹 소리를 내면서 달렸다. 알아채지 못한 사이 꽤 많은 사람들이 어딘가에 내려서 여기저기 빈 자리가 눈에 띄었다. 창밖은 맑고 포근한 낮이었다. m은 그것을 바라보다가 삼촌에게 연락을 해야 한다고 생각했다. m은 휴대전화기를 가지고 있지 않았다. 공중전화를 찾아 창밖을 내다보다가, 전화를 걸려면 우선 거기서 내려야 한다는 것을 깨달았다.

  m은 길음에서 내렸다. ✯

| 작품 평설 |

자기 앞의 문으로 들어가기 위한 엔터키

  2005년 『경향신문』 신춘문예로 등단한 황정은은 등단작 「마더」와 「The Wall」(『실천문학』, 2005년 여름) 등에서는 출구 없이 꽉 막혀 죽음충동을 피할 수 없는 삶의 단면을, 「무지개 풀」(『작가세계』, 2005년 가을) 등에서는 답답한 일상에서의 순간적 일탈을 다뤄 왔다. 2006년 하반기에 발표된 두 편의 소설에서는 현실의 인과성 너머에 있는 판타지의 도입이 공통적으로 눈에 띈다. 예컨대, 「모자」(『문예중앙』, 2006년 가을)는 '아버지는 자주 모자가 되었다.'로, 「문」(『문학동네』, 2006년 가을)은 'm의 등 뒤에는 남이 볼 수 없는 문이 하나 있었다. 때때로 이 문이 열렸다.'로 시작된다.

  m의 등 뒤에 있는 문에서는 죽은 자들이 걸어 나온다. 일찍 부모를 잃은 m과 함께 살다 죽은 할머니가 그 문을 열고 나온 적이 있다. 할머니의 죽음 때문이든, 그렇지 않든 그 이후의 m의 삶은 의욕 없음 그 자체이다. 'm은 친구도 사귀지 않고 음악도 별로 듣지 않으면서 중학교와 고등학교 시절을 보냈다. 고등과정을 마치고 난 뒤엔 대학입시를 치르지 않고 집에 틀어박혔다.' '아무리 시간을 보내도 시간은 얼마든지 되돌아와서 견디기 어려울 때도 있었지만 그

런 시간도 결국은 흘러갔다. m은 오래 전에 선박사고로 숨진 부모님의 보상금을 조금씩 헐어내며 살았다.'

이처럼 무의욕적인 삶을 살면서 삼촌의 제본소에서 일하던 m은 우연히 지하철 자살 직전의 한 남자와 짧은 대화를 나눈다. 잠시 뒤 지하철 선로 위로 떨어진 남자는 그날 저녁 m 등 뒤의 문을 열고 나온다. 노점상을 하다 노숙자가 되고 다시 자살자가 된 남자와 m은 많은 대화를 나눈다.

결정적이지 않은 상태로 살아간다는 건 나쁜 걸까.
그렇지 않아. 두리안이 말했다. 그대로도 좋아.
그건 그거대로 좋아. 왜냐하면.
두리안의 목소리도 이제 너무 흐릿해서, 집중해서 듣지 않으면 잘 들리지 않았다.

마지막 남은 부분이 아지랑이처럼 흔들리며 풀어졌을 때였다. 두리안의 정수리가 있던 부근에서 무언가 데굴데굴 굴러서 의자 위로 툭 떨어졌다. m은 그것을 집어 들었다. 손바닥에 올리고 보니 ㄱ자로 구부러진 작은 조각이었다. 아무것도 쓰이지 않은, 엔터 모양의 조각.

그것을 쥐었다 놓았다 하면서 m은 창 밖을 보았다. 더는 말이 없었지만 두리안의 상태가 괜찮다는 것을 알 수 있었다. 문을 열고 나와서 두리안이 되었던 것처럼 두리안은 이제 다른 것이 되어 있었다. m은 손바닥 속의 엔터를 달각달각 눌러보다가 그것을 호주머니에 넣었다.

m의 등 뒤 문에서 걸어 나온 남자, 또 할머니는 m의 데몬(daemon) 혹은 수호령(genius) 같은 존재들이다. 자신은 희로애락을 포함한

그 밖의 감정들이 희박하다고, 비유하자면 자신의 삶에는 결정적으로 키보드의 엔터 부분이 빠져 있는 것 같다고 말하는 m에게 죽은 남자는 '그건 그거대로 좋아'라고 말하지만, 홀연히 사라지는 순간 엔터키를 남긴다.

 반드시 죽은 남자가 자기에게 엔터키를 남겼기 때문에 m의 태도가 변하는 것만은 아니리라. 며칠을 굶어 '어느 순간엔가 자기 자신에 대한 의무도 버리고 말[言]도 버리고 의욕도 버린 채' 헤매다가 뭔가를 잃어버렸는데, 그것은 우연히 얻었다가 흘린 백화점 상품권이 아니라 자신의 수치심이나 자존심 같은 것이었다고, '뭔가가 바닥에 떨어졌는데, 그게 꼭 나 같았'다고 말하는 그 남자로부터 희박하기 그지없는 감정의 한 부분을 보전(補塡) 받았기에 m은 변할 것이다. 그 감정의 보전이, 딴은 m이 건네받은 엔터키가 아닐까? 그것은 글자 그대로, 등 뒤에 있는 문이 아니라 m 앞에 놓여 있는 문을 열고 들어갈 수 있는 열쇠이다. 그 앞에 놓인 문이란, 순간순간 찾아오는 희로애락에 숨이 막히는, 그렇기 때문에 의욕 없이는 잠시도 견뎌낼 수 없는, 그래서 꼭 좋은 곳만은 아닌, 그러나 거기서가 아니라면 온전히 산다고 할 수 없는, 바로 현실이라는 세계로 통하는 문이다.

― 선정위원 | 이수형